Wedding Night Revenge

by Mary Brendan

Published by Harlequin K.K., Tokyo, 2003

六年目の復讐

メアリー・ブレンダン 作

木内重子 訳

ハーレクイン・ヒストリカル・ロマンス

東京・ロンドン・トロント・パリ・ニューヨーク・アテネ・アムステルダム
ハンブルク・ストックホルム・ミラノ・シドニー・マドリッド
ワルシャワ・ブダペスト・プラハ

主要登場人物

レイチェル・メレディス……メレディス家の長女。
コナー・フリント少佐……レイチェルの元婚約者。ディヴェイン伯爵。
エドガー・メレディス……レイチェルの父。
グロリア・メレディス……レイチェルの母。
イザベル、ジューン、シルヴィー……レイチェルの妹たち。
ルシンダ・ソーンダーズ……レイチェルの親友。
ポール・ソーンダーズ……ルシンダの夫。弁護士。
ウィリアム・ペンバートン……ジューンの婚約者。
アレグザンダー・ペンバートン……ウィリアムの父。
パメラ・ペンバートン……ウィリアムの母。
ナサニエル・チェンバレン……レイチェルの叔父。
フィリス・チェンバレン……レイチェルの叔母。
ジェイソン・ダヴェンポート……コナーの義理の弟。
レディ・ダヴェンポート……コナーの母。
ラルフ・ターナー……メレディス家の御者。
ノリーン・ショーネシー……メレディス家の小間使い。
ベンジャミン・ハーリー……賭好きの貴族。
マリア・ラヴィオラ……コナーの愛人。ソプラノ歌手。
ジョーゼフ・ウォルシュ……フリント家の執事。
アーサー・グッドウィン……判事。
サム・スミス……荷馬車の少年。

プロローグ

「気が変わられたんですね」

　本当にうれしそうな若者の口調に、エドガー・メレディスの胸が痛んだ。それでも、なんとか笑みをこしらえる。

〝いや、気が変わったのはレイチェルだ〟すぐに、こんな皮肉な台詞《せりふ》が頭に浮かんで、顔をしかめる。深い後悔の念で胸が締めつけられ、息が詰まって、挨拶《あいさつ》の言葉も返せなかった。

　十九年半、涙と癇癪《かんしゃく》に振りまわされてきたので、長女が気性の激しい頑固者であることは承知していた。しかし、薄情な娘だとか、陰険な娘だと思ったことはない。けれども、本当はそんな娘だったという事実が、今日、明らかになってしまった。数時間前、初めて妻から事情を知らされたときと同じく、エドガーは話すべき言葉を失っていた。

　若者が友人たちから離れて近づいてくるのを見たときは、あらためてそのすばらしい容姿に胸を打たれた。体つきはたくましいが、歩き方は優雅だ。彼が差しだした手を無意識のうちに取ると、力強い指のぬくもりが伝わってきた。エドガーは手を握りしめたまま、この屋敷の主《あるじ》が期待していそうな挨拶を口に出せずにいた。

「何をお飲みになります？　コニャックですか、それとも、シャンパン？」アイルランド訛《なまり》のある快活な口ぶりで、心をこめて勧められても、エドガーの胸の痛みが増すだけだった。

「この一時間、なんとかして抜けだそうとなさっていたでしょう」コナー・フリントが明日には義理の父親になる男のために酒を選びながら、共謀者めいた含み笑いを浮かべた。

信じられないことに、エドガーはいつの間にかうなずいていた。しかめっ面をしているのか笑っているのか自分でもわからない引きつった顔で、息の合った共謀者を装い、凝った飾りをほどこした細長いグラスに泡立ったシャンパンが満たされるのを見守る。そう、この一時間、なんとかしてここから抜けだそうとしていた。しかし、最後の最後まで大騒ぎして式の計画を立て、何かのときに備えてそばを離れるなと言って聞かない妻のもとから、姿をくらます必要はもうなかった。計画を立てる必要も、もうないのだ。今では友人たちと過ごす時間がたっぷりできたというのに、この半年、誇りに思って付き合ってきたコナー・フリント少佐が、これから先、ふたたび自分といっしょにいたいと思うことがあるだろうか?

四人の娘の父親であるエドガー・メレディスは、ずっと息子がほしくてたまらなかった。しかし、これ以上子どもはいらないと妻は言った。妻がほっとし、エドガーががっかりしたことに、この問題に関しては、今や自然が妻の味方についていた。コナーが家族の一員に加わってくれれば、どんなにうれしかっただろう。エドガーはすでに息子を失った悲しみを感じはじめていた。突然、部屋のなかが耐えられないほど暑くなった気がした。

「今夜かぎりで自由を失うわたしを哀れむために、こんなにおおぜいの人が勇んでやってくるとは思いませんでしたよ」コナーがにやりとして、浮かれ騒ぐ客たちを片手で指し示した。上等のワインが彼の舌をなめらかにしていたが、明るいブルーの目は鋭く、視線を合わせようとしないエドガーの茶色の瞳を執拗《しつよう》に追っていた。

メレディスはただうなずいて、片手で顎をさすり、銀の杯を何気なく口もとに運んだ。しかし、シャンパンを飲むには、あまりにそぐわない状況だったことをふいに思いだし、あわてて杯をテーブルに戻した。そして、勇気を振りしぼって、やっと目を上げた。

しばらく互いの視線が絡み合ったあとで、エドガーはほっと息をついた。コナーは知っているのだ！知っていて、打ち明けやすいように、心の準備をさせてくれている。娘の不届きなふるまいを言いつくろうために、無用な弁解をでっち上げる必要はないのだ。これ以上、先延ばしにしても、少しも気は休まらない。「すまない……本当に、すまない……」震える言葉が、沈黙のなかに浮かんだ。周囲ではやかましい笑い声が渦巻いていた。

エドガーはコナーに促されて、燃えさかる暖炉の火や、結婚を祝って乾杯する酔っ払いたちから離れ、ひんやりした部屋の隅に移動した。

「なぜ謝るんです？」

エドガーは首を振って、短い質問が非難の連射であったかのように眉をひそめた。「あの子は頑固で……強情で……」か細い声を絞りだす。そして、急いで付け加えた。「あの子を諭す暇も、叱《しか》る暇もなかったんだ。ウィンドラッシュから戻ってみると、もう消えていた。ヨークへ行って……」

あとの言葉は、シャンパンにむせる音で聞こえなくなった。苦々しい笑い声がののしりになって終わり、片手が漆黒の髪を掻《か》きむしる。「ヨーク？　そんな遠くまで？　なんてことだ！」噛《か》みしめた白い歯のあいだから、声が絞りだされた。

「あ、あの子の伯母がヨークに住んでいてね。妻の姉に当たる人だ……」エドガー・メレディスはしどろもどろになって説明した。「本当に、どうしてなのかはわからない。妻はひどく取り乱して、支えてやらなければ立っていられないほどだった。あの子がこんなことをしでかすと、ほんの少しでもわかっていれば……。十九年間、あの子に手を上げたことはない。あの子が強情だったり生意気だったりしたときは、確かに叩《たた》きたくなることもあったが……。だが、今回の行動はひどすぎる。もっと小さいうちから、鞭《むち》をくれておくんだった」

黒っぽい頭がぱっと下を向き、青く燃えるまなざしがエドガーの顔に突き刺さった。「もうやめてください……」しわがれた声には説得力があった。

エドガーは疲れた目を閉じ、乾いた唇をなめた。やっとのことで震えを抑え、この屋敷の主と同じように冷静さを保つ。「もちろん、招待客やディーン牧師への連絡や何かは、わたしが引き受ける。きみを裏切った花嫁の父として、責めを負わなければならない」

「彼女は誰にも何も言い置いていかなかったんですか？　どこかに隠していた恋人と、駆け落ちしたんじゃないだろうな」

荒々しい口調に失望を聞き取って、エドガーは胸のうちでたじろいだ。レイチェルの残したばかげた言い訳を、どうしてここで繰り返せるだろう？　何度も武勲をたたえられた、精悍《せいかん》で感じのいい騎兵隊の将校に、どうして言えるだろうか？　レイチェルが結婚式の前夜に花婿を捨てたのは、もっとカリスマ性のある刺激的な夫のほうが好きだからだなどと？　メレディス家の財産を受け継ぐ長女は、浅はかで身勝手な親不孝者だと認めざるを得なかった。きざな取り巻きたちに目がくらんで、この紳士のよさを見抜けなかったのだ。

「レイチェルはひとりでヨークへ行ったんですか？」

「妹のイザベルがいっしょだ。イザベルはきみを欺いた姉に、ほとほといやけが差したらしくてね。屋敷に残りたがったんだ。だが、あのふたりはいつも仲がよかったので、レイチェルに誰かをつけるとしたら、イザベルしかなかった。妻もそれぐらいの知恵は働いたから、レイチェルをひとりでヨークへやって、これ以上無茶をさせたくないからと言って、姉に同行するようにイザベルを説得した。わたしがビューリー・ガーデンズに着いたときは、ふたりがフロレンス伯母のところに出発してから五時間がたっていた。あの子のあとを追うより、できるかぎりこの惨事を収拾することに時間を使ったほうがいいと思えてね。あの子もそれは計算に入れていたんだろう。あの子を懲らしめることより、きみへの義務や家族の名誉のほうが、わたしにとってたいせつだと。レイチェルは昔からなかなかの策士だったんだ」血の気の失《う》せた唇をわななかせて、荒い息をつく。「だが、今回の心ないくわだては行きすぎだ。わたしは断じて許さない。生まれてこのかた、こんなに情けなく、こんなに腹が立ったことはない」

「ええ、わたしもです……」コナーが言った。

1

「だんなさまや子どもがいなくて寂しくないの、レイチェル?」

「言ったでしょう、わたしは充分幸せだって。ポールをあなたと分かち合えるんだもの」

「だめよ! まじめに答えてちょうだい」ルシンダがくすくす笑いながらたしなめた。「フェザーストーンさんのこと、お断りして後悔してない?」

レイチェルは白い額に皺《しわ》を寄せて、しばらくじっと考えた。「ああ、あの人ね!」突然、笑いがこみ上げる。最後に求婚してきた男性を、やっと思いだしたのだ。最後というのが、彼に引きつけられた理由だったのだと実感する。自分に手を差し伸べてくれるのは、この人で最後だろうという確信があった。鳶色《とび》の髪も自前の歯もそろっていたし、初婚だったので、めそめそ泣く子どもを、膝の上に押しつけられる危険もなかった。しかし、婚約を発表して一カ月もたたないうちに、レイチェルは自分がそれほど妻の座を望んでいないことを、はっきり悟ったのだ。

友人が答えを待っているのに気づいて、レイチェルはフェザーストーンを一笑のもとに退けた。「いいえ、ぜんぜん。あの人、決闘と賭事《かけごと》が好きなくせに、どっちもたいした腕じゃなかったのよ。コヴェント・ガーデンの娼婦《しょうふ》を争って闘ったときは、もう少しで片手を剣で切り落とされるところだったし、お財布も期待していたより軽いことが多かった。いつかウィンドラッシュの屋敷を乗っ取ろうと、狙《ねら》っていたんじゃないかしら」

「それじゃあ、もうひとりの殿方はどうなの？ 銀の握りのステッキを突いて、足を引きずって歩いていた方は？ お顔がアドニスみたいだったでしょう」

「フィリップ・モンキュアね」レイチェルはひときわ人目を引く求婚者を思い浮かべて、眉をひそめて言った。「一カ月ほど前、詩を贈ってきたわ。婚約を解消してから、三年以上音沙汰《さた》がなかったのに」

「あなたのお気に入りがワーズワースとキーツだってことを、思いだしたのよ」

「思いだしたとしても、無視することにしたみたい。自分で書いた戯言《たわごと》を贈ってきたもの。わたしをほめたたえた四行詩よ。この世のものとも思えない輝きだとか、古典的な清らかさだとかって。無視していたら、次は叙情詩が届いたわ。わたしを大理石の彫像になぞらえているの。冷たい美女に、彼の灼熱《しゃくねつ》の恋心が火をつけるとかなんとか……」

ルシンダが唇を噛《か》みしめて、笑いをこらえた。

「ローマ時代の彫像みたいに、体に布を巻きつけただけのあなたを見たかったんでしょうね」

「布を取ったわたしを見たかったんでしょう。ばかな男よ。誘いをかけるなら、そういう提案だけ、詳しく書いてよこせばいいのに」

「レイチェル！　まさか、あなた、そんな申し出を受けようとしたわけじゃないでしょうね？」

「いけない？　みんなは結婚を過大評価しているのよ。囲われ者にも利点はあるわ。お金にも、自由にも事欠かない」

「お願い、それ以上、ぎょっとするようなことを言わないで！」ルシンダが引きつった笑い声をあげた。「ジューンにそんな持論を吹き込んだらだめよ。あなたの言うことはなんでも、鵜呑《うの》みにする子なんだから。お式を前にして、逃げだされでもしたらいやだわ。ジューンが……」声が途切れ、申し訳なさそうに顔がしかめられる。

「おじけづいて？」レイチェルは代わりに言葉を継いだ。友人が最初の婚約破棄についてうっかり触れても、心は乱れなかった。しかし、今まで、どんなときもあのことを口にした者はいない。「ジューンはだいじょうぶよ」レイチェルはそれだけ言って、扇で顔をあおぎ、頭をのけぞらせて、汗ばんだうなじに張りついた金髪の下に風を送った。「ジューンの結婚に、不安はまったくないもの。話をまとめるのに、丸三カ月かかったのよ」

「わたしとポールをいっしょにしてくれたときも、同じくらいかかったわね」ルシンダが静かに言った。

「そう、同じくらいね」レイチェルは考えにふけるふりをして、首をかしげた。「そういうすてきな男性を、誰かひとり、自分のために取っておけばよかったんだわ」おおげさにため息をつく。「今では売れ残って、へたな詩しかもらえない」

ルシンダがくすくす笑った。「モンキュアはすごくバイロン風だと思うわ。とっても華があるし、知的だし」

ふたりはしばらく打ちとけた沈黙にひたって座り、熱気でかすんだ景色や、そぞろ歩く婦人たちを眺めた。薄地のモスリンのシフトドレスや、強い日差しに向かって傾けられた美しいパラソルが、そこかしこに見える。

「レイチェル、あの最初の殿方だけど……アイルランドの少佐の」

「誰?」打ち切った話題のつぎ穂を友人に拾われて、レイチェルはいらいらときき返した。「ああ、彼ね」ため息をついて、取りなすように付け加える。「大昔のことだから、どんな顔をしていたかもほとんど覚えていないわ」

「それなら、ちょっと左を見てごらんなさい。記憶がよみがえるわよ」ルシンダがいたずらっぽく促した。

レイチェルは好奇心をそそられて、すぐに左を見た。冗談に違いないと思って浮かべていた笑みが、ふっくらとした唇の上で凍りつく。

彼に再会したらどんな感じがするだろうと、考えることがよくあった。あれから六年たって、ふたりが行き合う可能性はだんだんと少なくなるように思えた。今やロンドンには毎年一度、社交のシーズンに短期間滞在することしかなく、そのあいだも、母や妹たちと買い物をしたり、友人のルシンダを訪ねたりするだけとあってはなおさらだった。今週、一家でこの街へやってきたのも、ジューンの結婚式の準備をするためだった。

何年もたったあとで偶然出会ったら、お互いにどんな姿になっているだろうと、考えることもよくあった。歳月のせいで、どちらも相手に気づかないかもしれない。いずれにしても、そんなくだらない考えは、分別のあるレイチェルの頭から、すぐに締めだされた。とはいえ今、自信を揺るがす現実が彼女に突きつけられていた。コナー・フリント少佐の浅黒く男らしい横顔をひとめ見ただけで、悲しい思い出がわき上がった。鼓動と呼吸が一瞬止まった気がした。レイチェルは激しい苦悩に襲われて、まぶたを伏せた。「ああ、イザベル……あなたがここにいたら……」小さな声でつぶやく。

その声が聞こえたらしく、ルシンダが心配そうな顔を向けた。「あの方じゃないかもしれないわ。ごめんなさい。ばかなことを言って。あの方にしたら若すぎるもの。今では少佐も三十代でしょう。たぶんおなかが出て、髪も白くなって、アイルランドに住んでいるわよ」

「彼よ」レイチェルはぶっきらぼうに言い返した。そう、まさしく彼だった。顔も忘れたと思っていたのに、すぐわかった。離れていても、確かにりんどう色の瞳が見えた。心地よいアイルランド訛《なまり》が、あたたかい微風に乗って聞こえた。

レイチェルは目をしばたたいて、もっとよく観察した。フリント少佐は危なっかしいほど車体の高い馬車に乗っていた。かたわらには、彼の肩にやっと頭が届くぐらいの、華奢《きゃしゃ》な女性の連れがいる。薄いレモン色のモスリンのドレスを着た姿は、洗練されて優美だったが、西日をさえぎるために傾けたパラソルの陰になって、顔は見えない。菫《すみれ》色の縁取りのある麦わら帽子の下から、ほつれた黒髪がひと房だけのぞいていた。

「いっしょにいるのは、シニョーラ・ラヴィオラだと思うわ」ルシンダが言った。「やっぱり、そうよ」笑っている男性からわざとはにかむように顔をそむけた女性を見て、興奮した口調で断言する。

「そんなにじろじろ見るのはやめて、ルシンダ」レイチェルは頼んだ。「彼がこっちを向くかもしれないでしょう」

「お色気たっぷりの歌姫に夢中で、それどころじゃないみたい」ルシンダが意見を述べる。「それはハーリー卿《きょう》も同じね。ほら、あそこの二頭立て馬車に乗って、見とれているわ。麗しのラヴィオラは、ハーリー卿の愛人になる寸前だったのよ。でも、急遽《きゅうきょ》乗りかえたのが、もっとお金持ちのパトロン……」そこまで言ってしまってから、機転をきかせて黙り込む。

レイチェルは四輪馬車のふかふかした座席に深く腰かけ直し、パラソルを斜めにかしげた。そのせいで、日差しが顔に当たったが、ときおり左側から投げられる視線を避けることができた。「なぜ進まないの?」いらいらとつぶやき、頭を高く上げて前方に目をやる。いくらか離れてはいたものの、馬車は左隣の馬車と並んで、ぴたりと止まっていた。突然、ありとあらゆる種類の乗り物が、狭い道の上で立ち往生してしまったようだった。

ルシンダは左側の馬車にすばやく視線を走らせて、イタリア人のソプラノ歌手を、もっとよく見ようとした。歌姫はほんの数カ月前にロンドンへやってきたばかりだが、そのときにはすでに、多くの噂《うわさ》が飛び交っていた。シニョーラは社交界の華で、天使の声と神々しい肉体の持ち主だとか、よこしまな心の男たちはみな、彼女をベッドに誘おうとしているだとか……。ドロシー・ドレイパーがそう教えてくれた。夫のポールもそんな破廉恥な男たちのひとりなのだろうか? 明日、自分がもう少し痩《や》せて器量よしになった気がしたら、ポールにきいてみよう。

ルシンダはそんなことを思いながらもっとしっかり首を伸ばしたが、いつの間にか左に並んでいた貸し馬車が邪魔になって、歌姫は見えなかった。その貸し馬車は、酒樽《さかだる》を乗せた荷馬車の車輪に、車輪を引っかけてしまっていたのだ。荷馬車と石炭を積んだ荷車のあいだをすり抜けようとして、完全に動きが取れなくなってしまったらしい。貸し馬車の御者はチップをはずんでもらいたくて、乗客を時間どおりに目的地に運ぶことに夢中だったに違いない。うまくいっていたら、それは驚異的な離れ業で、たっぷり稼いでいただろう。今は、狭い道いっぱいに、乗り物といらいらした人々の声が満ちていた。

貸し馬車の御者が騒々しく不平をまくしたてる理由を確かめるために、漆黒の髪の主が振り向くのではないかと思い、レイチェルは不安になった。そして渋滞の原因を突きとめようと、座席からぱっと立ち上がった。しゃがれたののしり声が聞こえ、つぶれた林檎《りんご》の匂《にお》いが鼻を刺した。甘ったるい匂いが暑い空気のなかに重く立ちこめ、果物売りが引っくり返った手押し車と、だめになった商品を身ぶり手ぶりで示しながら、無関心な警官に苦情を言っている。

そのとき、酒樽を積んだ荷馬車の少年と、貸し馬車の御者が口論を始めた。ぶつけ合う侮辱の言葉が、だんだんと激しくなる。そのうち、貸し馬車の乗客が窓からかつらをつけた頭を突きだして、言い争いに参加していた石炭売りに向かって、きわめて下品な仕草をしてみせた。

レイチェルはお抱えの御者の袖《そで》を引いて言った。「ラルフ、よけて通れないの？」この混雑では、そんな離れ業は不可能だとわかっていたので、無駄だと知りつつ頼む。

「そいつは簡単にはいきませんね、レイチェルお嬢さま。さもなけりゃ、とうの昔にそうしていますさあ。お嬢さんがたはああいう連中の話を聞いちゃいけませんよ」そう意見を述べると同時に、とげのある視線を荷馬車の少年に投げ、裁判用のかつらに向かって非難がましく首を振る。

「何を話そうと、おまえには関係ないだろう？」ラルフの嫌悪の表情に気づいて、かつらの下で汗をかいた顔が尋ねた。

「ご婦人がたがいらっしゃるのですぞ」ラルフが言い、顎をしゃくって座席のほうを指した。

「おまえこそ、ここに判事がいるのだぞ」男が不快なにやにや笑いを浮かべて反撃した。「それに、わたしは不逞《ふてい》の輩《やから》には鼻がきく」

判事はかなりの大きさの脂っぽい鼻を、指先で叩《たた》いた。それから意地の悪そうな小さな目をきょろきょろと動かし、酒樽を積んだ荷馬車の少年を指さす。

「そこのおまえ、詐欺師の臭《にお》いがする。その荷馬車に書いてある名前に、酒の販売許可証を発行した覚えはない。許可証を見せてもらいたいね」当て推量が図星を突いたらしかった。

少年がラルフをにらみつけた。「きさまのしたことを見てみろ。でかい顔をするから、でかい鼻がしゃしゃり出てきた」

「わしにそんな口をきくんじゃない」そうどなったかと思うと、ラルフは御者台から立って、玉石を敷いた埃《ほこり》っぽい道に飛び降りていた。レイチェルはすぐに馬車に戻って、自分たちを屋敷へ連れて帰るように命じたが、怒った御者の耳には届かなかった。彼はしゃれた制服の上着と帽子を脱ぎ捨て、糊《のり》のきいたシャツの袖を肘までまくり上げている。

少年が機敏な動きで、すぐに荷馬車から飛び降り、ラルフと向かい合った。それぞれの両手に唾《つば》が吹きかけられ、拳闘《けんとう》の儀式が始まった。互いに頭をひょいひょいと動かし、体を揺らして、慎重に間合いを取りながら、ぐるぐるまわる。そしてラルフが膝を曲げた姿勢で、狙い定めた一発を繰りだしたとき、大きく力強い手がその拳《こぶし》を空中で受けとめた。

「何をもめているんだ?」

レイチェルは、その人物が近づいてくるところは見ていなかった。武器の準備に夢中だったのだ。ラルフが叩きのめされないように、必要なら、すぼめた日傘で血気盛んな敵の頭を殴るつもりでいた。しかし、ルシンダがはっと息をのむ音に体が反応して、震える指でパラソルを広げて顔を隠した。アイルランド訛の低い声を聞いたところで、やってきたのが誰か察しがついていた。今、レイチェルの心臓は恐ろしいほどの速さで打っていた。

ラルフがようやく解放された指を曲げて、拳を固めてみせた。「たまたまだんなが通りかかってくださってよかった。さもなきゃ、間違いなく、こいつの歯をへし折ってましたよ」

積み荷の山の上で期待に目を輝かせ、身を乗りだして見物していた石炭売りが、ばたりと仰向けに倒れて腕を組み、勝負が流れてしまった失望をあらわにして顔をしかめた。それから勝負の行方についてのラルフの楽観的な見解を否定するように、しゅうっと音をたてて空気を吸い込んだ。

判事が貸し馬車の窓から物憂げに手を振って、こそこそとばかりに調停役を買って出た。「そこのふたり……」石炭売りと少年を指さして言う。「おまえたちはたいへん喧嘩《けんか》好きと見える。裁判所へ赴くわたしの邪魔をして、楽しんでいるようだな。今日は審理があるというのに……」彼は懐中時計を取りだした。「ああ、もう十分も遅れている。それから、そこの男」ラルフに向かって急に首を振ったので、かつらが目の上までずり落ちた。「おまえも無礼で好戦的な性分と見た。粗暴なふるまいと、治安判事の職務を妨害したかどで、三人とも鞭打《むちう》ちのうえ罰金を科す」満足そうに頭をひと振りした拍子に、かつらがもとの位置に戻った。

「そんなの公平じゃありません！　それに真実でもないわ！」でたらめな非難を黙って聞いていられずに、レイチェルは顔を隠すのをやめて、パラソルを閉じた。深く息をついて、金髪で覆われた頭を高くもたげる。

かつての婚約者に非常によく似た漆黒の髪の男性

は、今では手を伸ばせば触れるほど近くにいた。レイチェルは勇気を出して、力強い顔に視線を走らせた。違う、彼ではない。彼はこんなに背が高くもないし、こんなに日に焼けてもいなかった。そんなほっとする考えが、混乱した頭のなかにはっきりと浮かび上がった。すばやく目を動かして、判事をねめつける。

判事は美しい婦人にあからさまに非難されたことが信じられないらしく、あんぐりと口を開けて見つめていた。

「もしあなたが順番を守って、乱暴に突き進もうとなさらなければ、車輪が噛み合うこともなかったはずです。ですから、ここは穏便にすませましょう」レイチェルは腹立ちまぎれに言い放った。

判事はがっくりとうなだれたが、しばらくして落ち着きを取り戻し、たるんだ頬を震わせながら決然と顔を上げた。「お嬢さん」恩着せがましい口調で言う。「誰に向かって話しておられるか、ご存じですかな？　誰に向かって、偽証などというゆゆしき罪をなすりつけておられるか？」判事のほうは誰に向かって話しているかを正確に知っていて、よい印象を持っていないということが、そのよどみのない口調から伝わってきた。彼女が軟弱な自由主義にかぶれ、権威のある目上の男性に対して、しかるべき敬意を払わないはねっ返りだと思っているのだろう。

「わたしは存じ上げていますよ」耳に心地よい柔らかな声が割り込んできた。「アーサー・グッドウィンどのではないですか？　先週、クローフォード夫人の夜会でお見かけしました……それとも、これも偽証でしょうか？」

この整った顔立ちの紳士に顔見知りだと断言されたとたん、それまで得意になっていたアーサー・グッドウィンの態度が、ひどく用心深いものに変わった。彼はしわがれた声で言った。「た、確かに……

あの……夜会には出たかもしれんが……あなたのことはどうも思いだせない」

「無理もありませんよ」

皮肉をきかせた言葉に、アーサーは目をぐるりとまわした。あの夜、彼はあの夫人が催した飲めや歌えの饗宴《きょうえん》で、自分の名前も思いだせないほど酔っ払ってしまったのだ。若い女にベッドでもてなしを受けたあと、やっと腰を上げて、屋敷へ送ってもらったのをかろうじて覚えている。「もう一度、お名前を教えてくださいませんか?」彼は愛想のいい口調で言った。

「ディヴェイン……ディヴェイン卿です。あなたにこれほどすぐ再会するとは奇遇ですね。奥さまのお加減はいかがです? あの夜はご病気だとうかがいましたが」

「確かに……そんなことを言ったかもしれん……」

声が裏返った。判事はディヴェイン卿の鳴らす警鐘に、すっかりおじけづいていた。クローフォード夫人が新しい小間使いを雇ったかどうか確かめるために、定期的に屋敷を訪れていたことを、妻に嗅《か》ぎつけられるかもしれない。それに酔っ払って、曲がったことの嫌いな妻を不感症の醜女《しこめ》だとののしったことが、妻の耳に入るかもしれない……判事は臆病《おくびょう》なかたつむりのように、安全な馬車のなかに頭を引っ込めた。

酒樽を積んだ荷馬車を駆っていた少年サムことサミュエル・スミスは、救い主がこちらを向くと同時に、待ってましたとばかりに、心からの賞賛をこめてこっそりと片目をつぶった。続けて、感謝の意を示してお辞儀をする。

「その車輪を直すのを手伝おうか?」コナーはさりげなく言って、ひしゃげた車輪のほうに、黒い髪の頭を振った。

サムはすぐに作業にかかった。

「きみも少し手を貸してくれないか?」コナーは石炭売りを見て尋ねた。

その問いかけで、一連の出来事に気を取られて、呆然《ぼうぜん》としていた男が急に我に返った。ラルフまでが、ほかのふたりと同様、作業に果敢に参加した。

サム・スミスは、紳士がこの騒動に首を突っ込んだ理由を、いつの間にかあれこれ考えていた。そして、立派な四輪馬車に乗った金髪の美女に、ちらちらと視線を走らせた。紳士はこの女性に特別な興味を持ったらしいが、女性のほうは紳士を絶対に見ないことに決めたらしい。女性の友人が、紳士から好奇に満ちた目を離せずにいるのを考えると、その態度は妙に感じられた。

けれども、自分たちを守ってくれたのは、金髪の女性なのだ。ふつう上流社会の人々は、速く駆ける馬車や、暖炉におこす火や、地下貯蔵室の酒が必要なときでもないかぎり、こんな仕事についている者の存在に気づきもしない。それなのに、あの女性は自分たち三人のように身分の低い者をかばってくれた。それも、あのいばった判事の非難が、正しくも公平でもないという理由だけで。

ラルフが曲がった車軸の上にかがみこんで、その重さを確認し、いつでも持ち上げられるように身構えている。レイチェルは家へ帰りたくてたまらずに、ものすごい勢いで手を振って、御者に合図した。コナー・フリントに非常によく似た男性が、突如出現したせいで、暗く胸を引き裂くようなたくさんの記憶が呼び覚まされていた。そんな記憶をひとつひとつ吟味するだけの勇気が、今日の自分にあるかどうか、早くひとりになって確かめたかった。

馬車の往来がふたたび動きだした。遠くに、荷車を引く果物売りの姿が垣間見えた。足止めを食ったことに腹を立てて、通り過ぎざまに意地の悪い言葉を浴びせる乗客たちに向かって、男はときおり卑猥《ひわい》な仕草をしてみせていた。ふと気づくと、ハーリー卿の馬車がなんとか通り道を見つけて、ディヴェイン卿の馬車と、それに乗った美女に近づいていた。

レイチェルはイタリア女性をこっそり観察した。彼女はハーリー卿の馬車に乗った三人の伊達《だて》男たちに媚《こび》を売りながらも、黒っぽく用心深い目で、席をはずしている連れの姿を追っていた。しかし、ディヴェイン卿は、一度も彼女に顔を向けなかった。

ディヴェイン卿？　レイチェルは考えをめぐらした。記憶にあるかぎりでは、この男性が話すときの声は、フリント少佐に似ていた。ちらっと盗み見たときの男らしい顔つきも、少佐に似ていた。しかし、ディヴェイン卿という名前を聞くのは初めてだった。この人に会うのも初めてなのだろうか？

「ラルフ、うちに戻ってちょうだい」口ではそう命じながら、頭のなかで、これほど目を引くアイルランド人の男性がふたりいて、人違いをするというばかげた可能性があるかどうか、あらゆる面から検討していた。少佐に同じ年ごろの義弟がいるのは知っている。しかし、ジェイソン・ダヴェンポートは金髪だった。ふたりは親が違うので、当然、容姿はまったく似ていない。

少し前から修理の手を休めがちだったラルフが、すぐに女主人の命令に従った。曲がった脚と寄る年波をものともせずに、元気よく御者台に乗り込む。

そのとき、ディヴェイン卿がぶらぶらと歩いてきて、いちばん近くにいた灰色の馬の手綱をつかみ、愛情をこめてその耳を撫《な》でた。牝馬《ひんば》は喜んで、巧みな愛撫《あいぶ》に頭を預けた。「ご挨拶《あいさつ》する暇もありませんでしたね？」何気ない問いかけとは裏腹に、鋭く青い目がレイチェルの顔をじろじろと眺めまわした。

レイチェルはむっとしながら悟った。もし彼がフリント少佐なら、この自分が誰か覚えていると思ったのは、うぬぼれだったのだ。その目つきにレイチェルに気づいたようすはなく、そこにあるのは男が魅力的な女を品定めするときに向ける揺るぎないまなざしだけだった。自分がきれいだと思われていることはレイチェルも承知していた。両親からもそう言われたし、ルシンダからもそう言われた。そして、鏡には、その言葉が映しだされていた。

レイチェルのことをまったく知らない男たちは、紹介の栄誉に浴そうとしたし、レイチェルのことや成就しなかった恋の遍歴を知っている男たちは、彼女に言い寄ろうとした。自分たちなら、立場を逆転してレイチェルを振り、泣かせることができると思い上がっていたのだ。そんな男たちのたくらみや下心に気づいていないと思われていることが、レイチェルには少しおかしかった。以前、この自分をうまく口説いてものにしたあと、公衆の面前で遠慮会釈なく足蹴《あしげ》にした男に、かなりの賞金を出すという賭があったことも噂《うわさ》で聞いていた。

今でも彼女は、ロンドンに滞在しているあいだ、何人かの間抜けな男たちにハイドパークへ馬車で連れていってもらったり、彼らと両親の所有するボックス席でオペラや芝居を見たりした。そして、特定の相手との噂がささやかれはじめると、すぐにその男に肘鉄を食らわせるのだ。おかげで、思わせぶりでいて冷酷な女という評判は高まるばかりだった。それでもレイチェルに後悔はなく、良心もとがめなかった。

馬のいななきで、レイチェルは急に現実に引き戻された。目を上げると、長いまつげで縁どられた青い瞳がじっと見つめていた。ざわついていた心が静かになった。

ああ、彼だ。そして、彼はわたしが誰かわかっている。わたしが何を考えているかもわかっていると思っているのだろう。しかし、わたしの本当の気持ちは何もわかっていない。わたしには彼の気持ちがわかるだろうか？　まだわたしに腹を立てているだろうか？　公然と恥をかかせたことを、まだ恨んでいるだろうか？　彼にとっては、むごい仕打ちだったに違いない。しかし、彼の顔にはなんの表情も浮かんでいなかった。なぜ身分を偽って、ディヴェイン卿だなどと名乗ったのだろう？　あの卑劣な判事をかしこまらせるためだけだったのだろうか？

もしそうなら、その策略は成功していた。アーサー・グッドウィンを裁判所へ運ぶ貸し馬車が、ぐらつく車輪でそばを通り過ぎ、窓から判事の顔がのぞいたとき、共謀者めいた控えめな笑みがディヴェイン卿に向かって投げかけられた。

酒樽を積んだ荷馬車と、石炭の荷車が、そのあとに続いた。ディヴェイン卿は黒い頭を下げて、別れの挨拶に応《こた》えた。

「下々の者を助けるのは、高貴な者の務めですものね」レイチェルはいやみっぽくつぶやいた。彼が本当の貴族であろうが、誇大妄想患者であろうが、そんなことは問題ではなかった。レイチェルにとって、彼は単なるフリント少佐だ。だから、相手の機嫌を損ねるのではないかと思いわずらう必要はない。それに、もうすでにひどく損ねてしまったあとだった。

「出発できるように、手をどけてくださいませんか？」レイチェルはよそよそしく言い放った。

緊迫した沈黙のなかで、ふたりが互いに及ぼす影響を静かに見守っていたルシンダが、早口で言った。

「わたしはソーンダーズ夫人、ルシンダ・ソーンダーズと申します。助けていただいて、とても感謝していますわ。あなたが仲裁に入ってくださらなければ、たいへんなことになっていたでしょう。おかげさまで、すべて丸くおさまりました……」意味深長なまなざしを友人に投げて、話の続きを引き取るように促す。

「それで、あなたは？」低い声がすぐにあとを継いだ。

レイチェルはぱっと振り返って、まっすぐに相手を見据えた。「わたしも……助けていただいて、とても感謝しています。あなたのような立派な紳士なら、すぐにそこをどいてくださいますわね。そうすればわたしもうちに帰れます」そう言うとラルフの腕を叩いて、座席に背を預けた。

ラルフが顔を赤らめた。救い主に目をやってから、無作法な女主人に目をやり、そのあとはふたりの中ほどに視線を落ち着かせた。馬たちはまだ足を休めている。

「あなたが誰か当ててみましょうか?」

質問の主のほうに向けたレイチェルの頬がちくちくとうずき、鼓動がゆっくりと重く打ちだした。

「ずいぶんとお暇なようですが、わたしは暇ではありませんの。でも、どうしてもとおっしゃるなら、早くすませてくださいませんか。だんだん我慢できなくなってきました」金髪の頭をぐいとひねって、上質の灰色の布地に包まれた広い肩の向こうに目を凝らす。「それは、あなたのお連れの方も同じですわ。あの方、あなたの注意を戻そうとなさっているみたいですもの」オリーブ色の顔が、薄黄色の袖の上からこちらをじっと見つめていた。イタリア女性はいらだたしげに前後に体を揺すり、数秒ごとに振り返っては、ふたりをにらみつける。歌姫の冷静で洗練された態度は、三人の賛美者が去ると同時に消えていた。ハーリー卿の馬車は、通りの先を左に曲がっていったところだった。

コナー・フリントは自分の馬車にも、その乗客にも、ほとんど興味がなさそうに見えた。物憂げな視線を背後にちらっと投げただけで、少しも急ごうとするようすはなかった。実際、彼はレイチェルが彼に目を戻すのを待ってから尋ねた。「早くすませてもらいたいですか? 本当に?」穏やかな話しぶりのあとに、こわばった笑みを見せられて、レイチェルの心臓が早鐘を打った。「いいだろう。きみは誰かというと、ミス・メレディスだ。昔とほとんど変わらないね」彼は唇をかすかにゆがめて笑い、光沢のある車体にけだるげに指を走らせる。濃いブルーの瞳が半ば伏せられたまぶたの下で、嘲《あざけ》るように光った。「わたしにとっては幸運だったよ。きみが変わらないでいてくれて。しかし、きみにとっては運の尽きだったかもしれないな」蜜《みつ》のように甘い口調で付け加えてから、コナーは自分の馬車へ戻っていった。そして彼が手綱を取り、シニョーラをなだめるときになって、レイチェルはやっと心を落ち着かせて、ラルフに命じた。

「うちに戻って。ラルフ。お願い、早く！」

2

コナーに一日の残りをだいなしにはさせない。レイチェルは心のなかで宣言した。しつこく頭に入り込んでくるフリント少佐の面影を追い払って、妹のシルヴィーと腕を組み、絨毯《じゆうたん》を敷いた廊下を歩いて、ジューンを捜しに行く。

〝休戦よ！ 花籠《はなかご》も花冠もなし〟少し前、レイチェルは沈んだ笑みを浮かべてシルヴィーに言った。今朝早く、ふたりは花嫁の付添人が持つブーケのことで言い争い、もうすぐ花嫁になるジューンを怒らせたのだ。今、レイチェルは仲直りしたくてたまらない気分だった。「くちなしの花に月桂樹《げっけいじゆ》の葉を添えた花束にするの。公平な妥協案だと思うけれど、どう？」

シルヴィーが雷雲の色をした輝く大きな瞳で、いちばん上の姉を見上げた。「まあまあだと思うわ」ため息をつき、熱のない返事が見せかけのものだと示すために、感謝をこめて姉をぎゅっと抱きしめる。「ウィリアムがお夕食に来てるのよ。彼って、すごくハンサムだと思わない？ ジューンの恋人になんかならないで、しばらく待っててくれたら、わたしが彼と結婚したのに。ウィリアムみたいな人を見つけてきてくれる、レイチェル？ もう少し背が高くて、髪は金色じゃなくて黒で、そばかすがないともっといいけど。男の人のそばかすって、いいかどうかわからなくて。ウィリアムみたいに鼻にちょっとあるだけでもね」

レイチェルは口もとをほころばせて、細い指でシルヴィーのカールした銀色に輝く髪を梳《す》いた。「時期が来れば、わたしの助けなんかなくても、あなたにぴったりの男性を見つけられるわよ。あなたが娘盛りになるころ、わたしはそろそろおばあさんになっているでしょうね。そして、縁結びはやめて、編み物をしているわ。目に見えるようよ」ため息をつく。「七年後、あなたは立派な紳士たちをすげなく振って、哀れなパパの命を縮めているわ」

「今のレイチェルお姉さまみたいに？」シルヴィーは涼しい顔で尋ねた。姉が気の多い悪女と呼ばれているのは知っている。事実、六歳のときに、二番目の姉のイザベルに恐ろしいことが起こって以来、シルヴィーはレイチェルが男たちに心ない仕打ちをしているという噂《うわさ》ばかり聞いて育った。

みんなはまだ自分を子ども扱いして、詳しい話をしてくれないので、小間使いのノリーン・ショーネシーと、その妹のメアリーがおしゃべりをしているときに、こっそりまわりをうろついて、興味深い情報の断片を掻《か》き集める術《すべ》を学んでいた。その方法で、レイチェルのよくない評判や、ウィリアム・ペンバートンがジューンにプロポーズしたことを知ったのだ。しかし、それから数日して、母から義兄ができると教えられたときは、それなりに驚いてみせた。

「わたしの真似《まね》をしたらだめよ……さあ、ここに熱々のカップルがいるかもしれないわ」レイチェルはふいに話題を変えて、小さな書斎のドアを押し開けた。

　ジューンと婚約者のウィリアム・ペンバートンの姿はどこにもなかった。その代わり、両親が革張りのテーブルをはさんで座り、ひどく熱心に話し合っている。しかし、室内にいるのが自分たちだけでないことに気づいたとたん、メレディス氏と夫人はびっくりしたようすで、ふたりの美しい娘たちを少しまごついた顔で迎えた。

　シルヴィーが姉の手を振りほどいて、ジョーゼットのドレスを揺らして駆けしていき、珍しく愛情をあらわにして、父親をぎゅっと抱きしめた。エドガー・メレディスが首に巻きついた末娘の白い手を撫でる。

　レイチェルはそんな三人の気分――とくに、両親の気分を強く感じ取って、虫の知らせで胃がきりきりと痛んだ。「何かあった？　わたしたちが来月着るドレスのことで、マダム・ブーイヨンがまたとんでもない提案をしてきたの？」結婚式の衣装を手がけている仕立て屋の夫人は、最近、だんだんととっぴなデザインを一家に勧めるようになっていた。

「心配ないわ。わたしがどうにかするから」

　父が笑みを浮かべた。「もちろん、信頼しているよ。おまえの忠告どおり、彼女がやってきたら身を潜めているさ。羽根で飾りつけられるのは、もうたくさんだ」

　レイチェルの淡いブルーの目がテーブルの上に向けられた。「出かけていたあいだに、郵便配達が来たの?」父親の手で握りつぶされたらしい手紙に気づいて尋ねる。父がいつでも席を立てる準備をするように、革張りのテーブルにぺったりとてのひらをついた。

「いいえ、郵便配達ではないわ。使用人が直接届けに来たの。結婚式の招待状のお返事よ」グロリア・メレディスが返事を買って出た。長女の懸念を打ち消そうとして言ったのだろうが、口調があまりにそっけなさすぎた。ジューンの結婚式の準備は、何もかもおおごとに受けとめられるのが常だった。

レイチェルは、火のついていない暖炉のそばの椅子に座って考えた。そういえば、ルシンダといっしょにチャリングクロスへ出かけるために馬車に乗ったとき、きちんとした身なりの使用人がひとり、屋敷の前の石段を上がっていった。あのときは、ロンドンでの父の仕事の書類を持ってきた使いの者だと思った。結婚式の招待状はもう何カ月も前にすべて発送し、受け取るべき返事はとっくに受け取っていると信じていたので、使用人がやってきた本当の目的は考えつきもしなかったのだ。

シルヴィーが開いた窓のところへぶらぶら歩いていき、ふざけて窓枠から身を乗りだした。すぐ下に生えた灌木《かんぼく》に手を伸ばして、花のついたライラックの枝を折ろうとする。蒸し暑く薄暗い部屋に、心地よいほのかな香りが広がった。胸騒ぎがして、レイチェルは眉をひそめた。この部屋には、心を不安にする空気がある。張りつめた神経がそれを感じ取るのだが、はっきりした実体はつかめなかった。「ねえ、いつまでも気を揉《も》ませないで」軽い調子でたしなめる。「今になって招待したのはどなたなの？お招きしなければならない名士？それとも、単なる欠席者の埋め合わせ？光栄にもウィンドラッシュにおいでくださるのは、誰の知り合いなの？」

含みのある沈黙のなかで、両親の視線がぶつかり合い、すぐにべつべつの方向へそれた。父がため息をついて言う。「ディヴェイン伯爵からの辞退の手紙だよ。ご親切に招待いただいてと、礼まで書いてある。行儀がよすぎて、ただ断るだけではすまなかったんだろう」

「ディヴェイン伯爵?」レイチェルは息をのんだ。その名前を立て続けに聞いたショックで、家族からのけ者にされていたことに対する怒りが消える。「ディヴェイン卿《きょう》のこと?」信じられない気持ちをあらわにして繰り返した。

「そうだ」父が意味ありげな目つきで母を見ながら答えた。「その口ぶりからすると、彼が爵位を受けたことを知っているようだね」

「わたしが?」レイチェルは答える代わりに尋ねた。

「そう、おまえの話しぶりからすると、もう何度もその名前を耳にしているようだ」父が大胆に意見を述べた。

「今日の午後、話をした男性が、自分でディヴェイン卿だと名乗ったのよ」

「話をした? どこで?」両親が同時に驚いた声を出した。ふたりとも、この知らせを聞いて喜んでいるのか、恐れおののいているのか、区別のつかない顔をしている。

「通りでちょっとした馬車の事故があって、そのときに会ったの」レイチェルはそう報告して、勢いよく立ち上がった。「でも、うちの馬車は無事よ」父親がうろたえた表情をしたのは、長女が怪我《けが》をしなかったかどうかより、新しい馬車に傷がつかなかったかどうかが心配なのだろうと、勝手に判断して付け加える。「いったい、どうなっているの? ディヴェイン卿と名乗った男は、コナー・フリントなのよ。軍隊をやめたときにもらったお金で、爵位を買ったのかしら?」

「そんな卑しい話ではないんだよ」長女の体に傷が

ないかどうか、父親らしい目で確かめながら、エドガーがやんわりとたしなめた。「最近、少佐のお母さんの父上に当たる、アイルランド人の伯爵が亡くなってね。少佐がその爵位を継いだんだ。爵位の相続は公表されたから、彼にはディヴェイン卿と名乗る資格が確かにあるんだよ」

驚くべきニュースの意味が消化できると、レイチェルの考えはその先へ飛んだ。革張りのテーブルに置かれた羊皮紙の手紙を指さす。「どういうこと、招待状って？　あんなことが起きたあとで、まさかあの人をジューンの結婚式に呼んだわけじゃないでしょうね？」唇を噛《か》んで黙り込む。あんなことを起こした張本人は自分なのだ。フリント少佐に責任はない。両親――とくに、父は、あの忌まわしい出来事があった直後、何度も何度も絶望を味わっていた。「彼が現れれば、意地の悪い詮索《せんさく》をされるでしょうに、どうして出席してくれと頼む気になるの？　また答えられない質問をされるわ。イザベルに何があったのかって……」それ以上続けられなくなって口をつぐみ、熱いものがこみあげてきた目を、白く冷たい手で覆う。

「イザベルの話はしないことになっているでしょう」母が青ざめた顔で、末娘のほうをうかがいながらたしなめた。シルヴィーは握り合わせた手の上に顎をのせ、美しい夕暮れの景色を眺めて、ひとりだけの小さな世界に閉じこもっているようすだった。

「彼は断ってきたよ」エドガーがすかさず話題を変えて、深い失望のこもった口調で言った。「招待状を渡して何時間もたたないうちに、もう辞退の返事をよこした。それですべてがわかろうというものだ。これを届けたときは、いつものように丁重で品のある態度だった。間違いなく、これからもあの礼儀正しさは変わらんのだろう。だが、おまえのママとわたしが、勇気をもって差しだした和解の提案を、受けるつもりはまったくないらしいな。我々にしてみれば、わだかまっていた悪感情を清算するつもりだったのだがね。すべてを忘れて水に流した姿を、そろって世間に見せるのに、ジューンとウィリアムの結婚を彼とともに祝う以上の方法があるかね？」がっかりしたようにため息をつき、先を続ける。「この計画にコナーが協力してくれたら、世間の中傷を永遠に静められただろう。しかし、和解の提案をこうもあっさりとはね返されてはね……」くしゃくしゃになった目の前の手紙に、ぼんやりと指を触れる。「まあ、どんな返事が来るかは、初めからわかっていたんだ。彼を責めることはできんよ……」

「そうよ、お父さまにそんなことができるわけがないわ」レイチェルは静かな声で非難した。

「とがめだてできるようなことを、彼は何ひとつしていない。こちらの勝手を押しつけたときでさえ、立派にふるまったんだ」父がいつになく大きな声で、荒々しく言い返した。娘に目を据えて、唇を引き結ぶ。「いったい、どんな理由で彼を非難できる？　あまりに完璧《かんぺき》な紳士だからか？　あまりに欲のない男だからか？　婚約が整い、もう半日もすれば結婚式というときだったんだ。契約違反の訴えを出して、おまえの持参金を懐に入れられたかもしれないのに。メレディス家の名を汚し、破滅に追いやるだけの力が、彼にはあった。そんな厄介な訴訟で争ったら、この街でわたしの味方は得られなかっただろう。そして、おまえの評判も泥にまみれて、けっしてもとには戻らなかっただろう。彼はそうする代わりに、おまえを思いやって、不当にもひとりで屈辱に耐えた。わたしを思いやって、不当にもひとりで金銭的な損失をかぶった。わたしが償いをしようと申し出ても断って、莫大《ばくだい》な私財をなげうった。おまえの婚約指輪を受け取らせるのでさえ、言って聞かせなければならなかったんだ。彼は何も望まなかったよ。

完全に彼に権利のあるものまでな!」

痛みと怒りをこらえきれずに、夫が声をわななかせるのを聞いて、グロリア・メレディスはテーブルからぱっと目を上げた。震える手でエドガーを制し、もう片方の手で、顔を蒼白《そうはく》にした長女を指し示す。「もうたくさん! やめましょう。こんなことで言い争うのはばかばかしいわ」おずおずと夫に同意を求める。「よかれと思ってしたのですもの。わたしたちが望んだのは、お互いのあいだの溝を埋めて、最後には悲劇を忘れ去ることだった。でも、実際は、傷口を広げただけだったのね。少佐は……ディヴェイン卿は、いつも礼儀正しくふるまおうとなさっているのに、わたしたちは何もできずに、身内で口喧《げん》嘩《か》をしている。こんなことで、彼にはかなわないと証明するのはやめましょう」

「そうね、やめましょう」レイチェルが冷たく言い放って、敵意を含んだ険悪な沈黙のなかで、しばらく父親とにらみ合った。やがて、その沈黙を破って、ドアが開いた。

ジューンとウィリアムが笑いながら書斎に入ってきた。ふたりは二、三歩進んだところで、室内の緊張した空気に気づいて立ち止まり、笑顔を凍りつかせた。身長は五フィートそこそこだが、若木のようにしなやかな体を持つジューンが、まず落ち着きを取り戻した。小さな手を婚約者のたくましい腕にかけ、かわいらしいハート形の顔に明るい笑みをよみがえらせて、背が高くがっしりした男性を、書斎のなかほどまで引っぱり込んだ。

「あら、ジューン、おかえりなさい。さあ……さあ、こちらへいらっしゃい」メレディス夫人は喜びと感謝を声にたっぷりこめて、ふたりを迎えた。三女とその婚約者が向かいの家に親しい友人を訪ねていたのではなく、海外から戻ったばかりのように聞こえたかもしれない。「お元気、ウィリアム? 今週、おたくの音楽会でご両親にお会いできることになってよかったわ。この前お話ししてから、だいぶたっていますもの。晴れの日のために、準備がどの程度進んでいるか、お母さまにお知らせしなければね」急いで何かを言って、この場の雰囲気をやわらげようとしたため、グロリアは娘の将来の義母を嫌っていることを忘れていた。ふたりが婚約してから、パメラ・ペンバートンはジューンの社会的な地位を、自分の息子よりずっと下だと見なしているらしかった。そのうえ、ウィリアムの結婚式のためにメレディス家が整えた準備を、はなはだしく壮麗さに欠けたものと考えているようだった。

ありがたくも、婚約者に対するウィリアムの真摯《しんし》な愛は、彼が母親とは違うことを証明していた。ウィリアムはジューンを熱愛し、やさしさと尊敬をもってジューンに接した。そして、結婚式が執り行われるウィンドラッシュを訪れて以来ずっと、この屋敷を気に入り、自分はとても幸せ者だと言ってはばからなかった。

事実、ウィリアムは幸せ者だった。誰の目から見ても、ジューンは容姿も性格も並はずれてすばらしい娘だった。そして、裕福な両家を結びつける結婚の儀式は、出費を惜しまずに準備されてきた。きっと、思い出に残る日になるだろう。レイチェルをはじめ、誰もがそう言っていたし、そうなるに違いなかった。

それなのに、なぜ、社会的に下の者という役回りまで引き受けなければならないのか？　アレグザンダー・ペンバートンの弁護士としての収入に、ひけを取らない額の給料を得ていることを、メレディス氏は自慢できるはずだった。だから、ペンバートン家が優越感を持ついわれはないと、グロリアは考えている。たぶん、遠縁に公爵のいるペンバートン家には上に立つ資格があると、パメラが主張したのだろう。しかし、それはいないも同然の遠い親戚《しんせき》だった。グロリアはひとり意地の悪い笑みを浮かべた。去年の夏、ウィンスロップ邸で催された舞踏会で、愛娘《まなむすめ》のレイチェルがパメラに向かって、大胆にもその見解をぶちまけたのだ。

長女がパメラに身のほどをはっきりと思い知らせたうえ、その場でパメラの息子にジューンを正式に紹介したことを考えれば、ふたりの仲を取り持とうというレイチェルのもくろみが、これほどみごとに成功したのは奇跡だった。ジューンとウィリアムは深く愛し合い、盛大な結婚式が執り行われようとしている。喜ばしい式典を、けっしてだいなしにさせてはならない。その点に関して、グロリアは長女と同じくらい固い決心をしていた。

レイチェルに走らせた視線を、すぐにエドガーに投げる。父と娘はまだ怒りで顔をこわばらせて、これみよがしに互いを避け、それぞれ部屋の反対側に引き下がっていた。しかし、父娘はいろいろな面でとてもよく似ていた。ふたりとも頑固で、たいせつに思う人たちを守り、向こう見ずな行動を起こしがちだった。分別のある意見に進んで応じるときもあったが、困ったことに、良識に富んだ忠告をされても、ふたりが耳を貸すのはごくまれだった。

グロリアは口もとをかすかにゆるめて、ウィリアムと話しながら落ち着いて打ちとけた態度を取り繕おうとしている夫を見つめた。ウィリアムは正直で素直な性格だが、六年前、突然、エドガーの指のあいだをすり抜けてしまった、すばらしい息子の代わりにはとうていなれないのはわかっていた。気がかりなのは、その特別な関係が自分の手から失われた事実を、夫が完全には受け入れていないことだ。

グロリアは灰色の目をレイチェルに移した。金髪の頭を窓枠にもたせかけて、曇天の下で暗くかすんだ芝生を眺めている娘の横顔は、息をのむほど美しかった。そんな物静かで魅力的な外見からは、心に決めた男性がいないとは想像しにくい。しかし今や、真剣に長女に求愛してくれる男性を思い浮かべることはできなかった。レイチェルが二十四歳になった一年以上前に、長女が独り身のまま適齢期を過ぎてしまいそうだという現実を、グロリアは受け入れていた。それも、男性たちがレイチェルの評判を気にするせいばかりでなく、レイチェル自身が好んで今の状態を続けているせいでもあった。

不公平だった。ほかの女性は、娘たちがやぶにらみであろうと出っ歯であろうと立派に嫁がせている。グロリアの娘は、画家や詩人たちが虜《とりこ》になり、その作品で表現しようとするような高貴で古典的な美しさに恵まれていながら、いまだに家族以外に愛してくれる者がいない。あの細い骨格と冷たく美しい顔の下に鋼の意志と勇敢で激しい気性が隠れていると誰が信じるだろう。それに、イザベルは……かわいいイザベルは、まだ若くて良い縁談が舞い込む機会もないうちに……。グロリアは目に涙がこみ上げるのを感じた。今は、イザベルのことを考えてはいけない。ほかに心を傾けなければいけない娘がもうひとりいるのだから。ジューンはレイチェルやシルヴィーと違って手のかからない子だが、ほかの娘たちと同様、気を配ってやらなければならない大事な娘だった。

グロリアはレイチェルとシルヴィーが並んで立っている窓辺に近づいていった。ふいに、シルヴィーがまた窓から身を乗りだして、ライラックの枝を折り、花のついた房をふたつに分けて、片方を姉に、もう片方を母親に手渡した。そして、慎みもなく、ペチコートを白くひらめかせて窓枠を乗り越え、庭へ消えていった。

「まあ、あの子ったら！」グロリアは沈んだ声でつぶやいた。「実を言うと、あの子は女の子なのかしらと思うときがよくあるわ。あなたたち四人のなかで、あの子がいちばんのおてんばよ。その点では、あなたは誰にも負けないと思っていたけれど。覚えている？　木の上の家で、あなたが飼っていた生き物のこと」かすかに体を震わせる。「あれはたいした動物園だったわ。虫や蛙《かえる》や蛇がいて。大きな毛虫をベッドに入れられて、かわいそうなイザベルは正気をなくすほどおびえたわね」母の声がかすれ、まぶたがせわしなくぱちぱちと動いた。

レイチェルはうつむいた。シルヴィーがくれた香り高い花びらが、顔をかすめる。「かわいそうなイザベル」低い声で母の言葉を繰り返す。「それに、かわいそうなパパ」皮肉っぽく付け加える。「わたしにはがっかりしどおしですものね？　パパはわたしが男の子に生まれたらよかったと思っているのよ。そうすれば、わたしは心置きなく生き物を集められたかもしれないし、パパも心置きなくわたしにウィンドラッシュを譲れたかもしれない」

「父親というのは、息子や跡取りをほしがるものなのよ、レイチェル」母が穏やかに答えた。「それが世の習いだわ」

「だから、パパはあんなに急いでわたしを結婚させたがったの？　息子を手に入れるために？　わたしはまだ十九だったのに」荒っぽい口調で、母に思いださせる。

「それほど若くはないわ」グロリアが反論した。「わたしは十八になる一カ月前に、あなたのパパと結婚したのよ。そして、十九になる一カ月前に、あなたを産んだ」

「それは昔の話よ。わたしは違う。六年前、わたしには誰かの妻になる準備はできていなかった」

「あなたができていると言ったのよ。コナーのプロポーズを受けるようにと、あなたに無理強いした人などいないでしょう？　プロポーズをしたご当人でさえね。お父さまだって、コナーの求婚を受ける前に、あなたの気持ちを確かめたわ。あなたはたいへんな喜びようだった。わたしの勘違いかもしれないけれど、あなたは婚約者に夢中なのだと思っていたわ」

「間違いだったのよ。まだ二十歳にもなっていなかったから、勘違いしたんだわ。それでも、ずっとその償いをしていかなければいけないのよね」

「そんなことないわ、レイチェル」グロリアがなだめるように言い、言葉を切って夫を盗み見た。「それで、わたしたちがあなたを罰したことがあった？ 正直なところ、あったとは言えないでしょう？」

「今ではパパにも息子ができたし」やさしく誠意のこもった母の言葉に心を動かされて、レイチェルは謙虚に言った。「ウィリアムはいい人よ。誰にとっても、完璧な家族の一員になるわ」

意味ありげな沈黙のあとで、グロリアが話題を変えた。「ジューンが結婚するときには、ライラックも終わっているわね」丸めたてのひらにいい香りのする小さな花をのせる。「残念だわ。この花が満開になると、礼拝堂は絵のようにきれいなのに」

「代わりに薔薇《ばら》が咲くわ。それに、睡蓮《すいれん》やジャスミンも」レイチェルはわずかに口もとをほころばせた。「お庭の眺めも何もかも、きっとすばらしいわよ」

レイチェルは母の気持ちがわかった。屋敷にはもっとさまざまな植物があると請け合ってもらいたいのだ。来月になれば花々がみごとに咲き乱れるという母の言葉は誇張ではない。ウィンドラッシュをわかっている者がいるとすれば、それはレイチェル自身だった。壁石の積み方から、煙突の造りに至るまで、彼女は屋敷のことは全部知り尽くしていた。それにライラックの茂みも、睡蓮の咲く池も。二百エーカーの敷地にあるものはすべてなじみ深く、たいせつだった。そして女の身では珍しいが、レイチェルは長子として、将来ウィンドラッシュを相続するのだ。

「詮索したくはないけれど、コナーは、その……あなただと……」

レイチェルは吹きだした。「ええ、ママ、気づいたわ。公平に見て、とても立派な態度だった。パパなら、非の打ちどころがないと言うでしょうね。実は、助けてくれたのよ。あの人が仲裁に入ってくれなければ、わたしたちはまだチャリングクロスで途方に暮れて、勇敢なラルフが戦うのを見ていたところかもしれない」先刻の出来事を母に手短に説明する。そして最後に付け加えた。「変よね。昨日なら、こんなに時間がたったあとで、あの人がどんな姿をしているかなんて、正確にわかるはずがないと言いきったでしょうに。ルシンダが彼を指さした瞬間、あの人だと気づいたの」ぼんやりとライラックのつぼみをむしって、窓の外へ放《ほう》る。

「ふたりで何か話をしたの？　失礼はなかったでしょうね、レイチェル？　あの方をまた鼻であしらったと知れたら、お父さまはひどくお怒りになりますよ」

「もちろん、だいじょうぶよ」小さく笑って母に請け合ったが、嘘をついたので、内心きまりが悪かった。本当は、自分のふるまいを深く悔やんでいた。久しぶりに会ったディヴェイン卿に、あんな無愛想な態度をとるいわれはなかった。レイチェルは丸裸になったライラックの枝を外に投げ捨てた。「話はあまりしなかったわ。昔とほとんど変わらないと言われただけ」

あのゆっくりしたアイルランド訛《なまり》の口調が、ずっと耳について離れなかった。〝昔とほとんど変わらないね……わたしにとっては幸運だったよ。きみが変わらないでいてくれて。しかし、きみにとっては運の尽きだったかもしれないな〟

そのあと、平然と去っていく後ろ姿を見つめながら、レイチェルは胸騒ぎを覚えた。あれは効果を狙《ねら》って、注意深く選ばれた言葉だった。だから、あまり注意深く聞くべきではなかったのに、隠された意味を一言ずつ探ってしまった。家へ戻る馬車のなかでルシンダが、彼の台詞《せりふ》には確かに皮肉がこめられていたが、それ以上の悪意は感じられなかったと言った。それだけでなく、むしろおどけた話しぶりが魅力的だったと白状して、レイチェルを怒らせた。

しかし、ルシンダの客観的な意見を聞いて、レイチェルは胸を撫で下ろした。そして、ビューリー・ガーデンズに着くころには、ディヴェイン卿の言葉は脅しというより、レイチェルの鼻を折るのが目的だったのだという結論に達していた。いまだに基本的なたしなみも心得ていない女と結婚しないですんで、彼は皮肉っぽく感謝を表明したに違いない。六年たった今も、彼にどんなふうに受けとめられたかが気になったとしたら、くやしかったかもしれない。しかし気にならないのだから、くやしがる必要もないのだ……。

物思いから我に返ると、母がじっと見つめていた。レイチェルはさりげなく昼間の出来事の続きを話しはじめた。「そのあと、ディヴェイン卿は女の人が乗った馬車で行ってしまったわ。ルシンダが言うには、その人はイタリアのオペラ歌手だそうよ。殿方に大人気という噂の。たぶん、ディヴェイン卿とは、その……特別な関係なんでしょうね。あの人、彼に馬車に戻ってほしくてたまらないみたいで、近くにいた馬車の男たちと、これみよがしにいちゃついていたわ」笑顔で締めくくる。「今は、あの人に偶然会えて、本当によかったと思うの。六年間、恐れていたことがすんで、さばさばした気分よ。彼もきっと同じでしょう。パパがなんと言おうと、ディヴェイン伯爵が結婚式の招待を辞退して、わたしたちと充分な距離を置くだけの良識と礼儀をわきまえていてくれて、よかったと思うわ。わたしたちと付き合わないのがいちばんだと考えたに違いないけれど、わたしに言わせれば、先方から断られたと感じる必要はないのよ。実際はその逆だもの」

「そのお連れの女性というのは、マリア・ラヴィオラのようね」

「ええ。ルシンダがそんなふうに言っていたわ」

グロリア・メレディスは口を開きかけたが、代わりに晴れやかな笑みを浮かべて、会話を打ち切った。今週、ペンバートン家で開かれる音楽の夕べに、シニョーラが来賓として招かれていることは、自分ひとりの胸にしまっておいたほうがよさそうだと思い直したのだ。

彼女は長女の腕をやさしく叩《たた》きながら、考えをめぐらせた。あの歌姫が愛人なら、ディヴェイン卿は喜んで音楽会に付き添ってくるだろう。レイチェルがそのことを知ったら、何か口実を作って欠席するかもしれない。グロリアとしては、それは避けたかった。家族で招かれたパーティに、いつものように長女が姿を見せなければ、すげなく捨てたかつての恋人と同じ場所に姿を見せるよりも、かえって意地の悪い憶測を引き起こすかもしれない。レイチェルの言ったとおりだ。恐れていた再会は終わった。そろそろ、ふたりの関係は昔の話にして、噂好きな人たちを失望させてやるときだ。レイチェルの腕をもう一度軽く叩いて、グロリアはジューンとウィリアムのところへ近づいていった。ペンバートン夫人が結婚式にどんな衣装を選んだか、将来の義理の息子から詳しい情報を聞きだしてみよう。

3

レイチェル・メレディスが顔を赤らめるのを見て、自分にまだそんな影響力があったのかと、コナー・フリントはほくそえんだ。婚約していたあいだも、レイチェルはコナーを見るとかわいらしく頬を染めた。あのころは、若者特有の傲慢《ごうまん》さで、うれしくて赤くなるのだと考えていた。思わず、冷笑が大きくなったとたん、レイチェルがこちらを向いた。若いころの考えが間違いだったことは、もうわかっている。今と同じように彼女が顔を赤らめたのは、コナーの存在で落ち着きを失って、ふたりのうちのどちらかが、どこかべつの場所にいればよかったと思っているせいなのだ。それでも、昔と変わらないことがあるとわかって、心の片隅では満足した。この自分に対して、彼女はまったく無関心ではないのだ。

コナーは義理の弟と談笑しているように見せながら悠然と足を運んで、レイチェルをじっくり観察できる位置に移動した。そして虹《にじ》色に光る青い絹のドレスに包まれた優美な体の線に目を走らせる。人生最良の伴侶《はんりょ》を連れてきて、自分に引き合わせるつもりだろうか？　ひねくれたことを考えながらも、彼の目は依然として完璧《かんぺき》な姿に引きつけられていた。みごとに整えられた金色の髪。つややかな巻き毛の下から伸びる、白くなめらかな長い首。絶世の美女だ――皮肉にもつくづくそう思って、コナーは顔をしかめた。今週の初め、レイチェルを間近で見て以来、彼女のことがどうしても頭から離れない。もうすぐ二十六歳になるというのに、昔とまったく変わらない美しさだった。今はその全身が見えたので、コナーを虜《とりこ》にした十九歳の妖婦《ようふ》と変わらず、人を惑わす魅力があるのが明らかになった。以前に比べて体に少し肉がつき、なまめかしさが増していた。

あのころ、レイチェルは悪女の卵といったふるまいで、コナーを誘惑した。一方、コナーのふるまいは無能な男のようだった。目も見えず、口もきけず、耳も聞こえないかのごとく、おとなしくレイチェルに従ったのだ。六年前は気づかなかったが、大きな青い瞳が放つ悩ましげなまなざしは、自分だけが享受していたのではなかった。脈のありそうな女性の虚栄心をくすぐって、つけ込もうとする評判のよくない男たちも、同じようにコナーの愛する女性から誘いを受けていた。そういった連中は、コナーが黙って耐えているときに、彼の未来の妻がおもしろ半分に浮気女を演じ、彼を笑い物にするのを見て楽しんでいたのだ。

社交界のしきたりでは、女性が崇拝者を周囲にはべらせても許されることは知っていた。そして女性の夫や婚約者が嫉妬《しっと》をあらわにするのは、必要も品もないことだというのも承知していた。それでも、我慢と忍耐が限界に達して、上流社会の道徳観に歯噛《が》みする思いをたびたび味わった。たとえば、ヴォクスホール公園で開かれた夜会で、レイチェルが誰からも疎まれていたきざな男と目に余るほどべたべたして悪い噂《うわさ》が立ったときは、見過ごしにできなかった。もう少しで彼女を近くの茂みに引っぱり込んで、興奮した男たちに取り巻かれたら慎重にふるまわなければいけないと説教しそうになったほどだ。だがレイチェルは、その間際にコナーしか眼中にないといったふうに微笑《ほほえ》んだのだ。

コナーの怒りをやわらげ、手なずけておく術《すべ》を心得ているのだとわかっていても、彼は何も言えなくなった。レイチェルに夢中だったので、いらだちや男の欲望を抑えて、求められるとおりに行動した。そのうちに、それが身についた習性になった。なんという考え違いをしていたのだろう。そもそも、彼は求められてなどいなかった。レイチェルにしてみれば、すべては自分のルールでやると決めた子どものゲームだったのだ。レイチェルのルールを守らなければ、コナーが代償を支払うというゲームだった。

　コナーの目がひとりでに動き、ふたたびレイチェルの体に吸い寄せられた。彼は全身を這《は》いまわる視線に気づいて、レイチェルがうろたえるさまを注視した。その顔が半ばこちらを向き、ひそかな彼の観察に鋼のようなまなざしで挑んでくるのかと思ったが、彼女の片手が赤らんだ頬を覆った。そしてゆっくりと体がまわり、美しい背中しか見えなくなった。

　コナーは唇をゆがめて冷笑を浮かべた。魅惑的な瞳で男を挑発した小娘はいなくなっていた。ひょっとしたら、しばらく会わなかったあいだにコナーより短気な男が現れ、慎み深く品のあるふるまいについて、もっと説教する必要を感じたのかもしれない。だが、この数年、レイチェルが何度か婚約を破棄し、もう結婚の申し込みはないだろうと言われているのは知っていた。彼女が受け継ぐ財産の魅力を考えれば、第一の理由は年齢の高さではない。言い寄ってくる勇気のある男たちを、無情にもてあそんで笑い物にする女という烙印《らくいん》を押されているせいだろう。

　確かに、霜で覆われたようなブルーのドレス姿からは、何事にも動じない超然とした雰囲気がにじみでている。今は背中しか見えないので比べられないが、ドレスの色は氷のような瞳によく合うはずだ。

　馬車で友人と語り合うレイチェルの冷静で満ち足りた顔を見たとたん、コナーはその落ち着きを掻《か》き乱したいと思った。しかし、彼女が男たちの喧嘩《けんか》に巻き込まれると、おかしなことに敵の窮状を楽しめたのは一瞬だけで、いつの間にか首を突っ込んで、助けの手を差し伸べていた。しかも別れ際には、あんなばかなことを言ってしまった。なぜかはわからない。単にレイチェルを動揺させたかっただけかもしれない。

そしてコナーは、今また同じ衝動に駆られていた。あの傲慢さをはぎ取って、レイチェルが自分をじわじわと傷つけた方法で、彼女をじわじわと傷つけてやりたい。懲罰を下してやりたかった。それは奇妙な感覚だった。六年前は、レイチェルに振られた悲しみと屈辱を、我ながら立派に乗り越えた。その後彼女を忘れた。戦争に行き、敵と友人と財産を得た。数えきれないほどの女たちとベッドをともにするうちに、一度か二度は愛を語る機会も得た。しかし今、失った婚約者の美しさが少しも損なわれていないのを見て、復讐《ふくしゅう》したいという欲求が彼のなかで目覚めるのがわかった。

自己嫌悪で胸がうずいた。コナーはそのうずきを静め、レイチェルから目をそらして、そろそろ行こうと義弟に身ぶりで知らせた。ペンバートン家の廊下に群がった人たちのあいだを、ジェイソンのあとについてゆっくりと進みながら、コナーは繰り返される挨拶《あいさつ》に丁重に応《こた》えた。やがて上階の大広間から二またに分かれた左右対称の弧を描く階段の下にたどり着いた。おおぜいの客の騒々しい話し声のなかにいても、今夜の演奏会に備えて、楽器を調整する音が聞き取れる。階段の一段目に足をかけたときには、てんでんばらばらに楽器を奏でる音がもっとはっきり響いてきた。廊下のざわめきがそれほど大きくなくなっている。コナーは話し声が静まった理由を本能的に悟って目を上げた。

彼の愛人が滑るように階段を下りてくるのが見えた。純白の生地のあちこちに、深紅の薔薇《ばら》のつぼみを散らした柄のドレスを着ている。大きく開いた襟もとに視線を引きつけ、透き通る生地を折り重ねたスカートの下に異国情緒の肌を感じさせるように、巧みにデザインされたドレスだった。

夕暮れになってもなかなかおさまらない熱気を外へ逃がそうと、誰かが気をつかって、家中の扉と窓を開けたらしい。生ぬるい微風が蝋燭《ろうそく》の炎を揺らし、きちんと正装した紳士たちの顔を冷やした。その風が今度は逆の効果を及ぼした。ふいに突風が吹いて、マリアの薄いスカートを舞い上げ、形のよい膝をあらわにした。男性陣の喉もとに巻かれていたいくつものクラヴァットがふいにゆるめられ、ため息が玄関ホールに広がった。この現象に気づいた何人かの女性たちは、あとで連れと一戦交える心構えをしながら、いまいましい歌姫を心のなかでののしった。

コナーの耳にマリアのおかしそうな笑い声がかすかに聞こえた。しかし、彼女はすぐにはにかんだふりをすることにしたらしく、しなやかな太腿の上までめくれ上がった薄い生地を押さえつけた。

水を打ったような静けさのなかで、階段を下りてくる愛人の姿をコナーは物憂げに見つめていた。おおぜいの男たちに楽しみを与えたこの品のない布切れのために大金をはたいたのだろうかとぼんやりと考える。今朝、秘書が差しだした勘定書きの山を調べたが、ほとんどが帽子屋や仕立屋のもので、コナーの名義で大量に作られた婦人用の服飾品代が請求されていた。

マリアがコナーの顔になまめかしいまなざしを向けた。そして口もとをほころばせ、この人は自分ひとりのものだというなれなれしい態度でコナーを迎えてから、階段の下方で足を止めて見つめる人々にもったいぶった態度で視線を落とした。得意げに小さな顎が上がり、豊かな黒い巻き毛が、むきだしの肩の上で揺れた。

レイチェルはほかの客たちといっしょに、この官能的な見世物を眺めていた。あたりに興奮が渦巻いている気がした。目をそらすことができずに、赤ワイン色の絨毯《じゅうたん》を敷いた幅の広い階段の上で、マリア・ラヴィオラが勝ち誇った表情でディヴェイン伯爵の手を取るのを見つめる。シニョーラがぴったりと体を寄せたので、黒い上着で覆われたたくましい上半身が、くしゃくしゃの白いシーツから突きでているようにも見えた。マリアは小さな手で我が物顔にさっと伯爵の腕を撫《な》でまわしてから、彼の連れの男性に向かって会釈した。挨拶の言葉は聞こえなかったが、レイチェルにはそれが伯爵の義弟のジェイソン・ダヴェンポートだとわかった。ソプラノ歌手が爪先立ちになって、恋人の耳もとでささやくたびに、漆黒の巻き毛が美しくはずむ。その唇はまた、ジェイソンの金髪の近くをさまよって、彼にも親しげに話しかけた。

彼女が妖婦の役をおおいに楽しんでいるのはレイチェルにもわかった。周囲の視線を一身に集めて有頂天になりながら、素知らぬふりをしているのだ。今は、自分の縄張りをこの場にいる女性たちに見せつけて満足したようすだった。両脇《りょうわき》に付き添った男たちの腕にオリーブ色の手をかけると、三人で弧を描く階段をゆっくりと上っていった。

三人が最上段へ近づいたところで、レイチェルは我に返った。長身で垢《あか》抜けた紳士ふたりと、そのあいだで左右に揺れる華奢《きゃしゃ》でなまめかしい女性の姿から顔をそむけた。そのときになってようやく、昔を知っていて今も彼女をよく思っていないおおぜいの人々に、じろじろ見られていることに気づいた。愛人といっしょにいるかつての婚約者に目を奪われているうちに、今度は自分が熱い注目の的になっていたのだ。刺激的なひと幕でのレイチェルの反応が、明日になれば、気晴らしの種にされるのは間違いない。クラブや居間で、日がな一日、好きなように分析されたり、尾ひれをつけられたりするのだろう。

妹の将来の義母がレディ・ウィンスロップに寄り添って立っているのが見えた。ずんぐりした男爵夫人がこちらをこっそりうかがい、パメラ・ペンバートンがそれにならう。ふたりとも、おもしろがっているようすだ。くやしさで、心ならずも頬に血がのぼるのがレイチェルにもわかった。

ペンバートン夫人は意地が悪い。そう思うと同時に、婚約した妹がかわいそうになってレイチェルの胸は痛んだ。気のめいる考えに、またひとつ気のめいる考えが加わる。ジューンの将来をパメラとしっかり結びつけてしまったのは、この自分の罪なのだ。あのいやな女がウィリアムの母親だと確かめずに、ジューンを引き合わせてしまった。幸いにも、ウィリアムは外見も性格も、母親にはまったく似ていない。そして、彼は父親のほうにより好意を持っているようだった。レイチェルから見て、ウィリアムの父アレグザンダー・ペンバートンはいつもやさしく礼儀正しい男性で、きつい顔立ちをした妻より見た目も感じがよく、妻のようにおおげさでもったいぶったところもなかった。

レイチェルが穏やかな笑みをこしらえると、思惑どおり、ふたりの女性の顔から作り笑いが消えた。レイチェルは戦いに備えるようにジューンに声をひそめて合図を送り、妹と腕を組んで敵に近づいた。

息子の未来の花嫁に挨拶もせずに、パメラがいきなり切りだした。「ちょうど男爵夫人とお話ししていたところでしたのよ、ミス・メレディス。あのアイルランドの殿方は、あなたが――」

「まあ、よくおわかりになりましてね、ペンバートン夫人。もう何年も前のことを覚えていらっしゃるとは、なんて賢くていらっしゃるのでしょう。このわたしでも忘れかけていましたのに。それにしても、あんなつまらないことに、いつまでも興味をお持ちとは意外ですわ。確かに、あれはわたしが結婚をお断りした殿方です。若いころにああしてよかったと思えるのは、とてもいいものですわね」

レディ・ウィンスロップが薄笑いを浮かべてから、驚いたふうを装って、真っ黒に塗った二本の眉を、真っ白の粉をはたいた額の上で吊《つ》り上げた。「それは信じがたいお話ですわね、ミス・メレディス。本当に妙ですわ。大昔に社交界に出られた未婚のご婦人が、あんなに望ましい結婚相手をお断りしてよかったとおっしゃるなんて。だってねえ、水曜日に〈オールマックス〉で開かれたパーティでは、ディヴェイン卿《きよう》のお噂で持ちきりでしたのよ。あそこで社交界に出られた若いお嬢さんがたが、どうやって彼の注意を引きつけるのがいちばんいいかという話題に、それは夢中で。実を言うと、ほとほと聞き飽きてしまいましたわ。お嬢さんがたが、舌足らずの口調で彼のことをほめそやすのには」天井を仰いで、まばらなまつげをぱたぱたさせながら、甲高い声で並べ上げる。「とてもハンサムだとか、とてもすてきだとか、とてもお金持ちだとか……」

「とても結婚なさるお暇はなさそうだとか」レイチェルは付け加えた。

レディ・ウィンスロップの視線が漆喰《しっくい》に彫られた天使の群れから離れて、レイチェルに突き刺さった。

「ディヴェイン卿はお忙しそうですもの。お誘いがあればすぐに応じなければならなくて。そうお思いになりません？」澄ました顔で言う。

パメラ・ペンバートンがくすくす笑った。「若いお嬢さんがたは伯爵にもっときちんとした関係を迫るかもしれませんわね。目下、伯爵がシニョーラ・ラヴィオラと楽しまれている関係よりも」

「あら、確かな筋から聞いた話ですと、伯爵はシニョーラ・ラヴィオラと、それはきちんきちんと楽しまれているそうですわ」レイチェルはそう切り返した。ジューンがうろたえて息をのむ音が聞こえたので、安心させるように妹の腕をぎゅっと握る。危うく、とてつもなく下品なことを言うところだった。

たとえ社交界に入ったのが大昔であろうと、育ちのよい女性は卑猥《ひわい》な言葉を口にしないものだ。そんなことをしたら自分の身にどうはね返るか、気にかけていたとは言えなかった。結婚式が目前に迫っているのだから、少し用心して自制しなければならない。考えると恐ろしいが、なんといっても、パメラ・ペンバートンは妹の新しい家族になるのだ。

ペンバートン夫人がそわそわとあたりを見まわした。こんな無作法なひやかしにかかわるのが賢明かどうか、思案しているのだろう。そして、ただひとり何も口をはさまなかったジューンまでもが、何か悪いことでもしたように、夫人ににらまれる羽目になった。

無言で意地の悪い非難を浴びせられたジューンが哀れにも頬を赤らめるのを見て、レイチェルはぐいと頭を上げて、この責めは正々堂々と自分ひとりで負う決心をした。「実は、ちょっとした噂を仕入れましたの」小声で言って、わざと言葉を切り、秘密を打ち明けるように顔を寄せる。年長の女性たちが目配せを交わした。たしなみに欠けるのではないかという懸念に、好奇心が打ち勝ったらしく、レイチェルのつややかな金色の巻き毛に、やぼったいターバン風の帽子を近づける。「伯爵はきちんきちんとシニョーラ・ラヴィオラの……音楽会においでになると聞いていますわ。まだ、一度も欠席されたことがないそうです」彼女が口もとをほころばせると、ふたりの夫人ががっかりした顔で、同時にあとずさりをした。そして紅を塗った唇をすぼめて首をまっすぐに伸ばした。

もちろん、レイチェルはそんな話を聞いたわけではなかった。ディヴェイン卿が愛人の歌に耳を傾けるのかどうかも、まったく知らない。そんなことはどうでもよかった。自分の身に何が降りかかるか気づかずに、こんなところへ来てしまったことが、ひどく腹立たしかった。もしわかっていたら、書斎に閉じこもって、フィリップ・モンキュアから贈られた詩でも読んでいただろう。そのほうがまだましだった。しかし、こうなっては家へ帰ることもできない。気分が悪いと言い訳してこの場を辞しても、ますますひどい陰口を叩《たた》かれるだけだろう。あとは、精いっぱい努力して、今夜を耐え抜くしかなかった。

「あなたはおもしろがっているようだけれど、ご両親にしてみれば、ちっともおもしろくありませんよ」子どものいない男爵夫人が最初にたしなめた。

「四人の娘さんの身を固めさせるのは、大仕事ですもの。長女が片づかないうちに、下の娘が結婚したら、わたしならいやだと思いますね」

「男爵夫人にはそういうご心配がなくて、何よりですわ」レイチェルは嫌味をさらりと言ってのけた。

「わたしもいやだと思いますね」血色のよい友人の顔がかっと赤らむのを見て、パメラが激しい調子で口をはさんだ。「もちろん、メレディス家の娘さんは、今では三人しかいないというのが正しいでしょうけれど。かわいそうなイザベルを失われて、お母さまはひどく心を痛められたに違いないわ。お身内の悲しみは想像もつかないけれど……」

「そのとおり。だからこそ、そういう話題は口にしないのがいちばんなんです。とくに、こういった公の場では」かなりうんざりした調子の男性の声が、きっぱりと言いきった。

パメラはひとり息子を見て、白粉《おしろい》の下で顔を朱に染めた。息子のことを敬愛している彼女は、噂好きだととがめられて恥ずかしかった。しかし、息子には何度も熱心に説明したように、悪意があるわけではないのだ。だから、人を傷つけるはずもない。そう考えて気持ちを強くすると、パメラは愛する息子に甘い微笑みを投げかけた。微笑みを返されて、彼女の頬にますます血がのぼった。

ウィリアムを目にしたジューンが、聞こえるほどのため息をついた。ウィリアムがやさしい笑みを浮かべて、婚約者を引き寄せる。

「確かに、わたしが間違っていたわ」パメラは陽気に手をひと振りして自分の非を認めた。「もうすぐジューンが身を固めることを言い忘れてしまって……もちろん、我が家の嫁として歓迎しますよ……そうなれば、メレディス家に残るのは、ミス・レイチェルと小さなシルヴィーだけですものね。それに、あの小さなお嬢さんも、数年もすれば社交界に出られるでしょうし。この前、お見かけして驚いたわ。なんて背が伸びて、きれいになったのかしらって。きっと、袖《そで》にされる殿方がたくさん出るわね」レイチェルの過去を考えれば、配慮の足りない意見だったかもしれないと気づいて、彼女はおしゃべりをやめ、乏しい巻き毛をいじった。

「おっしゃるとおりですわ」レイチェルはパメラがうろたえるさまを眺めて楽しみながら、ため息をついた。「でも、つける薬がありませんのよ。うちの血筋ですわね」

パメラが険しいまなざしでレイチェルをぎろりとにらんでから逃げ道を探すようにあたりを見まわした。「あら、ジューン。あちらにお母さまがいらっしゃるわ」唐突に言う。「行って、結婚式のあれやこれやを、お話ししてこなければ」そしてレディ・ウィンスロップに意味ありげにうなずくと、ふたりの夫人はそそくさと去っていった。

「あれでも悪気はないと言えるといいんですけれどね」ウィリアムが取り繕った。「どの程度本気なのかわからなくて」

「証拠不充分につき、無罪にしてあげるべきだわ」勇敢にもジューンが言う。「お母さまは本当に、シルヴィーのことをきれいだと思ったのよ」

「きみは本当に、我が家の嫁として歓迎されると思っているのかい？」

ジューンは狼狽《ろうばい》したようすで目をぱちくりさせると、如才のない返事をしようとした。

「ぼくは本当に歓迎するよ。心からの愛をこめて」

「わかっているわ」ジューンがささやいた。きらめくはしばみ色の瞳は、ウィリアムの顔にうっとりと吸い寄せられた。

「さて……」レイチェルは大きな満足を覚えながらも、邪魔者になった気がして言った。「失礼して、ルシンダとポールを捜しに行くわ。わたしたちより早く来ているはずだから。お屋敷の前に着いたとき、道端に止まっている馬車が見えたのよ」二、三歩あとずさりしてから、ふたりに背を向ける。へたな言い訳だったが、妹もウィリアムもたいして気にとめていないはずだ。目にも頭にも、お互いのことしか入らないようすだった。

人々のあいだを通り抜けるのは、来たときよりも楽になっていた。廊下には、夢中でおしゃべりをしているいくつかのグループが残っているだけで、招待客の大半は二階の音楽室へ移動したあとか、階段を上っている最中だった。レイチェルは色とりどりのドレスの群れに視線を走らせた。みな、まぶしい光の下を飛ぶ異国の鳥のように、派手に飾りたてている。通路を半分ほど進んだところで、両親がこの家の女主人と話しているのが見えた。ペンバートン夫人はレイチェルの父の背後にいる母と話そうと首を伸ばしていたので、帽子がまぶたの上までずり落ちていた。レイチェルは内心笑った。ペンバートン夫人は息子にやり込められて、精いっぱい愛嬌《あいきょう》を振りまいているようだ。ウィリアムは母親の扱いを心得ている。それに立派で、すばらしい男性だ。妹は幸運だと思うと、ふたりの縁結びに手を貸した自分が誇らしかった。

そのとき、最初の小節を奏でるフルートの音色が聞こえてきた。レイチェルは階段の上り口まで行き、ルシンダとポールを捜して、人もまばらになった玄関ホールにもう一度視線を走らせた。壁にもたれていた男性の一団が去った陰から、ソーンダーズ夫妻の姿が現れた。流し目をくれる男たちを無視して、レイチェルはふたりのほうへ歩きだした。しかし、半分も行かないうちに、足どりが重くなった。近くで見ると、このカップルもまた、ふたりきりでいたいように見えた。ルシンダはやさしく生き生きした表情を浮かべ、黒っぽい瞳で上目づかいに夫の顔を見つめている。ポールはといえば、自分にそそがれる熱いまなざししか眼中にないようすで、ゆっくりと指を上げ、妻の赤く染まった頬を撫でている。

ふたりに気づかれたくなくて、レイチェルはあわててあとずさりした。それからくるりと後ろを向いて、階段に戻った。けれども、いちばん下の段に足をかけたところで、たったひとり立ち止まった。二階から流れてくる豊かなメロディも、突然の悲しみを取り除いてはくれなかった。レイチェルは動揺し、長く細い指を磨き込まれた手すりに滑らせながら、胸のなかにこみ上げたものを抑えようとした。恐ろしいことに、今にも泣きだしそうになっていた。

〝家族や友だちがそばにいるのに、寂しいはずがないでしょう〟いらだたしげに自分を叱咤《しった》する。喜びを感じる理由なら、充分にあった。親友は恋に落ちて身ごもり、かわいい妹のジューンは、これ以上ないほどすてきな男性ともうすぐ結婚する。そんなことを考えて元気を出そうとしても、喉につかえた塊は小さくならなかった。レイチェルは目をしばたたいて涙をこらえ、手すりを握りしめて決然と足を踏みだした。二段ほど上ると、前よりも気分がよくなり、落ち着きが戻った。友人にも身内にも付き添われずに、部屋に入るのは何も恥ずかしいことではない。ひとりで入らなければならない状況に慣れていないだけだ。彼女は震えがちな呼吸を整え、毅然《きぜん》とした態度で頭を振って、髪を後ろに払いのけた。何本もの蝋燭の炎の下で、髪が金糸のように輝いた。

顔を上げたとたん、レイチェルは思わず大きく息をのんだ。呪文《じゅもん》にかかったようにしばらく呆然《ぼうぜん》としたあと、やっとぎこちなく頭を下げる。そして命綱でもあるかのように手すりをしっかり握り、ふたたび階段を上がりはじめた。そのあいだも、壁に並んだウィリアムの先祖たちを、かすんだ目でまっすぐ見つめた。しかし視界の隅では、向こう側の端の一、二段上をこちらの歩調に合わせて上っていく、黒い服地に包まれた脚を絶えずとらえていた。そのとき、後ろの彼女の存在がもどかしくなったのか、彼が階段を横切ってすぐそばにやってきた。レイチェルは足を止めて指で涙をぬぐい、ひときわ恐ろしい顔をして兜《かぶと》の下から彼女をにらみつける戦士の絵に目を凝らした。

「いっしょに片づけてしまおうか?」

「なんですって?」

「〝いっしょに片づけてしまおうか?〟と言ったんだ」

「それは聞こえました。わからないのは意味です」

金箔《きんぱく》張りの額に入った肖像画に話しかけていてはさすがに変だろう。レイチェルは広い階段の上で体をまわして手すりに背中を預け、濡《ぬ》れたまつげ越しに思いきって鋭い視線を投げかけた。相手がハンサムであることは認めなければならない。それに、とても堂々としている。あまりに堂々としていて、怖いほどだ。六年前、コナーにこんな脅威を感じたかどうか思いだせなかった。しかし、今は感じている。それとも、頭がおかしくなっただけかもしれない。だから、理由もなく泣きたくなるのだ。けれども、今は泣くわけにいかなかった。コナーの前では。そうすれば、気づかれることもない……ともかくも、彼に気づいたようすはなかった。

コナーの唇の片端が吊り上がって、笑みが浮かんだ。そのあいだも真っ青な瞳はレイチェルの顔にとどまっていた。そうやって見つめたまま、彼は二階に向かって頭を振った。「今夜は百人もの客が来ている。明日の噂の種になる事件がないかと、待ちかまえている連中ばかりだ。みんな、きみとわたしに関心を持っているよ」

「それなら、みなさん、あなたとあなたの……お友だちの噂だけで我慢しなければならないでしょうね。あの方はとても歌がお上手だそうですから、わたしも拝聴したいと思います」レイチェルはそっけなく言うと、片手でスカートをつまんで、ふたたび階段を上りはじめた。しかし、二歩も進まないうちに、黒い袖が体のすぐ前に伸びてきて、磨かれたマホガニーの手すりをつかみ、彼女の進路をさえぎった。レイチェルは危ない階段の上でぱっと体の向きを変えるかのように見えた。

「分別を働かせてくれ、ミス・メレディス。ほんの五分か十分ですむことだ。少しばかり当たりさわりのない話をして、一、二度笑ってみせるだけでいい。なんなら、いっしょに踊ってもいいかもしれない。そうすれば、みんな面食らうだろう」

レイチェルは息をのみ、体を回してコナーに顔を向けた。分別のある助言だ。動揺しながらも、レイチェルにもそれはわかった。ふたりとも、このままそっとしておいてはもらえないだろう。どちらかがどちらかに好意を持っているのいないのという憶測は、必ず広まるものだ。そして当事者が無関心な態度を見せつけないかぎり、問題の根はなくならない。

結婚式の前夜にすげなく振った男性と、気楽に談笑する姿を見せたところで、失うものがあるだろうか？　レイチェルは柔らかくふっくらした唇をなめた。「わたしたちのあいだにわだかまりがあるという噂をつぶす機会は、父が与えたはずよ……来月の妹の結婚式に、あなたを招待したでしょう」

「来月は来月、今は今だ。そんなに長く待つ必要はないだろう?」

「あら、そうかしら?」長い沈黙のあと、レイチェルは低い声で答えた。一瞬、コナーが話を切り上げて、行ってしまうのではないかと思ったが、ふいに彼の表情がやわらぎ、じっと見つめていた冷たい瞳に笑みが浮かんだ。それから意外にも機嫌を取るような仕草で、彼はレイチェルが階段を上がるのを待たずに自分から下りた。レイチェルに言わせれば、お辞儀の仕方は少しわざとらしかったが、コナーが腕を差しだした。少し躊躇《ちゅうちょ》してからレイチェルはためらいがちに長く優美な指でその袖を取った。六年の時を隔てて初めて、彼女はコナー・フリントに付き添われて社交界の人々のもとへ向かった。

4

黙ったまま音楽室に足を踏み入れたとき、レイチェルの目にまず留まったのは両親だった。動きまわる人たちのなかに、こちらを向いた母の顔と、父のずんぐりした背中が見えた。ふたりともペンバートン夫人とはまだ友好関係を保っているらしい。

母は娘たちを目にしたとたん、ふいに話をやめた。一瞬、唖然《あぜん》とした顔を見せたあと、小さな口をさらにぽかんと開けた。そのせいで、実際よりずっと顎がたるんで、二重に見えた。そのすっかり変わってしまった顔つきに好奇心をそそられたのか、パメラ・ペンバートンもメレディス夫人がそれほど驚いた原因を突きとめようと首を伸ばした。運よく、人垣がすでに視界をふさいでいた。今のところはこの家の女主人に見つからずにすんで、レイチェルは天に感謝した。しかし、いつかは見つかるだろう。それも確実に。

もちろん、父もまったく気づいていなかった。妻といっしょにいるにもかかわらず、エドガー・メレディスは女どうしのおしゃべりには加わらずに、べつの男性と話していた。背をまっすぐにしたふたりの男はブックエンドのように並び、顔を前に向けたまま両手をポケットに突っ込んで言葉を交わしている。しばらくしてレイチェルは、もうひとりの男が父の義弟だと思いだした。ナサニエル・チェンバレンに最後に会ってからずいぶんたつので、よく覚えていなかったのだ。以前も風采《ふうさい》が上がらなかったが、しばらく会わないうちに彼はかなり肉がつき、頭もすっかり禿《は》げていた。

ナサニエルの結婚相手フィリスが父の妹に当たり、レイチェルがコナーを捨てるという醜態をさらして以来、フィリスは兄一家といっさいかかわろうとしなかった。それまで彼女は姪《めい》と知人の息子を結びつけた名誉に上機嫌だったのだ。コナーの母レディ・ダヴェンポートと叔母のフィリスは、かつて同じ社交グループに属していた。ここ数年のあいだにレイチェルのなかで何度も繰り返された疑問がふたたび頭をもたげた。今もふたりが親しいとしたら……？

レイチェルは父と叔父にまたこっそりと目をやった。そのとたんに良心がうずいた。この自分が、今かたわらにいる男性を振ったせいで、かつては親友だったふたりが、こんなふうにひっそりと話さなければならなくなったのだ。

十九歳のとき、チェンバレン家で催された小人数の舞踏会で、レイチェルは精悍《せいかん》な顔立ちをした若い少佐に初めて引き合わされた。社交界に出たばかりのほかの娘たちと同じく、レイチェルは彼のことをすばらしくすてきだと思った。つやのある黒髪、サファイア色の瞳。そしてアイルランド南部の訛《なまり》が、彼の口調をうっとりするほど甘くしていた。その夜、少佐の特別な注目をひとりで集めて、レイチェルは有頂天になった。とりわけ、嫉妬《しっと》を隠しきれないおおぜいの仲間たちに、うらめしい目を向けられたとあっては。そう、認めなければならないが、十九歳の自分にとって、ライバルたちを負かすことが、コナー・フリント少佐の魅力を倍増させたのだ。

レイチェルは意を決して視線をめぐらし、周囲の状況を確認した。今は傍観者の立場だが、すぐにこの場の主役になるだろう。そのときのことを考えると、神経が過敏になり、豪華な室内のあらゆる匂《にお》いが、ごくかすかなものまで嗅《か》ぎ分けられた。コロンのバーベナとラベンダーの香り。テーブルに並べられた食べ物から漂うスパイスの香り。それが蒸し暑い空気のなかで混じり合い、芳香となってレイチェルの鼻孔を刺した。

小さな壇の上では、シニョーラ・ラヴィオラが、退屈そうに楽譜をぱらぱらとめくっている。たぶん、自分が歌うときが来るのを待っているのだろう。ハーリー卿《きょう》が仲間のひとりといっしょに忠実な子犬さながら、ステージの前をうろついていた。ときおり、ふたりに向かって褒美の笑みが投げられた。そのうち、歌姫のまばゆいまなざしが、愛玩《あいがん》犬のふたりから恋人へと飛んだ。とたんに、マリアの目がはっとしたように閃《ひらめ》いて細められた。チャリングクロスで馬車の車輪が引っかかって動かなくなったとき、ちらりと見たレイチェルを覚えていたのだろう。彼女が黒っぽいアーモンド形の目を、レイチェルの全身に走らせるのがわかった。疑いを持つのも無理はない。シニョーラにしてみれば、今週になって二度も伯爵が同じ女にあからさまに注意を払うのを見せられたのだから。敵意をこめて品定めをする視線を、レイチェルはつかの間雄々しく受けとめてから、バター色の巻き毛を振って顔をそむけた。

しかし、それで終わりではなかった。そのときには、どこを向いても意地の悪い詮索《せんさく》の目にさらされている気がした。

レイチェルは後悔した。階段でこんなばかげた計画にはかかわらないと言って断っていれば、ふたりとも静かな日常を乱されずにすんだのだ。あのときからほんの数分しかたっていないのに、ここでもう何時間もぐずぐずしているように感じられる。コナーと仲のよいふりをしてみせるという考えも、もはや少しも名案とは思えなかった。

そのときパメラ・ペンバートンの目がついに獲物を捜し当てた。あまりに驚いたのか、その顔が滑稽《こっけい》なしかめっ面に変わった。もう限界だ。見かけだけ取り繕っていたレイチェルから落ち着きが抜け落ちた。笑いがこみ上げ、抑えようもなく体が震える。

コナーの真っ黒な頭が傾いて、殊勝にもうつむいたレイチェルの顔をのぞき込んだ。苦しそうにゆがめられた表情が見えたのだろう。低く悪態をつく声がしたあと、語尾を長く伸ばすアイルランド訛が聞こえた。「また泣いているのかと思ったよ。何がそんなにおかしくて、涙が笑いに変わったんだい?」

不覚にも、先ほどの涙に気づかれていたのだ。しかし、これこそが、今まさに必要な言葉だった。笑いの発作はとたんにおさまり、レイチェルは顎をぐいと上げた。こちらを見つめるたくさんの顔が、目に飛び込んできた。見覚えのある人たちは、昔のスキャンダルを思いだしているのだろう。社交界に出て間もない人たちも、ふたりの登場で一変した空気を嗅ぎ取り、噂《うわさ》の種になる出来事が起こりつつあるのを承知しているはずだ。それでもレイチェルはなんとか冷静に答えた。「わたしは一度も泣いてなどいません。目の錯覚だと思いますけれど」

「それならいい。言い争いはやめよう。さもないと、でっち上げた話の筋があっけなくだめになってしまう」コナーは横目でレイチェルを見て、そっと付け加えた。「我々はすっかり注目の的になっている。だから、うんざりした顔はやめよう。いいね、仲よく楽しく、だ。さて、きみのご両親のところへ行こうか？」

「やめて！　あの、できれば、それはまだ……」最初の一言は金切り声になった。その後レイチェルが気を静めて控えめに声を落としたので、コナーが聞き取ろうとして身をかがめた。レイチェルは咳払《せき》いをして、なんとかべつの話題を考えだそうとした。そうすれば、適度に抑えた口調でおしゃべりをして、立派に彼の要望に応《こた》えられると証明できる。そのとき、父の姿が彼女の目に入った。父は満面の笑みを浮かべ、おまけにウィンクまで投げてよこした。

思わずレイチェルは小さなうめき声をもらした。ますますきまりが悪くなって、目を伏せる。ああ、父がどれほどこの男性が気に入っているかはわかっていた。それは昔から変わっていない。すぐにも、父のあからさまな賞賛と皮肉を、たっぷり浴びせられることになるだろう。この恐ろしい可能性に気づいて、レイチェルはかすれた声で唐突に言った。

「よろしければ、あそこに座りません？　少しのあいだだけ」壁のくぼみに造られた静かな空間を目顔で示す。

レイチェルは先に立って歩きだしたコナーのあとについて、戸口の近くに置かれた小さなテーブルと数脚の椅子のほうへ向かった。そのあいだ、鋭い視線やひそめた声が絶えずつきまとった。

レイチェルはエスコート役が丁重に引いてくれた椅子に、ありがたく腰を下ろした。そっけなく礼を言うと、コナーがかたわらに立ったまま、紫檀《したん》の椅子の肘掛けに片手を置いた。

「それでは、天気の話から始めようか」ゆっくりしたアイルランド訛で言う。

周囲の者には、感じがよく穏やかな表情に見えるに違いないが、レイチェルだけは、黒くたっぷりしたまつげ越しにのぞくブルーの瞳が、皮肉を楽しむように輝いているのがわかった。

「さてと、今日は昨日より暑いと思いませんか？この週末は雨になるかもしれませんね？」コナーは少し離れた場所に視線をそらして言った。これなら、どこから見ても、知り合いの女性を相手に、仕方なく義務を果たしている男の姿と受け取られるだろう。彼はかすかな笑みを浮かべて、金色に輝く頭に向かってささやきかけた。「嵐《あらし》が来る可能性についての話をするころには、このお屋敷の奥方につかまっているかもしれない。すでに着実に近づいているようだ。そうそうたる面々を押しのけてね」

「急にディヴェイン卿に興味をそそられたのかもしれませんわね……新しく爵位につかれたので」

コナーは漫然と爪を調べながら言った。「負け惜しみのように聞こえるね、レイチェル。わたしが伯爵になったことが気になるのかい？」

「伯爵さまのことなど何も気になりませんわ。いったいどうして気になるのです？」気安く名前で呼ばれて、許すわけにはいかない。レイチェルは甘い声で言い返したが、〝伯爵さま〟の部分を強調して、拒絶の意思をあらわにした。

コナーはとがめられても平然としたようすで、声をあげて笑った。「さあ、どうかな。わたしの身分が高くなったことに、きみの後悔の種があるのかもしれない」

レイチェルはゆっくりと顔を上げた。それから、わけがわからないふりをして、コナーに向かって両眉を吊《つ》り上げた。つやのある黒っぽいまつげの下から上目づかいに青い瞳を向けるなまめかしい仕草も、無駄な努力だった。コナーはべつのものに気を取られていた。きちんと確かめなくても、部屋の向こう端にじっと目を据えている理由はすぐにわかった。今夜は、この男性が燃える瞳で恋人に見とれるところを、不本意にも二度も目撃したのだから。恋人の存在を忘れていないという無言の保証で、シニョーラが納得したのさえわかった。

「そんなにこわばった顔で見ないでくれよ、レイチェ……ミス・メレディス」コナーは名前を言いかけて、わざとまじめな口調で訂正した。「隠し持った武器をきみに突きつけて、ここから動けないようにしているのではないかと疑われる」

自分の言ったことが思いのほかおかしかったらしく、コナーが突然天井を仰ぎ、ひそかに笑い声をもらした。そのせいで、レイチェルはますますみじめになった。けれども、いちばん心を掻《か》き乱したのは、自分自身のふるまいだった。彼女は少し前に目にした妹と親友のふるまいを、危うく真似《まね》しそうになったのだ。信じられないことに、嫌われて当然の男性と、仲むつまじく戯れたいと思った。もちろん、コナーはこちらの思いなど気づいていない。コナーの退屈そうな態度が、彼女を故意に冷たくあしらうために装われたものなら、まだ耐えやすかった。しかし実際は、過去の恋人よりはるかに心引かれる現在の恋人に気を取られているだけなのだ。

十九歳のとき、レイチェルは騎兵隊の立派な少佐を、小さな手で思いのままに操っていた。何カ月ものあいだ、レイチェルがせがめば、コナーはどんな曲にも合わせて素直に踊った。それが今、その男性に袖《そで》にされているなんて！　ほんの一瞬、彼と親しくなりたいと願い、そして冷たくあしらわれた。とはいえ、無視されても仕方がない。それを気にする必要はないし、卑屈に感じる必要もない。

そうわかっていても、だめだった。

レイチェルは人にすげなくあしらわれたことがなかった。とくに男性にはそうだった。それほど好かれることはないかもしれないが、とにかくないがしろにされたことはない。辱められた怒りが胸に渦巻き、レイチェルは子どものように席を立って両親のもとへ駆け戻りたくなった。けれども今はまだ逃げるわけにはいかない。憤りを覚えてはいても、パメラ・ペンバートンがすぐそばまで来ているとあってはそれはできなかった。

パメラはこちらへ向かって進んでくる途中だった。新しい顔触れに出くわすと、体裁を繕うためにおざなりに言葉を交わしている。夫人がここへやってくれば、ほかの人たちもそれにならうだろう。そうなれば、この男性とふたりだけで話す機会は、もうなさそうだった。明日レイチェルは、母と妹たちといっしょに結婚式に着るドレスを持ってウィンドラッシュへ戻り、その後はジューンの婚礼の準備が本格的に始まる。父はシティでの仕事を片づけてから、一日か二日後に戻る予定だった。

ディヴェイン卿はアイルランドにある屋敷を、すぐにも修復するつもりかもしれない。万にひとつの偶然を除けば、二度と彼に会うことはないだろう。レイチェルは突然、別れる前にどうしてもふたりできちんと話をしなければならないと思った。敬意を払われなくても、充分な注意を払ってもらえるようにふるまいたかった。今のままでは、まるで愚かな小娘だ。初めは、階段でめそめそと自己憐憫《れんびん》にひたり、次は媚《こび》を売ろうとしてぶざまに失敗した。これでは、社交界に出たばかりの幼稚な娘に見えただろう。実際は、一度……いや三度も婚約をした二十六歳の女なのに。

顔を上げたとき、ペンバートン夫人の輝く小さな目と心ならずも視線が合った。レイチェルはうろたえつつも、せめて急いで謝るまでこの屋敷の女主人がその場にとどまってくれるように祈った。簡単ではないが、ぐずぐずしている暇はない。間違いなく単純で、今では実にはっきりしていることだ。コナーに深く愛されながら、自分が破棄した婚約を——彼を捨てたときのすべてのごたごたを、きちんと葬り去るためには、もう一度過去を掘り起こさなければならなかった。

パメラ・ペンバートンの甲高い声が一ヤードも離れていない場所で響いた。レイチェルは声をひそめて、あわてて話しだした。

「あなたのおっしゃるとおりよ。わたしは後悔しています。たぶん最大の後悔は、それを認めるのにこんなに長くかかってしまったことよ。でも、まずはっきりお断りしておくけれど、あなたが貴族になったのが原因で、こんな告白をするわけではないの。あなたに失礼なふるまいをしてしまったことを謝りたいだけ。六年前だけでなく、つい先日のことも。この前、道で助けてくださったときも、ぶしつけな態度をとってしまったわ。理由はないの。強いて言えば、思いがけなくあなたに会った衝撃をやわらげようとしたのかもしれない。でも、それでは弁解にならないわね。ともかく、六年前はそう思わなかったかもしれないけれど、あのときあなたはわたしから逃れられて幸運だったのよ。わたしたちはまずうまくいかなかったでしょうから……」

レイチェルは語尾を濁し、親指で爪をこすった。膝に目を落としたままでいるにもかかわらず、今ではコナーの視線がじっとそそがれているのもわかる。

「それから、うちの御者に怪我《けが》をさせないようにしてくださってありがとう。ラルフは若い人と喧嘩《けんか》をするには、年を取りすぎているから。家に着いたあとで、よく言い聞かせておいたわ。それに、あのいやな判事をやり込めてくださって感謝しています。あんな人に判事を続ける資格はないのよ。嘘《うそ》と言ってもいいほどおおげさに事実をねじ曲げて……あら、どうも、ペンバートン夫人。今週はなんて蒸し暑いんでしょうとディヴェイン卿とお話ししていたところですのよ。嵐がやってくるに違いありませんわ」

レイチェルは手提げ袋から優美な扇を引っぱりだした。手首をひと振りして扇をぱっと広げ、上気した顔の前であおぐ。

だしぬけの謝罪に対する反応を確かめたくてたまらなかったが、コナーを見ることはできなかった。彼はおもしろがっているだろうか？　それとも、うんざりしている？　レイチェルが深い後悔とともに言った台詞《せりふ》にも、ほとんど心を動かされなかっただろうか？　もしかしたら、少しも興味を感じなかったかもしれない。やはり、謝るにはあまりに遅すぎたのだ。はっきり断言できるのは、コナーがレイチェルの突然の独白に面食らっていることぐらいだろう。当然、六年の沈黙のあとでは充分に悔い改めているとは見なされていないはずだ。コナーがかつて耐えなければならなかった痛みや屈辱に比べれば、慰めにもならないだろう。それでも何もしないよりはいい。それだけは彼にもわかってもらえる。そう考えると、ぐっと気持ちが落ち着いて、レイチェルの口からため息がもれた。まるで、知らないうちに背負っていた肩の荷が下りたようだった。思い出につきまとうイザベルの幻影だけを残して……。

若い娘たちが結婚相手にと望むこの男性客を、パメラ・ペンバートンがおおげさに歓迎している。彼女の言葉を黙って聞きながら、レイチェルは出席している貴族たちの名前を頭のなかに書き連ねて、結論を下した。確かに、かつての婚約者はこのなかでいちばん身分が高い。パメラがお世辞をまくしたてるのも当然のことだった。

夫人はレイチェルの顔にしきりに視線を投げていた。何かの拍子に、注目に値する反応が見られないかと期待しているのだろう。そこでレイチェルはほてった顔を冷ます優美な道具の陰から、きらびやかな室内のようすを、失礼にならない態度で眺めつづけた。あと数分すれば、席を立って両親に合流してもおかしくないだろう。あとほんの数分で、自由になれる……。

「そういえばレイチェル、きちんと言っておかないと。今夜あなたは悪い冗談で人をからかってばっかり。ここにいらしている方のなかにも、あなたのことをそんなふうに……」レイチェルが逃げだそうとしている魂胆を見透かしたのか、パメラが彼女を椅子から立てなくなるような台詞を吐いた。

レイチェルの扇が震えてから動きを止めた。自尊心はぼろぼろになり、しかも夫人がこれほど露骨に挑んでこようとは思ってもいなかった。レイチェルは口ごもりながら尋ねた。「な、なんですって？」

パメラは勝ち誇った気分で、レイチェルの象牙《ぞうげ》色の頬に朱が差すのをじろじろと見つめていた。愛する息子や男爵夫人の前で恥をかかせておいて、逃れられると考えているなら、この生意気な小娘に思い知らせてやらなければならない。パメラ・ペンバートンは自分の屋敷でばかにされて、黙っている女ではないのだ。

小娘のうぬぼれた強がりは、結婚相手として申し分のないこの男性を振っただけでも充分だ。それにもかかわらず、この娘はいろいろと小細工を弄《ろう》したらしく、またしても彼の隣におさまっている。もしかしたらディヴェイン卿が今では伯爵の地位とより大きな富を得たという事実が、この抜け目のない変わり身といくらか関係があるのかもしれない。

パメラが考えるに、ディヴェイン卿ともう一度やり直す機会を与えられるほどの価値はこの娘になかった。それにそんな機会を与えられるべきでもない。男爵夫人の姪のバーバラが、ディヴェイン卿に求婚してもらえるように熱心に働きかけている。バーバラの家に集まって、みなでポーカーをしたときは、ディヴェイン卿も彼女にぞっこんのようすだった。しかし、アイルランド人の魅力が、気前よく公平に振りまかれていたのも事実だった。それにしても、明らかに伯爵はこの小娘のせいで、かつて世間からどんなにばかにされたか忘れているらしい。この小娘のせいで上流社会の笑い物にされたのは、そう昔の話ではないのに。もっとも、今では非の打ちどころのない権威の証《あかし》を持った伯爵を嘲笑《あざわら》う者はいない。伯爵から嘲笑われでもしないかぎり。

そんなディヴェイン卿に歓迎の意を印象づけることはパメラ・ペンバートンにとって重要に思えた。同様に、ずる賢いレイチェルをおとしめることも重要だった。「ご立派な独身の殿方は、どんな集まりでも、もてはやされるものですわ」パメラはにやにや笑いを浮かべながら言った。「ですから、先ほどミス・メレディスがおっしゃったことは嘘だと証明してくださいますでしょう？　もし本当なら、おおぜいのお嬢さんがたが嘆き悲しみますもの」まばらなまつげをぱちぱちさせ、上目づかいにディヴェイン卿を見る。「ミス・メレディスはおっしゃいましたのよ。伯爵さまには結婚なさるお暇がなさそうだとね。お忙しいからだそうですわ。お誘いがあればすぐに応じなければならないとかで」彼女はわざと言葉を切り、レイチェルが驚くのを見てこっそり楽しんだ。

冗談のつもりで言ったことを、よりによって当人の前で意地悪く説明され、レイチェルの顔が抑えつけた怒りで赤煉瓦《れんが》色に変わった。

「こちらの娘さんは伯爵さまの秘密に通じておられますの？　そんな幸せなお嬢さんがいらっしゃるのかしら？　それとも、そんなふうに大人をからかってばかりいてはいけないと、ミス・メレディスを叱《しか》ってさしあげなければなりませんかしらね？」

コナーが声をあげて笑った。非難とおかしさの入りまじったような声だった。しばらく彼は機知に富んだ返事をまとめ上げるように空を見つめていた。それからこの家の女主人を無視して、混乱し、憤っているレイチェルに冷たいまなざしを向けた。レイチェルは顔の前で扇を猛然とはためかせ、頭上の漆喰《しっくい》壁を飾る豊饒《ほうじょう》の角の浮き彫りに、目を釘《くぎ》づけにしていた。

「おほめいただいたうえ、わたしの個人的な恋愛に多大な興味を示していただいて光栄ですよ、ペンバートン夫人。しかし、あなたの祝辞を受ける役まわりは、ミス・メレディスに譲りましょう……」言葉が途切れた。レイチェルはびくりとして横目でコナーをうかがった。彼は、唖然として口をあんぐりと開けているペンバートン夫人をまったく見ていない。

「どうやら、彼女はみごとにあなたがたをからかい通したらしいですからね……いずれにしろ、くだらないことだ」その瞳がぎらりと光るのを見て、レイチェルははらわたがよじれるような気がした。それからコナーはそっけなく頭を下げ、一歩下がってくるりと背を向けた。

一時間のうちに二度も、懸命に機嫌を取ろうとした男性に軽蔑《けいべつ》されたパメラは、こんな気まずい雰囲気のままコナーを行かせまいとして必死で引き止めた。「では、嵐になるとお思いですのね、伯爵さま？」鼻であしらわれたことは明らかに許したようすで、目を見開いてにっこりと笑い、甲高い声で尋ねる。

「とても避けられそうにないでしょう」コナーは振り返って力をこめて言うと、つかの間レイチェルに冷たいまなざしを投げて去っていった。

「そうだわ、お母さまと楽しくおしゃべりしましたのよ……」

レイチェルは氷のかけらのような目で、夫人をにらみつけた。よくもこんなになれなれしく話しかけられたものだ。急に愛想よくふるまって、ついさっきまでひどく意地悪な態度をとりつづけていた事実を水に流そうとでもいうのだろうか。さっきはレイチェルを侮辱し、恥をかかせ、彼女が伯爵の歓心を買おうとしていたかのように言った。それだけでなく、コナーと親密だと自慢していたかのように、当の本人にほのめかしたのだ。まるででたらめだ。夫人のほうこそ、一度ならずも伯爵に取り入ろうとしていたではないか。突然、レイチェルは恐ろしい考えに襲われた。コナーはレイチェルが彼の注意を引こうとしていると思っただろうか？　今夜、ひとり寂しく階段にいたのは、彼をおびき寄せるための計略だと思われただろうか？　だからコナーは、自分の身分が高くなった今、彼女が後悔しているのではないかと言ったのだろうか？　レイチェルの遅すぎた謝罪に対する軽蔑が、最後に投げられたまなざしにすべてこめられていたような気もする。伯爵家の財産を巻き上げようという下心に突き動かされて、謝罪をしたと思われたかもしれない。レイチェルはくやしさで息が詰まりそうになった。「楽しくおしゃべりですって？　わたしの母と？」唇をゆがめて嘲笑《ちょうしょう》を浮かべる。「それは驚きですわ。あなたはメレディス家の人間から、もっとひどい仕打ちを受けて当然ですのに。では、失礼します」

このアリアは澄んだ豊かな声にとてもよく合っていると、レイチェルは思った。ソプラノ歌手は自分の長所をよく心得ているらしい。ステージを中心にして半円状に何列も並んだ椅子はすべてふさがり、一言のささやきも聞こえなかった。この最後の曲は、明らかに彼女の声域の広さをはっきり示すものだった。高く美しい歌声がしだいに大きくなる。

最前列に陣取った賞賛者たちのなかに、ディヴェイン伯爵の姿がないところを見ると、歌姫の独唱をいつも聴きに来るわけではなさそうだった。しかし、シニョーラの苦悶《くもん》に満ちた表情や、型どおりのおおげさな身ぶりは、もちろん完璧《かんぺき》だった。この女性は本当に才能に恵まれていると、レイチェルも認めないわけにはいかなかった。

サム・スミスは道端に立って、明るい火の灯《とも》った二階の開き窓を見上げていた。優美な服を着た男女が視界に現れては消え、贅沢《ぜいたく》で魅惑的な秘密の世界をのぞかせる。彼らは菓子を食べたり、グラスやカップを傾けたりしていた。男たちはみな、裕福で身分が高そうに見え、女たちはみな、きらびやかで美しく見える。そのとき、誰よりも美しい女性が視界にふわりと入ってきた。この前その女性を見たとき、いっしょにいた女友だちのかたわらで、くつろいだようすで笑っている。その口もとに運んだグラスが、明かりを受けてきらりと光った。金色の巻き毛と真珠のように白い肌は、実に目の保養になる。そう思いながら、サムはあざのできた顔に手をやった。腫《は》れ上がったまぶたに指が触れたとたん、痛さにたじろいだ。

あの女性が出席しているのだから、あの紳士も出席しているだろう。ディヴェイン卿があの女性を見たときの顔つきからして、彼女がいるところなら、彼もいるかもしれないと思えた。

サムは妹を連れて一夜のねぐらを探していたところで、今週の初め、喧嘩を仕掛けてきた年輩の男に気づいたのだ。そこで茂みのなかに潜み、見通しのきく場所から、怪我をしていないほうの目で、こっそり男を観察した。男はこの前とはまた違う立派な服を着て、紳士気取りで御者台に座り、待つのに飽き飽きしながら時間つぶしに玉石敷きの道でさいころ賭博《とばく》に興じるほかの御者たちとは距離を置いていた。そう頭を使わなくても、道にずらりと並んだ馬車や、ぶらぶらしている使用人たちや、たくさんの窓を光り輝かせた大きな屋敷を見れば、上流社会の人々が舞踏会を開いているのはわかった。

そのとき、ふと途方もない考えが浮かんで、サムはここにとどまることにした。自分には失うものはないが、自分が面倒を見てやらなければ、妹のアニーはたくさんのものを失ってしまう。そこで今、サムは待っていた。どのくらい長く待ったかわからないが、物陰に隠れてからもう一時間以上たった気がする。だが、必要なら夜明けまで待つ覚悟はできていた。勇気を持って、あの人に話さなければならない。ディヴェイン卿はなんと言うだろう？　ただ、〝だめだ〟と言うだけだろうか？

5

ジェイソン・ダヴェンポートがカードから顔を上げ、目に軽蔑《けいべつ》の光を浮かべて新参者を見た。

「やあ、ハーリー、座れよ」コナーは愛想よく声をかけた。

意地の悪そうな目を細めたベンジャミン・ハーリーが、厚い唇をむっつりとねじ曲げて、ベーズ織りの布を張ったテーブルにぶらぶらと近づいてきた。彼は宝石で飾られた嗅《か》ぎ煙草入《たばこい》れを開けて指先で中身をつまんで吸うと、ひとつ咳《せき》をして、仲間たちに取り入るようにくすくす笑った。「まさか、きみの誘いに乗ると思っているわけではないだろうね？この前も、ポーカーで大群の敵を総なめにしたと聞いたよ」

コナーは平然とトランプを切った。「で、それが心配なのか？　わたしが勝つだろうと？」

「いや。心配なのは、きみに確信があることさ。ぼくが負けるという……」

沈黙は限りなく続くように思えた。そんななか、数人の男たちが開け放たれたドアに向かって歩いていった。妻たちの厳しい監視の目を逃れ、テラスに出て、煙草や酒をこっそり楽しもうというのだろう。

「わたしがいかさまをすると言いたいのか？」

「どうも信じられなくてね。きみがけっして負けないというのが……」

「もっとはっきり言ってくれないか」コナーはアイルランド訛《なまり》のある物柔らかな口調で迫った。

「いかさまって、なんのお話？」緊張した空気に、女性の声が心地よく流れた。赤い薔薇《ばら》のついた白いドレスを着たマリア・ラヴィオラがさわやかなそよ風のように歩いてきた。緋《ひ》色の手袋に包まれた片手を物憂げに上げて、コナーの広い肩をぽんと叩《たた》く。

「あなたの歌声は天使のようでしたよ」憤慨のあまり吐いてしまった暴言から注意をそらすため、ハーリーが絶好の機会に夢中で飛びついた。

すぐに部屋にいたほかの男たちも、この場の空気を明るくし、なおかつソプラノ歌手の真価を認めているところを示そうと、口々に賛辞を述べた。

「今夜もう一度、あなたの甘い声を拝聴できますか？」ハーリーが尋ねる。

「ここではだめね。たぶん、あとで、どこかほかの場所でなら……」なまめかしいまなざしを投げられて、コナーはこっそりと笑みを返した。

マリアがほっそりした指で美しい顔をあおぎながら嘆いた。「今夜はものすごく暑いわね」

「お気の毒なディヴェイン卿《きょう》は、そうは思っていらっしゃらないでしょうね」ハーリーがにやにやして言った。「きっと、まだ寒気がしていますよ」

「なぜ？」

「ミス・メレディスのせいです。あのご婦人は、またしても伯爵を冷たくあしらったらしいですから」

ベンジャミン・ハーリーとは飲み友だちのピーター・ウェイヴァリーが、突然げらげら笑いだした。そのとたん、酔っ払ってふらふらしているめかし屋に、身をもって抗議するように、ジェイソンが座っていた椅子を乱暴にテーブルから引いた。

コナーは無表情に肩をすくめ、筋肉の盛り上がった義弟の腕を、袖《そで》の上からきつく握りしめた。

「あとふたりほど、ごいっしょさせていただく余地はありますかな？」

エドガー・メレディスが笑顔で部屋へ入ってきて尋ねた。義兄とは慎重に距離を置いてついてきたナサニエル・チェンバレンは、妻のフィリスが見張っていないかどうか、用心深くあたりをうかがった。

メレディス家の人間はすべて好ましくないと見なしている妻に、あとでたしなめられてはかなわない。

「まったくいやになるな」ナサニエルはこっそりつぶやいた。エドガーはディヴェイン伯爵とまずまずの関係にあるらしい。同じテーブルを囲み、酒を飲みながら、トランプでひと勝負しようというのだから。傷つけられた側のコナー・フリントが恨みを抱いていないのなら、かつてコナーとレイチェルの縁組みを仕組んだというだけで、いまだに妻が憤りを感じなければならない理由がわからなかった。

「こちらへどうぞ」コナーが立ち上がって、自分の椅子をエドガー・メレディスによそよそしく勧めた。日に焼けた手で稼いだ賭金《かけきん》をテーブルの上からすくい取り、無造作にポケットにしまう。ジェイソンもベンジャミン・ハーリーをにらみつけてから、数枚のコインをつかみ、義兄のあとを追って小さなテラスへ出ていった。

ナサニエル・チェンバレンはエドガーを横目でうかがった。伯爵が過去に受けた侮辱に対して穏やかな態度をとっていたので、その真意を誤解したに違いない。エドガーはこの家の主《あるじ》であるアレグザンダー・ペンバートンと同じくらい、ひどくきまりの悪そうな顔をしていた。部屋に居合わせた男たちはみな、ディヴェイン卿が席をはずしたのは、エドガーがやってきたせいだと考えているはずだ。ナサニエルは義兄の痛みを感じて、こっそり顔をしかめた。エドガーが少佐に、絶えず深い愛情を持ちつづけていたことは知っていた。そして今は、その少佐と少しのあいだ打ちとけたいと願っただけなのだ。

「退屈したんだろう？　きっと退屈すると思ったよ。クローフォード夫人のところへ行けばよかったんだ」

「いや、退屈はしていない。その反対だ。興味をそそられるね」タイル張りのテラスをぶらぶらと歩いていたコナーは、上の空で答えた。ほてった首筋に巻いたクラヴァットをほどいて、考え事をしながら、てのひらにゆっくりと巻きつける。物思いにふけったまま、クラヴァットを上着のポケットにぞんざいに突っ込み、凝った装飾をほどこした鉄製の手すりを握りしめて、関節が白くなった両の拳《こぶし》を見下ろした。頭のなかに、またレイチェルが……いや、ミス・メレディスが大笑いしている姿が浮かんだ。

いったい何を笑っていたのだろう？　この一夜だけで、四カ月の求婚期間で彼女があらわにしたより、もっと多くの感情を目にした。自分に見せつけるために誇示しているのは間違いなかったので、コナーはそんなものには心を動かされまいと決意を固めた。レイチェルはいらだち、涙を流し、うろたえてみせた。恥じ入り、悔い改めてまでみせた。そして、パメラ・ペンバートンがあからさまな非難と屈辱を与えようとしたときは、この家の女主人を殺しかねないような顔をした。奇妙なことに、コナーはペンバートン夫人といっしょになっては喜べなかった。夫人が意地悪くひとりで悦に入っているようすにはうんざりした。そして、うんざりしていることを、ふたりに見せつけてやりたくなった。

六年前、結婚前夜のパーティで、エドガー・メレディスからレイチェルに捨てられたことを知らされたコナーは、そのあと何日も何週間も、せめて謝罪の手紙くらいは来ないかと待ちつづけた。しかし、何も来なかった。あたりさわりのない釈明を記した数行の手紙さえもなかった。連絡がないこと自体が、多くを物語っていた。レイチェルがわざわざ自分で労を取るほどの価値は、コナーにはないというわけだ。ささいな事件の始末は、父親につけさせておけば充分だと彼女は考えたのだろう。レイチェルを憎むのは簡単なはずなのに、コナーは憎めなかった。

イベリア半島の戦地へ戻って、サラマンカでの大虐殺に加わるまでの孤独な数週間、神経が麻痺《まひ》したようになってしまったのは、飲み尽くした酒のせいだけではなかった。レイチェルのせいで、感覚がなくなり、身も心も空っぽになってしまったのだ。

だから、コナーは決断を下した。ミス・メレディスが立派な大人になった今なら、少々遅ればせの罰を与えて当然だと。しかし、そんな胸のうちは読まれていたようだ。コナーに取り入って思いどおりにしようと、レイチェルは打ちひしがれたふりを見せたのだから。

以前なら、レイチェルが落ち着きを失った姿を見れば、胸の痛みがやわらいだかもしれない。心が慰められたかもしれない。しかし、今は違う。今は、レイチェルに卑屈にも臆病《おくびょう》にもなってほしくなかった。そして、ただ彼女がほしかった。どうして六年前にレイチェルを自分のものにしておかなかったのか、コナーにはわからなかった。レイチェルには裏切られた貸しがある。その弱みを利用できるなら、利用するまでだ。その気になれば、ベッドに誘い込める。昔は彼女にキスしたり触れたりするのを、なるべく控えていたことを考えると、その気になれば、今夜にでもベッドに誘い込めると思うのは奇妙だった。

「興味をそそられるって、何に？」ジェイソンが突然、コナーの物思いを破った。

「まあ、いろいろとね」

「まあ、いろいろとね」ジェイソンが皮肉っぽく口調を真似《まね》る。「しっかりしてくれよ。さっきもあの女に笑い物にされるところだったじゃないか。あれじゃあ、義兄《にい》さんが大ばか者に見える」荒々しい抗議には、まぎれもない不信の念がこもっていた。

「また、あの女のいいようにさせるつもりか？　どうかしてるよ。血も涙もない女だってことが、まだわからないなんて。あの女は男をからかってばかりいるという評判だよ。義兄さんだって知ってるだろう？」

コナーは星空に顔を向けた。なまぬるい夜風が、はだけた襟もとに吹き込んだ。「ああ、知っているよ。今夜、この家の奥方がご親切に教えてくれる前からね」

「モンキュアがまたあの女のまわりをうろついているらしい」ジェイソンが吐き捨てる。「よく見ているといいさ。もっぱらの噂《うわさ》だよ。すぐに尻尾《しっぽ》を巻いて逃げだすだろうって」

「あの男では、逃げだすにも杖《つえ》がいるな」コナーは冗談めかして言ったが、モンキュアの脚を心なくあざけったことが恥ずかしくなって毒づいた。「あの男も巻き返しのチャンスを狙《ねら》っているんだと思うか？　ご同類だな」この不注意な発言で、弟だけでなく自分自身にも、どれほどたいへんなことを暴露してしまったかに気づいて、コナーはうっすらと髭《ひげ》の生えた細い顎をいらだたしげにこすった。「おまえの言うとおりだ。クローフォード夫人のところへ行けばよかった」

兄の分別のある言葉を待っていたように、ジェイソンが戸口へ向かいかけた。

「その前に、エドガー・メレディスにあとをつけられないか確かめておきたい」コナーは口調をがらりと変え、手すりに沿ってぶらぶらと歩きだした。「あの男はいつもいつもわたしにつきまとっている。どこへ行っても、必ず現れるんだ。〈ウェイティア〉へ行けば、そこで食事をしているし、〈ジェントルマン・ジャクソンズ〉に行く予定の日は、着くともうそこで体を動かしている。まったく、年がいもなく。生まれて半世紀以上はたっているに違いないのに。おまけに、太りすぎだ。つい先日も、あんまり激しく拳闘《けんとう》をやろうとするんで、心臓発作で倒れるのではないかと思ったよ。今夜はほとんど、わたしをつけまわしてばかりだ。ずっと気に食わない男だったが、だんだん腹立たしくなってきた」

「ああ、それはいい兆候だよ」ジェイソンが辛辣《しんらつ》に嫌味を言った。「あいつには、もらい手を見つけなけりゃならない娘が四人もいるんだ。なんで、ウォルヴァートンの領主屋敷と十万エーカーの領地を持つ、ディヴェイン伯爵のまわりをうろつくのか、義兄さんにだってわかるだろう?」

「嫁にやらなければならない娘は三人だよ。そのうちのひとりはもうすぐ結婚するし、ひとりはまだ社交界に出られる年ではない」

「すると、いちばん片づけにくいのが残るわけだ。義兄さんがかなり入れ込んでいた長女がね」

「昔の話だ」コナーは手すりから身を乗りだして、月に照らされた芝生を眺めた。ジェイソンがばかにしたようなまなざしをそそいでいるのはよくわかったが、なぜか目を合わせたくなかった。「イザベルも今は二十三ぐらいになっていたはずだな」そうつぶやいて、情け容赦のない義弟の視線がそれてくれるように願う。

その願いが届いたのか、ジェイソンがくるりと後ろを向き、コナーを真似て鉄製の手すりに腕をのせた。彼は咳払いをして言った。「あれはひどかったな。たしか、インフルエンザだろう?」

「猩紅熱《しょうこう》さ。ヨークで流行《はや》っていたんだ。もちろん、そんなことがレイチェルにわかるはずもない。何の知らせも出さずに伯母さんの家へ行ったのだから、来ないように注意してもらうこともできなかった。まともな神経の持ち主なら、あんな街へ出かけたりしないよ」

「あのとき、あの女が正気だったと思っているのかい?」コナーの目つきにたじろいで、ジェイソンが肩をすくめた。「あんな行動をするのは、頭のいかれたわがまま娘だけだ。そんなふうに言う人間は、ほかにもいるよ」

「まだ、子どもだったんだ。十九かそこらの……」

「その妹はあの女とふたつも違わなかったんだろう? 誰に聞いても、妹のほうがずっと大人だったと言うさ。それに、妹は姉に愛想を尽かして、出かけたがらなかったって話だ。あの女が頭のいかれたわがまま娘であろうとなかろうと、妹を家に残しておけばよかったと思わない日はないはずだよ」

「レイチェルのせいではないんだ。ふたりで行かせようと言い張ったのは、母親だった」

ジェイソンがため息をついて、気の毒そうに首を振った。「じゃあ、メレディス夫人も罪悪感に苦しめられているわけか……」ビロードのような夜空を背景に、くっきりと刻まれた義兄の横顔を見つめる。

「こんなに詳しく、あのときのことを話してくれたのは初めてだね。いろいろと考えさせられる」

「ああ、考えさせられる……」コナーは乳白色の月に目を向けて、唇の片端を吊《つ》り上げた。「考えてみれば、もう帰る時間だ」

玄関の両開きの扉が開いて、まぶしく照らされた空間のなかにどっとあふれた人々が、急な石段をゆっくり下りはじめた。サム・スミスは月桂樹の茂みに身を隠した。かぐわしい夜気に乗って屋敷から流れてくる音楽の調べに混じり、笑いさざめく声が聞こえる。

しばらくして、サムは明かりが足りないことを呪《のろ》いながら、爪先立ちで茂みから出た。充分に距離を置いて男のあとをつける。声をかける前に、目当ての相手かどうか確かめなければならない。先を行く人物は長身で肩幅が広く、腕に女性がかじりついているにもかかわらず、しなやかな足取りで歩を進めていた。

ふたり連れが馬車のほうへ近づいていくと、突然、車体についた角灯に火が入れられ、光が男性の顔に降りそそいだ。贅肉《ぜいにく》のない顔の凹凸が浮かび上がり、漆黒の髪が輝いた。サムはほっとした。あの人だ。女性のほうにちらりと目をやったが、うつむいた顔は、ボンネットの広いつばに隠れて見えなかった。肩のあたりに豊かに波打つ黒い巻き毛だけが、浅黒い肌をした美女であることをほのめかしている。髪や肌の色が似ているので、もしかしたら妹かもしれない……。サムはそう思って、自分を励ました。

コナーは反射的に右手をポケットに突っ込み、ほとんどいつも携《つか》えている銀の細身の短剣に触れた。すべすべする柄を撫《な》でながら、なぜかレイチェルのことと、隠し持った武器を突きつけていると言ったときのことを思いだす。あのときも、そして今でさえ、そんな勇気のない自分に腹が立ったが、同時に、あの言葉には真実が含まれていたのだと考えておかしくなった。そんな物思いを頭から追いだして、彼は後ろを振り向いた。相手をひとめ見たとたん、コナーはこの場の――いや、ひと晩中続いている――ばかばかしさに圧倒されて、大笑いした。

サム・スミスはぎょっとして飛びのき、両手を上げた。「すりじゃありません。本当です。あなたと話がしたかっただけなんです、伯爵さま」甲高い声でまくしたてる。

コナーは深呼吸をして気持ちを落ち着け、みすぼらしい少年に一歩詰め寄った。険悪そうに細めた目を、相手にじっと据えた。「で、おまえは誰だ?」

頬のこけた少年の顔は片側が腫《は》れて血にまみれていたが、おかしなことに見覚えがあった。確かに、体つきは印象的で、背が高く、痩《や》せてはいても強靭《きょうじん》そうだ。しかし、それにしては、顔を殴られていたし、態度もおどおどしていた。

「スミス……サム・スミスです。今週の初め、伯爵さまに、車輪を直すのを手伝ってもらいました。あれはもうおれの荷馬車じゃないけど……本当はもともとおれのじゃなかったけど、だけど、あれで配達するのがおれの仕事だったんです……今じゃもう、仕事もないけど」サムはかしこまって一歩あとずさりして、お辞儀をした。「どうか追い払わないでください、伯爵さま」彼は懇願した。「せめて、追い払う前に、おれの話をぜんぶ聞いてください。金を盗んだり物乞《ものご》いをしたりするつもりはありません。もし、そう思ってるなら――」

「どうかしたのか、義兄さん?」酒でかすれた声が響いた。

コナーは振り返って、矢のような視線を投げた。ジェイソンがふらふらと歩いてきて、手綱を取り上げた御者に向かって、待つように合図を送った。

「いや、なんでもない」コナーは簡潔に答えた。

「こちらのスミスくんとは、今週の初めに知り合ったんだ」そして、恋人の帽子のつばに顔を近づけ、あとで家へ訪ねていくとささやく。「ジェイソン、代わりに、マリアを送ってくれないか?」

ジェイソンは驚いた顔をしたが、義兄に与えられた特権の意味が、ブランデーで酔った頭に染み込んだらしい。すぐに女性に腕を差しだし、それから律義に尋ねた。「義兄さんは本当にひとりで平気かい?」

「ああ、なんとかなるよ」コナーはそっけなく答えて、少年に目をやった。サム・スミスが震えているのは、傷の痛みのせいか、恐怖のせいかは判断しづらいが、こんな状態では、すごんでみても誰も怖がらないだろう。

マリアが長々とため息をついた。今夜の予定が急に変わったことに、ひどく腹を立てているのは明らかだった。それでも何も言わずに、サム・スミスにとげのあるまなざしを投げかけると、ジェイソンの腕を取って去っていった。

数分後、コナーは義弟の馬車が角を曲がるのを見届けてから、サム・スミスに注意を戻した。今夜は、ペンバートン家の者が屋敷の近くに見張りを立てているのではないかと思っていたが、予想は当たっていたらしい。少年の用心深い視線の先に、警官の背中が見えた。

「わたしに時間の無駄づかいをさせているなら、非常に不愉快……」

サムはほとんど聞く気がないようすで、茂みに向かって手招きをした。月桂樹の枝のあいだから少女がひとり現れて、優雅でしなやかな身のこなしで足早に近づいてきたが、コナーはなぜか驚かなかった。

「アニーです……おれの妹で、十四になります」

コナーは少女のつややかな鳶《とび》色の髪から、若者の殴られた顔へ視線を移した。そのとたん、パズルの断片がすんなりとおさまり、正義の怒りがうねりとなって押し寄せた。またもやおかしくもないのに笑いだしそうになる。サム・スミスはものを盗もうとするどころか、妹を売りつけようとしているのだ。状況から見て、今夜、サムが話を持ちかけて断られた客は、コナーが初めてではなさそうだった。

彼は大きな拳で若者の顎を持ち上げ、青く燃える目で血走った目を射すくめた。「わたしに今夜の相手がいないように見えたのか？ そういう誘いがあれば、わたしならすぐに応じると思ったのか？」

またしても、レイチェルだ！ 自分で口走った台詞《せりふ》のせいで、いまいましい昔の婚約者を思いだしてしまった。〝伯爵さまは誘いがあればすぐに応じる〟――そんなことを話したというレイチェルの言葉を使ってしまい、ますます怒りがつのった。少年の顎をわしづかみにすると、わめき声があがった。

「そんなんじゃないんです、伯爵さま。こいつはおれの妹で、商売女じゃありません。おれはひもなんかとは違うんです。妹を守ろうとしたのに、棍棒《こんぼう》で殴られて……」

コナーは乱暴に若者を突き離した。しばらく空に目を据えてから、サムをじろりとねめつけた。少女は相変わらず頭を垂れ、両手を後ろに回したまま、じっと立っていた。質素だが着心地のよさそうな服を身につけた姿は、確かに、娼婦《しょうふ》にも浮浪児にも見えない。

「一体全体、どういうことだ？」コナーは噛《か》みしめた歯のあいだから、声を絞りだした。抑えた怒りで、訛がひどくなっていた。

質問に答えて、若者が妹に一歩近づき、少女の顎の下にそっと手を当てて、顔を持ち上げた。

コナーは目をみはった。サムの単純な仕草は、あくまでも適切で、非常に明快な答えだった。それ以上は必要なかった。サムの妹のアニーは、この世のものとも思えないくらい美しかった。不器量な兄の面構えと比べると、その美しさがますます引き立つ。肌は羊皮紙のように白く、瞳は石炭のように黒く光っていた。そして、サムがリボンをほどくと、豊かな髪が波打って肩に流れ落ちた。アニーは表情のない顔で、ただじっとコナーを見つめていた。

「おれじゃもうだめなんです。妹を守ってやれない。どこへ行っても、みんなが妹に手を出したがるんです。分別があるはずの人たちなのに。そういうやつらにかぎって……」

サムの血走った目に涙が光った。

「今じゃ、おれには仕事もねぐらもありません。あとどのくらいで、アニーが通りに立つ……商売女として、通りに立つ羽目になると思います？」

「誰に殴られた？」コナーにはそれしか口にする言葉が見つからなかった。

「叔父貴のノビーです」

「叔父さんがきみの妹に手を出そうとしたのか？」

「違います！　叔父貴はおれを殴りたかっただけです。おれのせいで、あのいやらしい判事にひどい目にあわされたから。あのいやらしい狒々《ひひ》おやじは荷馬車一台分のジンが手に入らなかったもんで、おれたちを懲らしめたんです。それもみんな、あんときの貸し馬車の御者が悪いんだ。口を閉じてりゃいいものを。やつはあのでか鼻の判事に、おれの身元をばらしたんです。貸し馬車溜《だ》まりのある〈ジョリー・ファーマー〉の店で、ときどきいっしょに一杯やったことがあるもんで、やつはおれの身元を知ってたんです。それで、叔父貴は警察に垂れ込まれ、おれは仕事もねぐらもなくしちまった。アニーも叔父貴のとこで料理や掃除をして、家に置いてもらってたんです」

しばらく情報を反芻《はんすう》して、整理し、ふるいにかけてから、コナーは考えをまとめて言った。「アーサー・グッドウィンは商取り引きを担当している判事だ。自分の酒蔵に無料《ただ》のジンを入れたくて、その引き換えに、裁判所できみに酒の販売許可証を発行したんだな」

「初めは酒が目当てでした。そのあと、あいつはアニーに目をつけたんです」

コナーは少女を見てから、その兄を見た。まぶたを閉じて尋ねる。「ご両親はどうした？」

「死にました。おやじは何年も前に肺病で。おふくろは去年の聖ミカエル祭の日に酒の飲みすぎで」

「わたしにどうしてほしいと言うのかね？」コナーはとびきりやさしく尋ねた。自分でもやさしすぎると思ったくらいだった。

「おれは伯爵さまを信頼してます。この前は、必要もないのに、おれたちを助けてくれた。上流階級のほかの連中と違って、あなたは親切です。それに……」

コナーは落ち着かない気分で体を左右に揺らしていたが、サムの賞賛をせせら笑いでさえぎった。

「何をしてもらいたい？」

「妹を引き取ってもらいたいんです」少年の厚かましい要求には、誇りと威厳がこもっていた。コナーが片方の眉をぴくりと動かしたが、相手はたじろがなかった。「頭はよくないけど、やさしい子です。料理も洗濯も裁縫もできます。叔母さんが風邪をこじらせて死ぬ前は、それは器用に髪を結ってやってました。伯爵さまのお友だちのなかに、妹を気に入ってくれるご婦人がいるかもしれません」咳払いをして、コナーに尋ねるようなまなざしを投げる。

「つまり……腕のいい小間使いを必要としてるご婦人を、あなたなら知ってるかと思って……」

コナーは胸のうちでにやりとした。そういったご婦人は、こんなに若くて美しい娘をたぶん引き取りたがらないだろう。引き取れば、夫や愛人の好色な目から、少女を遠ざけておくという問題が生じる。

「斡旋《あっせん》所は当たってみたんだね？」

　サムが暗い笑みを浮かべた。「ええ。アニーは立派なお屋敷で働いてました。立派なご主人のいるとこで。でも、さっきも言ったとおり、分別のあるはずの人たちに、アニーはとくに用心しなけりゃならないんです。あの子はまだ純潔を守ってます。だけど、いつまでそれを続けられるかどうか……。最初はボーモント・ストリートのお屋敷に奉公したけど、一日でやめました。サー・パーシー・モンクがアニーを息子の愛人にしたらどうかと考えたんです。あれを狙ってるやつがおおぜいいるのはわかってるんです。だから、伯爵さまに妹を引き取ってもらいたいんです」サムが震える声で繰り返した。「アーサー・グッドウィンもあなたに逆らう勇気はありません。伯爵さまのことを怖がってますからね。あいつはおれとアニーを追いまわすはずです。そんなふうに言ってました。アニーを手に入れるまではあきらめないって……」

　コナーは額を片手で揉《も》んだ。彼は今夜は家から出なければよかったと、胸のなかで毒づいた。ここへは愛人の歌を聴くために来たわけではない。マリアが情熱をほとばしらせる声はいつも聞いていたので、それだけでもうたくさんだった。ここへは、レイチェルが出席すると知って来たのだ。今週の初め、道で出会ったときと同じく、レイチェルはコナーを引きつけた。あの運命的な馬車の衝突事故がなかったら、こんな苦境には追い込まれなかっただろう。これも、レイチェルのせいだ。コナーは筋が通らないことを自分でも認めて、弱々しい笑みを浮かべると、ため息をつきながら尋ねた。「きみはどうする？　何か当てでもあるのか？」

　サム・スミスが肩をすくめた。「ああ、おれならなんとかなります。いつもそうしてきたんです。なんなら、馬屋で働いてもいい。馬丁の見習いをしてたから、腕はいいんです」

コナーはお抱えの御者を見上げた。御者は如才なく顔をそらして、闇《やみ》に目を凝らしている。ドアを押さえていた馬丁は、主人が話を始めたときに馬車の後ろの定位置に戻って、ずっと空を眺めつづけていた。コナーは自分で馬車のドアを開け、なかに向かって頭をぐいと振った。

少女が何も言わずにひとりで乗り込んだ。

「わたしがここにいると、なぜわかった?」コナーはサムに尋ねた。声もたてずに涙を流している少年の気持ちを、話をすることで紛らわせてやりたかった。

「窓から、伯爵さまの恋人が見えたので……」

サムがすすり泣きながら、汚れたてのひらで顔をぬぐい、明るく輝く屋敷の窓に向かって、鳶色の頭をぐいと振った。

「ああ、さっきのご婦人じゃありません。もうひとりの男の人と帰っていった人じゃなくて……」ばかなことを言ったせいで奇跡を逃してしまったのではないかと恐れるように、サムが赤く腫れた目で心配そうに見つめた。その頬を、ふたたび茶色の滴が伝い落ちる。「この前、道で親切にしてくれた金髪のご婦人のことです。伯爵さまはあの人が好きなんですよね。おれ、ここであの人を見たとき、きっと……」涙声で笑い、口を覆う。「きっと、あの人なら、アーサー・グッドウィンを叱《しか》り飛ばす勇気があると思ったんです。あのときのあいつのぶざまなことといったら、見ものでしたよね……」

コナーも声をあげて笑った。「ああ、彼女はわたしの恋人だ。しかし、サムとは違う理由からだったよ」コナーはそれだけ言った。

6

「きみの賭金《かけきん》に、これだけ足そう」

わしづかみにされた五十ポンド札の束が、自分に向かって振り動かされるのを見て、ベンジャミン・ハーリーはほころびかけた口もとをなんとか引きしめた。男の手がこれみよがしにぱっと開き、ベーズ張りのテーブルに散らばった紙幣の上に、札がひらひらと舞い落ちる。高まる興奮をうっかり顔に出さないようにハーリー卿《きょう》はあわてて視線をそらした。そして扇形に広げて持ったカード越しに、横目でエドガー・メレディスをうかがう。彼は誰にものぞかれないように、慎重のうえにも慎重を期して、テーブルにカードを伏せて置いた。これほどいい絵札がそろったのはいつだったか思いだせないほどで、今夜は久しぶりについていた。賭金の山に目をやり、紙幣の端に記された額面を合計する。最初のうちに払い込まれた一ポンド金貨は、多すぎて数える気にならなかった。

一時間半前、男八人でポーカーを始めたときから、積み上げてきた賭金はかなりの額になっていた。本当にかなりの額だった。すでに勝負から降りたのが三人。じっと考え込んでいるのがふたりいたが、はったりをかけているのは確実だ。ひどく不安そうな者がひとり、ひどく酔ったようすの者がひとり。そして、自分の前にはフルハウスがそろっている。この手なら勝てるに違いない。そこでハーリー卿は周囲に油断なく気を配ろうと決心して、中味が半分ほど入ったブランデーグラスを脇《わき》に押しやった。

「値が上がりすぎたようだ」ナサニエル・チェンバレンはテーブルの中央の山を見て、残念そうに言った。かつては自分のものだった金は、山の下に隠れてもう見えない。ナサニエルは手にしたカードをきちんと重ねたが、まだ捨て札は出さずに、隣の椅子にだらしなく腰かけた義兄に身を寄せて、低い声で熱っぽく語りかけた。「メレディス、まだ少しでも正気が残っているなら、あなたもわたしといっしょに降りなさい」

「さ……酒を取ってこい」エドガーが回らない舌で言って、空になったウィスキーグラスを差しだした。

「ばかはやめなさい！」アレグザンダー・ペンバートンがナサニエルのあとを受けて警告した。きしむ膝を曲げて前かがみになり、エドガーの薄くなりはじめた頭に口を近づける。そして真剣な面持ちでささやいた。「義弟《おとうと》さんの言うことを聞くんです。もう負けを認めて、これ以上損をしないようになさい」

「みぃんな、わ、わ、わちしに忠告したがるんだな。忠告なんぞ、いらん。いるのは酒だ」

「わたしがおごりましょう」

物柔らかなアイルランド訛《なまり》の声がしたほうに、エドガーは首をめぐらした。黒いズボンが視界に入って、眉をひそめる。かすんだ目を上げていくうちに、チャコールグレーの燕尾《えんび》服の開いた胸もとに明るいグレーの絹のヴェストが光っているのが見えた。さらにぎこちなく首をひねると、白いシャツの襟もとに、クラヴァットが一分の隙《すき》もなく巻かれているのがわかる。最後に、厳しく引きしめた浅黒い顔が、しばたたいた目に映った。「おやあ、どなたかと思えば……」エドガーは歓声をあげた。「アイルランドの……は、伯爵さまではないか。今夜は、わ、わ、わちしのような、下々の者に、声をかけちくださるか……みぃんな、ようく見とくがいい」手を振りまわす。「立派な少佐どのが〈パームハウス〉におでましだ。こんなに腰を、ひ、低くして、わ、わ、わちしに声をかけちくださっとる。光栄ですぞ、し、少佐どの。ごいっしょにひと勝負いかがかな？　わちしが、いかさまをするとでもお思いか？」彼はくすくす笑った。「は、伯爵さまは、わちしがいかさまをし、しないかと、びくびくしとられる」腰を上げずに椅子の端に移動し、ナサニエルのあばらを肘で小突く。「金を、だ、だまし取られるとお思いだ……」ささやいたつもりの非難が、大声になっていた。そのとたん、あざけった相手が酒をおごってくれると申し出ていたのを思いだして、エドガーは空のグラスをディヴェイン伯爵の腰のあたりに突きだした。

ベンジャミン・ハーリーはおかしさで唇をゆがめ、親友のピーター・ウェイヴァリーのようすを横目でうかがった。ピーターはエドガーが最後に賭《か》けた金額を、せっせと数えていた。ベンジャミンに向かって指を五本立て、賭を降りずにいるためにはあと何百ポンド必要かを示す。

それを見て、ハーリーはふたたび欲に駆られた。頭のなかが大金でいっぱいになる。できるだけ早く、それを自分のものにしたかった。「続きを始めようか、メレディス？　今夜は、ほかにもっといいお楽しみが待っているんだ。彼女のほうが酔っ払ったあなたより、はるかに目の保養になるのでね」ハーリーはやっとのことで、少しだけ口もとをゆるめた。胸のうちは、メレディスが酔いつぶれたり、テーブルを引っくり返したりしないうちに、勝負を再開したくてやきもきしていた。勝負が無効になれば、儲《もう》けをふいにするかもしれない。大急ぎで、エドガーが最後に出した賭金と同じ額を出し、さらに上乗せするかどうかで思い悩んだ。勝負に早くけりをつけたいという要求を、欲が打ち負かした。ハーリーは千ポンドの約束手形を書いて、賭金を追加した。そしてエドガーに向かって思わせぶりに両眉を吊《つ》り上げ、まだ勝負を続けているほかの面々を挑戦的な目つきで眺め渡した。

エドガーは片方のポケットを探ってからもう片方を隅々まで調べ、胸ポケットを確かめた。一座の男たちが心配そうに見守っている。

「あなたとポーカーをしないとは言っていませんよ」背後から、静かな声が聞こえた。

エドガーはまだ金を探していた。テーブルにハンカチが無造作に放《ほう》りだされ、銀製の嗅《か》ぎ煙草《たばこ》入れがそれに続いてがしゃりと音をたて、眼鏡が蝋燭《ろうそく》の炎を反射しながらベーズの布の上を滑っていった。

「お、覚えとるかぎりだな、きみはわ、わ、わちしには、なんも言っとらんよ。お、覚えとるかぎりだな、わ、わちしを、く、くさいものみたいに避けとる。き、きみがそんなに、ご、傲慢《ごうまん》で気難しくなけりゃ……と、ともかく、座れ」頭を振って、ナサニエルが腰かけている椅子を差し示したとたん、しゃっくりが出た。

突然のしゃっくりの発作で胸を波打たせ、エドガーはしゃべるのをやめて、肺いっぱいに空気を吸い込んだ。喉のあたりがふくらんで、彼は椅子の上で背筋を伸ばした。

「ああ、どうぞ、どうぞ。こちらへ」ナサニエルはそう言って、テーブルの前の椅子を引くと、エドガーに向かって首を振った。「いいね、グロリアに弁解してくれと頼んでもだめだよ。こんなばかをしでかして、あとは義兄上《あに》ひとりで謝らなければだめだ……」義兄が顔を真っ赤にして、目をむいているのに気づき、ナサニエルは彼の背中をどんと叩《たた》いた。

エドガーは息をどっと吐いて、椅子にへたり込んだ。またしゃっくりが出て、悪態をつく。むっとして義弟に手をひと振りした拍子に、一ポンド金貨がばらばらと散った。「な、なんか書くもんをくれ」つっけんどんに義弟に命じる。「そりから、よけいな口出しを、す、するな」そしてアレグザンダー・ペンバートンを振り返る。「わ、わちしが、こ、この男に、べ、弁解を頼んだことがあったか？　し、釈明してもらったのは、たったの一度だけだ。たったの一度……」

「仲間に入れてもらえるかな？」コナーはハーリー卿に静かに尋ね、葉巻を口にくわえて、火をつけた。ナサニエルの座っていた椅子に腰を下ろし、背もたれに寄りかかって、長い脚を伸ばす。青い目を上げ、憤怒《ふんぬ》の形相をした男を、彼は薄い灰色の煙越しに見つめた。そのあいだ、隣ではエドガーがぶつぶつつぶやいてはしゃっくりを繰り返し、ポケットを裏返しては金を探していた。

「それはルールに反しているね。参加したいなら、この勝負が終わるまで待ってくれ、ディヴェイン」

「チェンバレンに金を払って、彼の代わりに入るならどうだ？　何か異議があるか？」コナーはまだゲームを続けている数人の男たちに尋ねた。

「まったくないよ」トビー・フォースターがにやりとして答えた。「いずれにしろ、ぼくには荷が勝ちすぎる」彼はカードを伏せてゲームを降り、これからは見物にまわって楽しもうという人間の態度で、椅子に背中を預けた。そんな友人のようすを見守っていたフランク・ヴァーノンも、手札を眺めてから絶望のうめき声をあげ、カードを投げだした。

「では、残るは三人だけだな」コナーはベンジャミン・ハーリーに言って、くわえていた葉巻を白鑞《しろめ》の灰皿に注意深く置いた。

　ハーリー卿の顔が赤黒くなった。そして、この巧妙な計略の意味が理解されるにつれて、徐々に血の気が引いた。たまっていた怒りが爆発し、噛《か》みしめた歯のあいだから、呪《のろ》いの言葉となってもれる。

　コナーはおかしくて口もとをゆるめたが、その目つきは相変わらず冷ややかだった。

「まあまあ、ベンジャミン、いらいらするなよ」コナーはハーリーを取りなしながら、エドガーが義弟に持ってこさせた白い羊皮紙に、黒いインクで文字を書くのを見つめた。エドガーは危なっかしい手つきで担保証書に署名すると、羽根ペンをペン皿の方角へ投げだして、椅子にどさりと背を戻した。コナーはあざやかな青い瞳を羊皮紙に釘《くぎ》づけにしたまま、ハーリーを冷やかした。「きみの友だちのご婦人なら待っていてくれるさ……むろん、酔いがさめても、きみを覚えていればの話だがね」

「ビューリー・ガーデンズに早馬を出しましょう。決めたわ。絶対にそうしましょう」

レイチェルはため息をついた。この何時間かに、こんな宣言をもう何度も聞いていた。「出したらいいわ、ママ」仕方なく口を合わせる。

一昼夜続いた激しい嵐《あらし》が通り過ぎて、二日がたっていた。それなのに、父はまだウィンドラッシュに戻らず、帰宅が遅れる理由を知らせる手紙もよこさなかった。予定より遅れているのはまだ数日なので、レイチェルは父が帰らないのも、手紙を持った使者が現れないのも、ロンドンから北へ旅する人たちが、意に染まぬ諸般の事情で足止めを食っているせいだろうと解釈して、懸念を退けた。

しかし、御者のラルフに、そんな気休めをあっさり否定されてしまった。嵐のあと初めて、思いきってぬかるんだ道を馬車でたどり、スターントン村の友人を訪ねたときだった。窓や戸にこれからいちばん多く張り板をすることになるのは、ケンブリッジシャーの住人だろうと、ラルフは高らかに断言した。暴風雨はロンドンへ南下したのではなく、ケンブリッジシャーのある北西の方角へ去ったというのだ。こういったことに関して、ラルフの勘が鋭いのは、もう何年ものあいだに証明ずみだった。ラルフは空気を嗅《か》いで雪を察知し、さえざえとした夜空を見て霜を予測することができた。しかし、レイチェルはそれでもなお、ロンドンはちょうど荒天に見舞われているのかもしれないと母に言いつづけた。

その一方で父の消息が知れないことに、妙な胸騒ぎを感じてもいた。身の安全を案じたのではない。父は男どうしの集まりに長居すると、上等の赤ワインやブランデーがそそがれたカラフを、一、二本空にしてしまうことがあったのだ。そうたびたび泥酔するわけではないが、レイチェルは一度か二度、酩酊《めいてい》した父を目にしたことがあった。その姿に日ごろの品位はなく、見ていてはらはらさせられた。酒が品のいい紳士から分別も正気も奪ってしまうのだと知ってぞっとしたのを、今でもはっきり覚えている。

レイチェルは顔を伏せて、絨毯《じゅうたん》に半円形に広げられたさまざまな黄色の絹地に目を向けた。はなをすすって、ジューンの結婚式以外のことは心の奥にしまい込んだ。初めにバター色の生地に触れようとしてためらい、次にレモン色の生地の上で手をさまよわせたあげく、もっと濃い色合いの生地を取り上げて、小間使いのメアリーに渡した。

「どうも」

小間使いがうなり声で感謝を示したのだとわかって、レイチェルは黙ってうなずいてから言った。

「これはすばらしい出来映えだわ、メアリー」ダマスク織りの白いナプキンを縁取る、優美で繊細な金糸の輪飾りに指を走らせる。それは心からの賞賛であり、それ以上にレイチェル自身は針仕事がひどくへただということを認めた告白だった。この無骨な娘がたいへん美しく精巧なものを作るという事実に、うれしい驚きでレイチェルの胸はいっぱいになった。

「どうも、お嬢さま」

レイチェルが見ていると、メアリーの青白い顔が喜びでほんのりと染まった。ソーセージのように太い指が、ほつれた銅《あかがね》色の髪をひと筋、耳にかけた。

その口から子どもっぽい満足のため息がもれ、ずんぐりした腰が肘掛け椅子に戻り、前よりもいっそう早く手が動きはじめる。レイチェルは濃淡の違う黄色の生地をいくつか取って、肘掛けの上にきちんとたたんでかけたリネンの山に重ねた。

それから立ち上がり、窓辺へ歩いていって、門へと続くマロニエの並木道にさっと視線を投げかけた。すがすがしい景色のなかに、人影はなかった。そのとき、ラルフの息子で、屋敷の雑用をなんでもこなしてくれるピップという若者が、木立の後ろから現れた。ピップは砂利を熊手《くまで》で丹念にならしながら、ゆっくりと道に向かってあとずさっていく。レイチェルはため息をついて、物憂げに母親に目をやった。母はどうやら落ち着いたようすで、夫の身を心配するのをやめ、週末に必要な食料品を熱心に書きだしていた。

父のことから母の気をそらしておきたくて、レイチェルは子牛の肉を子羊か鵞鳥《がちょう》の肉に変えたほうがいいのではないかと提案してみた。

「お父さまは、昔ほど脂肪の多いお肉を召し上がりたがらないのよ。だんだん年を取ってくると、こってりしたものは胃にもたれるのでしょうね。ああ、そうだわ。手紙を書いて、すぐにラルフに郵便屋まで届けさせなければ。きっと、お父さまはどこか体を悪くされたのよ」

「ママ、それはやめたほうがいいわ」レイチェルは笑みを浮かべて、窓からくるりと振り返ると、薄地のスカートを両手でつまんで、足早に戸口へ向かった。ドアをぐいと引き開け、振り返って、唖然《あぜん》としている母に告げる。「今、そこの曲がり角にパパが見えたの」

「いったいどうしたのかしら?」ジューンがはしばみ色の目を、気づかわしげに見開いてささやいた。

「お母さまは何をあんなにわめいているの?」

「なんでもないわ……たぶん、パパの帰りが遅れたのを怒っているだけよ」レイチェルは弱々しい笑い声をあげて、シルヴィーのようすをうかがった。ふだんは家庭内のいざこざはどこ吹く風のいちばん下の妹も、書斎からいっこうにおさまることなく聞こえてくる騒ぎに、しゅんとして少し不安そうに見える。

またもや金切り声が屋敷を震わせた。今度のは、絶望的としか形容しようのない声だった。突然、ジューンが椅子から立ち上がって戸口へ急いだ。しかし、そこで足を止めて、両手を揉《も》み絞り、いらだたしげに姉に目を向けた。「ちょっと見てくるべきじゃないかしら」

「それはだめ……」レイチェルは静かに言った。気がつくと、シルヴィーもこちらにじっと目を据えていた。「なんにしても、すぐにわかることよ。今は夫婦だけで、パパに言いたいことを言わせてあげましょう。すぐにわかることだもの」厳かに繰り返す。

父が帰宅してから、まだ一時間もたっていなかった。レイチェルがウィンドラッシュの玄関に迎え入れたのは、いつもどおり小粋《こいき》な身なりで微笑《ほほえ》む父親ではなく、疲れきって足を引きずり、何日も風呂に入らず、髭《ひげ》も剃《そ》っていないように見える男性だった。けれども、そんなくたびれた外観も、むっつりした顔でうなだれる姿に比べれば、なんということはない。父はまるで肩に心の重荷を背負っているように見えた。

かろうじて聞き取れる挨拶《あいさつ》を長女に返すと、父は皺《しわ》になったマントと帽子をのろのろと脱ぎ、こう言って、レイチェルの質問を退けた。〝まずお母さんと話をさせてくれ。そのあとでも、おまえの相手をする時間はたっぷりある〟

レイチェルは驚いて、父の言葉に従った。彼は顎髭が伸び、目は血走って、青白い顔をしていた。足を引きずってかたわらを通り過ぎ、屋敷の奥へ消えていくその姿が、彼女の胸を締めつけた。何か悪いことが起こったのだ。そしてどういうわけか、本能的に感じ取った。そのせいで誰よりも影響を受けるのはこの自分なのだ。理性を失ってわめいているあの母よりも。

レイチェルは父が最後に酔っ払ったときのことを思いだした。あれは六年前のことだ。愛娘《まなむすめ》のイザベルの消息を知らされて、悲しみに打ちひしがれた母の叫びが屋敷中にこだましたのも、六年前のことだった。胸のなかで鉛が沈んでいく気がした。六年前と同じくらいの大きさの悲劇が起こって、母をこれほど動転させ、父の風貌《ふうぼう》を豹変《ひょうへん》させたのだ。心の隅では、すぐにも自室に駆け込んで、枕《まくら》で頭を覆い、何年も前に味わった恐怖を締めだしたいと思った。けれどもあのとき、レイチェルはまだ十九歳だった。今ではもっと大人になり、もっと強くなった。逃げるわけにはいかない。どんな惨事に立ち向かわなければならないのか、知る必要がある。レイチェルはそう観念してため息をつくと、幽霊のように青ざめて押し黙ったふたりの妹を従えて、憂鬱《ゆううつ》な気分で部屋を出た。

「驚いていないようだな、レイチェル。それとも、わたしが予期していたほど、驚いていないと言うべきか……」エドガー・メレディスが室内の静寂を破った。「おまえは年老いた父をののしるかもしれないと思っていたよ」その発言からすると、まだユーモアは損なわれていないようだった。

レイチェルが氷のように青い目を上げて、エドガーの顔をじっと見つめた。冷ややかなまなざしにさらされて、弱々しい笑みが引っ込み、はた目にもわかるほど彼はひるんだ。しかし、長女の蔑《さげす》みの視線は、すぐに暖炉のなかで崩れていく燃えさしに向けられた。

エドガーは一度咳《せき》払いをして、白髪まじりの髭が生えた顎をさすった。肘掛け椅子から立ち上がり、軽やかな足取りを心がけながら、部屋のなかを行ったり来たりする。「お母さんにも話したんだ。それほどの大惨事ではないとね。それに、もののわかった娘たちなら、冷静で理にかなった父の意見に賛成してくれるだろう」そう付け加え、明るい顔で娘たちを見まわす。三人は深刻な表情をして、ウィンドラッシュのみごとな書斎に置かれた椅子に、それぞれ身を硬くして座っていた。

誰も父の顔を見ようとしなかった。小さなシルヴィーでさえうなだれて、膝の上で両手を握りしめたまま、上靴のかかとで椅子の脚を蹴《け》っていた。右足、左足、右足、左足。規則的な音が執拗《しつよう》に響いた。突然、母が金切り声をあげた。「お願いだからやめてちょうだい、シルヴィー。どうかお願い！　もう耐えられないわ」

彼女はすぐさま顔をそむけて、また壁のほうを向き、赤く腫《は》れた目を隠した。エドガーはすぐさま先を続けた。「そう、それほどの大惨事ではない。落ちぶれたわけではないし、破産したわけでもない。ただ、結婚式の場所と予定をちょっと変えなければならないだけだ。実を言うと、この季節、ロンドンで過ごしている招待客たちが、社交界のほかの催しに出られなくなるのをいやがっていることはわかっていたんだ。わざわざハートフォードシャーにやってきて、何日も泊まらずにすめば、彼らはほっとする……いや、ありがたがるはずだ。ウィンスロップ家の舞踏会と、日程もかち合わずにすむかもしれない。ビューリー・ガーデンズの屋敷には、身分の高い方々をどんなにお招きしても、充分受け入れられる設備もあるしな。それに誰にとっても便利――」

「それなら、わたしたちも喜ばなければいけないわね。お客さまたちにご迷惑をかけなくてすんで」レイチェルの辛辣《しんらつ》な皮肉が、父の説得をさえぎった。彼女はぎこちない動きで椅子から立ち上がり、体の前で両手をきつく握りしめた。その姿は、ともすれば、謙虚な態度と受け取れたかもしれない。「もう一度聞かせて、パパ。そう、最初から正確に、パパがやったことを話してちょうだい。よく理解できないの。誰かが、それもやさしい父親で献身的な夫である人が、そんな身勝手で、愚かで、無責任なふるまいをして、何もかもめちゃくちゃに――」

「親に向かって偉そうな口をきくな！」娘に手厳しく非難されて、エドガーはどなった。妻が椅子の肘掛けをしっかりつかんで、壁に向けた目をせわしなくしばたたく。ジューンが膝につくほど頭を深く垂れて、濡《ぬ》れた瞳を隠した。「わたしの財産だ。わたしの好きなようにする。わたしの行動に難癖をつける権利のない娘に、説教される覚えはない」

「わたしには権利があるわ。生まれたときから、ここはわたしのものよ！」レイチェルはあえぎ、喉を詰まらせた。「法律ではわたしに所有権があったものを、パパが賭でなくしたのよ」

怒りと嫌悪に満ちた言葉に対抗するため、エドガーはいらだちもあらわにつかつかと娘に歩み寄った。背の高さはふたりともほとんど変わらないので、彼は深く息を吸って胸をふくらませ、顎を突きだして、娘より優位なところを見せつけた。「いや、違う。わたしの……ものだ……だった」早口で訂正する。「わたしが死ぬ日まではわたしのものだ。そのあとは、おまえのものになる……はずだった。見てのとおり、わたしはまだ息をしている。そして、これからも息をしつづける。わたしの息の根を止めたいと、おまえがどれほど望んでいるかわかっていてもな」

エドガーは唇を引き結んで、長女の顔が赤く染まるのを見守った。もう一度口を開いたとき、父親の権威と激情に彼の声は震えていた。「わたしの言葉の意味がよくわからないなら、もう一度言ってやろう。わたしの資産だ。わたしのしたいようにする。わたしの与える庇護《ひご》と恩恵に頼っている者に、わたしの行動に関する許しは請わない。とがめられたり、口やかましく責められたりするのはまっぴらだ」これは妻に当てつけて言ったことだった。「そして、わたしが酒を飲んだり、賭事をしたりすることについて、おまえたちに弁解するのもまっぴらだ」

妻の非難のまなざしが突き刺さったが、彼はおおっぴらに無視した。

「ああ、パパ……パパはわざとやったのね……わたしを許してくれていなかったのね」

声は途切れ途切れだが、口調はとても静かだった。今度は、エドガーの青白い頬に赤みが戻った。しかし、長女のひどい言いがかりにも、決意は揺るがなかった。彼は落ち着いて先を続けた。「もう一度言う。落ちぶれたわけではないし、破産したわけでもない。わたしのしたことのせいで、おまえたちのうちの誰かが路頭に放りだされたときには、家長としての責任を怠ったと言ってなじればいい。おまえたちがわたしの庇護のもとにいつづけたいと思うなら、そのときが来るまで、何も言うな！」そう吐き捨てると、エドガーは勢いよく書斎から出ていき、そのあとドアがばたんと閉まった。

シルヴィーの足が規則的に時を刻み、ふたたび静けさを破ったとき、グロリア・メレディスが末娘に向かって甲高い声で叫んだ。「やめなさいと言ったでしょう、シルヴィー！」

シルヴィーはしばらく椅子の上でぶるぶる震えていたが、ぱっと立ち上がり、親指を口にくわえて泣き声をこらえながら、部屋から走りでていった。

しばらく緊張した静寂が続いたあと、グロリアが咳払いをして、震える声で言った。「お父さまに向かって、ああいう口のきき方をしてはいけませんよ、レイチェル。いくらなんでも、あれはないわ。お父さまに非がないと言っているわけではないの。でも、殿方に賭事はつきものだし、勝負の席に不運に見舞われる危険はつきものでしょう。大昔から、土地の持ち主はそうやって変わってきたのよ。お父さまには分別もつきもなかったけれど、ご自分でおっしゃったとおり、これが世界の終わりではないわ」

「つきがなかったですって！」レイチェルは形のいい唇をゆがめて、冷ややかな笑みを浮かべた。「本当に、今度のことがつきと関係があると思っているの？」窓辺へつかつかと歩み寄る。烈火のごとく怒っているのに、体は凍えそうに寒かった。頭のなかには数えきれないほどの考えが渦巻いていたが、暗澹《あんたん》たる絶望が思考力を低下させて、それ以上は口にできなかった。これは間違いで、何かの冗談だと、意識の片隅ではまだ思いたがっていたのだ。しかし、すばやく視線をめぐらせて、涙の跡がのこる母の顔や、がっくりと肩を落として震えているジューンの姿を見ただけで、その可能性は消えた。ああ、現実なのだ。レイチェルは目を閉じて、なんとか筋の通った話をしようとした。こわばった唇から、ぶっきらぼうな言葉がこぼれでた。「今度のことは、巧妙に仕組まれていたのではないかしら。お父さまについてなかったのではないわ。ウィンドラッシュを手放すことは、お父さまの壮大な計画の一部でしかないのよ――昔の借りを返して、良心の痛みをやわらげるための。そして何より悪いのは、それを黙って受け入れた、あのアイルランドのろくでなしよ」

「レイチェル！」グロリア・メレディスが鋭い声でたしなめると立ち上がった。「こんな話は、もうたくさん。身のほどをわきまえなさい。誰に向かって話していると思うの？　あなただって、お父さまの説明を聞いたでしょう？　伯爵さまは正々堂々と勝ったのよ。ずっと勝負を見ていた人たちもいるわ。チェンバレン叔父さまも、ペンバートンのご主人もね。あのふたりが正直だということに異論はないでしょう。お父さまもはっきりおっしゃったわ。ディヴェイン卿に不平を言うつもりはないし、あの夜の勝負の行方について非難するつもりもないと」

レイチェルは沈んだ笑い声をあげた。「お父さまに非難するつもりがなくても、わたしにはあるわ。あのアイルランドの――」ぐっと息を吸い、なんとか怒りを紛らす。「アイルランドの少佐は、わたしのこともだましたのよ。ペンバートン家の音楽会で、過去のいさかいは水に流して、噂《うわさ》を静めようと言ったのに。本心はまったく逆だった。わたしたちを社交界の笑い物にして、わたしたち……いえ、わたしへの復讐《ふくしゅう》を果たしたのよ。それをお父さまは過去の負い目を軽くするために、ご自分の計画にあの男を引き込んだ。あんなことがあっても、お父さまはいまだに彼が好きなんでしょうね」大きな瞳に感情をこめて母を見つめる。「実の娘よりもずっと」

グロリアが両手を伸ばして駆け寄ったが、レイチェルは身をひるがえして、母の手を避けた。

「ディヴェイン卿はポーカーに参加したとき、何もかも知っていたんだと思うわ。手持ちのお金がなくなれば、酔っ払ったお父さまがウィンドラッシュを賭けるかもしれないことも。この屋敷はわたしが受け継ぐものだったということも。それを彼に取られたら、わたしにとっては不慮の事故で壊れてしまうより、衝撃がずっと大きいということも。ロンドンからここに戻ってきたあと、ママは何度かきいたわね。ディヴェイン卿と仲直りしたのかって。わたしはちゃんと答えなかったけれど、今、お答えします。仲直りはしていません。それどころか、自信を持って言えるわ。これからは、敵どうしとして憎み合うことになると」

7

「行かないで、レイチェル、お願い。そんな必要はないわ。本当にいいのよ、お式はロンドンで挙げたって。ウィリアムも反対しないと思うわ。お父さまのおっしゃるとおり、お客さまにとっては確かに便利だし――」

「お客さまのことなんかどうでもいいのよ。あなたもそんなことを気にするんじゃないの。あなたのための日なんだから。あなたとウィリアムのためのね。お式に変更があるなんて、絶対に彼に言ってはだめよ。初めに決めたとおり、あなたたちはウィンドラッシュで結婚するの。そして、ご先祖たちが決めたとおり、ウィンドラッシュはわたしが受け継ぐ。すべて、わたしがちゃんともとどおりにしてみせるわ」レイチェルはそう締めくくって、やる気のあるところを見せて微笑《ほほえ》み、金髪の頭をひと振りした。

ジューンが納得しかねる顔をしているので、彼女は妹の腕を取って、励ますように揺すった。

「そんなに怖がらなくていいのよ」レイチェルは穏やかに諭した。「アイルランドの乗っ取り屋と対決しなければならないのは、このわたしなんだから」

「そんなふうに言うのはやめて、レイチェル！　わかっているでしょう。また伯爵さまのことを悪く言っているのをお母さまとお父さまに聞かれたら、怒られるわよ」

「こんなのは悪口にもならないわ。乗っ取り屋には上等すぎるもの、財産を強奪した卑劣な盗人《ぬすっと》にはね」

「だったら、お母さまとお父さまには、それも聞かせないでちょうだい」ジューンが顔をしかめて、部屋のドアへちらりと目をやってたしなめた。「お父さまは不正なことは何もないと言い張っているわ。わたしはお父さまの正直さを疑う言葉には、いっさい耳を貸さないつもりだし、お母さまだって同じ意見よ」

「それはそうでしょうね」レイチェルの口から冷ややかな笑いがもれた。「かわいそうなママは虐げられた世代の人だもの。女は結婚したら、意見も信念も人格でさえも、夫に従属するものと考えているのよ。それがどんなに頑固で偏見のある夫だろうとね。だから、結婚生活の幸せのなかで、あなたが独立心を失わずにいたいなら、パパとママの関係をよく見て、教訓にしなさい」おどけた顔でおおげさに指を振り、お説教を締めくくる。

「じゃあ、いけないことなの、レイチェル？」ジューンがおずおずと尋ねた。「お母さまみたいになりたいと願っては？　妻としての務めを受け入れて、愛する男性のために忠実に義務を果たし、彼に従おうと思うのは、愚かなことなの？」

「いいえ……そういうわけではないわ……」レイチェルはやりきれない気持ちでつぶやいた。本当は、妹に結婚生活の規範を説いて聞かせるつもりはなかった。「ともかく、ウィリアムは男性優越主義のわたしたちのパパとは違うわ。パパよりも若いし、女性に対する評価や女性の能力についての考え方も、寛大で進歩的よ。学問かぶれだとけなされている女性たちを毛嫌いすることもないし、女性や子どもたちのために刑務所の改革を進めているエリザベス・フライを支持してもいるわ」

「ウィリアムの政治哲学については、お姉さまのほうが詳しいみたいね」ジューンがいつになく辛辣《しんらつ》に言い放った。「今まで、彼がわたしにそんなことを話してくれた記憶はないもの」

「あなたといるときは、あなたをほめたり、たたえたりするのに忙しくて、俗世間の話をする暇がないからよ」レイチェルは旅行鞄《かばん》に詰めたドレスを押さえながら、妹をなだめた。「ウィリアムは恋する男ですもの。最愛の女性を楽しませて、甘い台詞《せりふ》をささやきたいのだと思うわ。あなたは殿方の愛を勝ちえて、人もうらやむ結婚をするのよ。新婚の時期が過ぎれば、政策やベーコンの値段について議論する時間はたっぷりできるわ。ウィリアムはすばらしい男性よ。あなたを大事にしてくれる。お互いに気安くなっても、飽きることはないでしょう。わたしも彼が大好きだわ」ため息をついて、言葉を結ぶ。

ジューンが唇をゆがめて笑みを作った。「彼もお姉さまのことが好きよ。前は、ちょっと行き過ぎではないかと思ったくらい……」彼女は姉が手を振って意見を却下したので、口を閉じた。

「冗談はやめて。ウィリアムとでは年が違いすぎるわ。わたしのほうが少なくとも四歳は年上に見えるもの。彼はわたしに感謝しているだけよ。感謝して当然よね。なんと言っても、わたしが彼に美しくてすてきな妹を紹介したんだから。去年ロンドンで過ごしたひと月のあいだ、あなたは崇拝者たちに取り巻かれていたでしょう。断言してもいいわ、かわいそうなウィリアムは、近衛騎兵隊の制服に身を包んだ気品のある求婚者たちに追い払われるかもしれないと思っていたって。あなたの姿は赤い上着の一団に囲まれて、ほとんど見えなかったじゃないの」

愛する男性のことを子どもっぽいとほのめかされて、むっとしたジューンは、すぐに言い返した。「ウィリアムはもうすぐ二十四になるのよ」そこでため息をつく。「早く彼に二十四になってほしくてたまらなかったわ。白状するとね、わたしは軍服姿の男性が好きなの」彼女は目をそらした。「騎兵隊の制服を着たフリント少佐に、ずっとあこがれていたのよ。少佐がお姉さまとお付き合いをしていたころ、わたしはまだ十三歳だったけれど、少佐を射止めたのがお姉さまだったことにすごく嫉妬《しっと》していたの。よく夢見たわ。いつか……」ジューンは言葉を濁して、また新たな打ち明け話を始めた。「少佐が訪ねていらしたのに、家にいるはずのお姉さまがイザベルと出かけていたりすると、わたしは厚かましくも少佐のあとをついてまわったわ。お父さまもお母さまもお留守で、シルヴィーが子ども部屋にいるときは、少佐のそばにいるのはわたしだけになるの。少佐を独り占めできてうれしかった。お姉さまはすぐに戻ると嘘《うそ》をつくと、少佐はあの独特な笑い方をしたわ。唇の片方の端をちょっと吊《つ》り上げて笑うのよ。わたしに勉強の進み具合を尋ねたりして、しばらくそばにいてくれた」姉からはなんの返事もなかったが、興味を掻《か》きたてたのはわかった。

ジューンは、気が強く人々を引きつける魅力のある姉の陰に隠れて成長した。姉とは年齢が離れていたので、レイチェルとともに華やかな社交生活を楽しむ機会も、かつてはなかったことだった。レイチェルは一年半遅れて生まれたイザベルといつもいっしょだった。今だって、それは変わらない。ここにはふたりしかいないが、レイチェルの注意を完全に引くことはきわめて難しい。このちょっとした恋の話が、ほろ苦い思い出のなかでふたりを結びつけるとは、これまで考えもしなかった。ジューンは低い声で続けた。

「ある日、夜も更けてから、ビューリー・ガーデンズの屋敷で手すり越しに少佐のようすをこっそりのぞいていて、見つかってしまったことがあったの」

レイチェルが手にしたドレスをたたんで、端をきちんと伸ばしてから、ジューンに向き直った。「あなたがあの人をそんなふうに見ていたなんて知らなかった。言ってくれなかったから」

「お姉さまがなぜ少佐をそんなふうに見ないのか、

よく不思議に思ったわ」ジューンは珍しく大胆に言った。「十三歳のとき、もしわたしが少佐を射止めていたら、いっしょに出かける約束をすっぽかしたりはしなかったわ。少佐の目を引くような若い女の人たちのなかに、少佐を手持ち無沙汰《ぶさた》のまま放《ほう》っておかなかった。あのころのわたしは子どもすぎて、わからなかったのね。お姉さまはほかの女の人に少佐を取られても、かまわなかったんだって。本当は、少しも愛していなかったんでしょう？」

「すっぽかすつもりはなかったわ。あの人とパパがふたりだけで話しているあいだ、わたしがいつも準備をして待っているわけではないと、気づいてもらいたかったのよ」レイチェルはかすれた声でささやいたあと、すぐに付け加えた。「見つかったとき、なんと言われたの？　たぶん追い払われたんでしょうね。あの人、それほど子ども好きには見えなかったから」

「あら、いいえ、やさしかったわ。お姉さまとほかのお客さまたちが応接室へ移るのを待って、わたしのところへ来て、話をしてくれたの。真夜中近くに、ネグリジェ一枚でいるところを見たら、お母さまはかんかんになって怒ったでしょうけれど」

「間違いなくね」レイチェルがつぶやいて、目顔で先を促した。

「お姉さまたちがモーツァルトの《魔笛》を見に行った夜、少佐は劇場のプログラムをくれたわ。それに、襟もとからはずした白い薔薇《ばら》を一輪。つやつやした黒い髪と深紅の制服の上着が、とてもすてきに見えた」ジューンは座っていたベッドの上で腰を動かした。「あのときのプログラムはまだ持っているの。ページのあいだに薔薇をはさんで。なぜこんなに長く取っておいたのかしら……六年間も……変よね。今は、お姉さまでなく、わたしが恋をして、もうすぐ花嫁になるというのに。まだ、べつの男性からもらった思い出の品を持っているなんて」あまりに奇妙だと感じ、ジューンは蜂蜜《はちみつ》を思わせる色の目を見開いた。「わたしに記念の品をくれたことを、少佐はお姉さまに話したとばかり思っていたわ。恋にのぼせ上がったわたしのことを、ふたりでおもしろがっているのではないかって」

「いいえ、彼は何も言わなかったわ」レイチェルは低い声で言った。「ぜんぜん知らなかった……」丁寧にたたんだばかりのドレスを広げて、またきちんともともとどおりに直し、皺《しわ》を伸ばして旅行鞄にしまう。そして先ほどとはまるで違う声で笑った。「もうそのころから、あの人はわたしのことなどどうでもよかったのね」

甲高い声の調子のどこかに、ジューンに姉を励ましたいと思わせる何かがあった。「たとえお姉さまが少佐をそれほど好きでなかったとしても、彼がお姉さまを崇拝していたのは間違いないわ。少佐がどんなふうにお姉さまを見ていたか覚えているもの。わたしも、いつか誰かに、そんなふうに見てもらいたいと思った」

「あなただってもう子どもではないんだから、そんなばかなことを言わないでちょうだい」レイチェルはぶっきらぼうに言い返した。「牛みたいな目で人を見るのは、動物並みの脳みそしかない証拠よ」

「ペンバートン家の音楽会で、ふたりそろって広間に入ってきたときも、少佐は昔と同じふうにお姉さまを見ていたわ」

「自分の役をうまく演じていたのよ」レイチェルは勢い込んでさえぎった。「洗練された気づかいを、そつなく示してね。あれが復讐《ふくしゅう》の前触れだとは思いもしなかった。今考えると、本当にばかみたい。ジューン、これでわかったでしょう。あの男はいまだに獣《けだもの》……恐ろしい化け物なのよ。残念だけれど、わたしも獣のようになって戦わなければならないわ。

本来、わたしの……わたしたちのものである財産を取り戻すために。あなたはこのハートフォードシャーで結婚式を挙げるの。絶対にね。わたしはすぐにウィンドラッシュの権利書を持って帰るわ。絶対に間違いなく」

レイチェルが目の隅からうかがうと、まだ見つめられているのがわかった。それでもあえて振り向いたり、目で挨拶《あいさつ》を送ったりはしなかった。その代わりラルフに礼を言い、馬車に乗せてもらってから、きしむ座席に背中を預けて、煉瓦《れんが》と漆喰《しっくい》でできた愛《いと》しい我が家からゆっくりと顔をそむけた。この家のために、これから策を練って戦うのだ。

今週の初め、酔ったあげくの父親の狂態を書斎で知らされ、自分の世界を引っくり返されたと言って、大胆にも父をとがめて以来、父と娘はたまたま顔を合わせても、よそよそしくふるまってきた。

昨日、朝食の席で、ノリーン・ショーネシーを連れてロンドンへ行くつもりだと告げたとたん、両親が目配せを交わした。その目つきから、レイチェルがロンドンへとんぼ返りする理由を、どちらも信じていないことがわかった。とはいえ、ふたりともレイチェルの決断に異議は唱えなかった。母親が少し口ごもりながら、よい旅になるように願っていると言っただけだった。レイチェルは両親がロンドン行きを止めようとするとは思っていなかった。なんといっても、レイチェルはもうすぐ二十六歳の誕生日を迎える大人なのだ。この六年間、聖ミカエル祭には、ヨークに住むフロレンス伯母の家を訪ねている。だから、がっしりして礼儀正しい小間使いだけを道連れにした旅は、レイチェルにとって珍しいことでも変わったことでもなかった。

ディヴェイン卿のせいでこんな状況に陥ったとはいえ、そのために嘘はつきたくなかった。レイチェルは両親に言い繕ったロンドン滞在の目的を、今回の旅ではすべて実行に移すつもりでいた。ルシンダにはあらかじめ手紙を送ってあった。急な旅立ちで、まだ返事は届いていないだろうが、友人も小さな坊やも歓迎してくれるはずだ。かわいいアランは元気いっぱいだった。最近では自分で立って、ちょこまかと動きまわり、だんだんと臨月が近づいて昼間もベッドで休みがちなルシンダには手に余るようになっている。ルシンダがアランを身ごもって、何カ月かつわりに悩まされたときも、レイチェルは友人の家に滞在した。いつまでも続く吐き気のせいで、ひどく落ち込んでいるルシンダを心配して、ポール・ソーンダーズがレイチェルに妻の話し相手兼相談役になってくれないかと頼んできたのだ。レイチェルは未婚だが、妊娠といえば必ずふたつ一組になってやってくる喜びと痛みのことは、よく知っていた。それに親友の力になりたかったし、ふたりでいっしょにいられるのはとてもうれしかった。あのときはレイチェルが到着して一カ月もしないうちに、つわりはおさまり、ルシンダの気分も晴れて、お産までの日々は順調に過ぎた。

今回、ロンドンに短期間とどまる本当の理由を、友人にどこまで打ち明けるか、レイチェルはまだ決めかねていた。間違いなく、殿方の集まるクラブや、ご婦人たちの集まる居間では、ディヴェイン卿《きょう》がメレディス氏を賭《かけ》でこてんぱんに負かして、田舎の邸宅を手に入れたという話で持ちきりだろう。しかし、いみじくも母が言ったとおり、賭の場で財産や土地の所有者が入れかわるのは、それほど珍しい出来事ではなかった。

そこまで考えて、レイチェルの注意は屋敷の大きな長方形の窓に引き戻された。私道を見下ろす四角い窓枠の向こうに、人影がぽつりと立っているのがわかる。レイチェルは、相変わらずその人影とは視線を合わせないようにしていた。ほんの数日前は、自分があの窓の向こうに立っていたのだ。そして、哀れにも何も知らずに、家を目指して馬車を走らせる父親を見つめていた。あのときは、父があんな恐ろしい知らせを持って帰るとは、夢にも思っていなかった。今は、その父が見張り役にまわって、こちらを見つめている。父が犯したぞっとするような過ちを正すために、娘が旅に出ようとしているのを、十二分に承知しているのは確かだった。

馬車のかたわらでは、小間使いのノリーンが妹に別れを告げていた。ノリーンがメアリーの広い肩を最後にぽんと叩《たた》いて軽く押しやると、メアリーは素直に家のほうへ砂利道を引き返していった。ノリーンは女主人に鋭いまなざしを投げたが、すぐに真っ赤な髪の頭を従順にひょいと下げ、馬車に乗り込んだ。そしてレイチェルの向かいの席に腰を落ち着け、灰褐色の外套《がいとう》をしっかりと体に巻きつけた。

そのとき、車体が急に前へ動いた。レイチェルは反射的に首をめぐらして、屋敷の窓に目をやった。父が片手を上げた。レイチェルは思わず挨拶を返したが、笑みまでは返せなかった。やがて、哀れっぽいやつれた姿は見えなくなり、馬車はみごとなマロニエの巨木が立ち並ぶ私道へ入っていった。

エドガー・メレディスは上げていた手を下ろし、てのひらをガラスに押し当てて、長女の乗った馬車が春のみずみずしい若葉のトンネルのなかへ消えていくのを見守った。そして、天井に顔を向けてつぶやいた。「幸運を祈るよ、レイチェル」

「待たせていただきますわ」

「あ、ああ、それはあまりいいお考えだとは思えませんが……ええと、メレディスさま……でしたかな？」

「そうです」

「では、メレディスさま。伯爵さまはいつお戻りになるかわかりませんので」

「今日中にはお帰りになる予定ですの？」

「はい、今日中には。しかし、何時になるかはわかりません。こんなことを申し上げて、お嬢さまをおどかしたくはございませんが、昨夜お戻りになったのは十二時前後でした」

「そのぐらいのことではおじけづきませんから、ご安心を。ここに座ってもよろしいかしら？」

レイチェルは壁際に置かれた背もたれが高く、座り心地の悪そうなクリーム色のマホガニーの椅子を指さした。本当は、そんなに長く時間をつぶすのかと思うとぞっとする。しかし、そう長く待つ必要はなさそうだった。まだ夕食の時間ではないので、デイヴェイン卿は今夜の社交界の催しに出かける前に、食事をとりに屋敷へ舞い戻るかもしれない。伯爵家の執事はレイチェルを追い払うために、わざと悲観的な予測ばかり並べたのだろう。執事の断固とした態度には、任務をひとりで担う男の自負がうかがわれた。彼は荘厳な屋敷のなかに望ましくない人間はいっさい居座らせないつもりなのだ。それがたとえ玄関ホールであろうとも。しかし、玄関ホールとはいえ、藤《ふじ》色のビロードのカーテンから、見上げるような壁に沿って置かれた深い色調の家具に至るまで、ここは非常に立派な部屋だった。

執事のジョーゼフ・ウォルシュは、もしかしたら自分の寛容な態度にこの女は感謝しているのではないかという印象を持った。たとえそれが錯覚でも、もうしばらくそう思うことにした。さもないと、この女のことを怪しげな衝動に駆られた変人か、欲に駆られたずる賢いあばずれだと、決めつけてしまいそうだった。ジョーゼフはコナー・フリントに仕えて数年になる。かつては大陸の野営地で少佐の側仕《そばづか》えとして、今ほど豪奢《ごうしゃ》ではない生活に耐えたこともあった。その後、伯爵のお供をして、アイルランドにある広大なウォルヴァートンの領主屋敷へ行った。しかし、主人の親しい仲間うちにも、公式の知人のなかにも、こんな女を見た覚えはない。女がこの屋敷に歓迎されない人間であるのは確かだった。

しかし、身なりは汚れていても美人であることや、どうしても早急に伯爵と話さなければいけないという切迫感をみなぎらせていることは、目をつぶってでもいないかぎり、いやでも見て取れた。どう考えてもちぐはぐなのだ。埃《ほこり》にまみれているが、服は上等で、物腰や言葉づかいからは品のよさがうかがえる。二十歳を過ぎて数年はたっているようだが、愛人というより宣教師といったほうがふさわしい感じだ。それに、身分の高い女性のふりをしているあばずれだとすれば、このはきはきした話し方と目びさしの深いボンネットは、どういうわけだろう?

ジョーゼフ・ウォルシュは良家の男性たちのもとで長く働いてきた。主人たちのなかには、たいそう爵位の高い独身男性もいて、彼らが放埓《ほうらつ》な快楽にふけることはよく承知していた。数年前に仕えていた若い子爵などは、派手に家禄《かろく》を食いつぶし、酔って浮かれては、尻軽女を屋敷に引っぱり込んだ。ありがたいことに、ほとんどの雇い主は、ある程度の節度を守り、女遊びも控えめだった。しかし、主人たちに仕えた二十年以上に及ぶ歳月のあいだには、ふくらんだ腹をした娼婦《しょうふ》がずうずうしくも屋敷に押しかけてきて、金をせびったことが何度もあった。そう、その道の女たちが使う手口はよく承知している。だから、ジョーゼフは針金のように固い眉の下から、専門家としての冷静なまなざしを投げて、ミス・メレディスを観察した。とくに外套の下の腹部がふくらんでいないかどうかを。

執事に無遠慮にじろじろと眺められて、レイチェルは頭をつんともたげた。執事の本心が読めていたら、そのまじめくさった顔をひっぱたいていたかもしれない。しかし、いとわしげに見られているのは、ふだんこの著名人の住まいを訪れる女性たちがなかへ通してもらうために、細心の注意を払って身だしなみを整えてくるせいだろうと思った。今の自分が、はたから見て最良の状態でないのはわかっていた。ボンネットは埃まみれだし、マントの裾《すそ》には泥がこびりついている。疲れてみすぼらしく見えるのは明らかだった。

ここへ来る途中、馬を休ませるために立ち寄ったエドモントンの宿で、おしゃべりな給仕が先日の大嵐《あらし》でロンドン周辺はひどい被害を受けたと教えてくれた。ひっきりなしに行き交う馬車がつけた轍《わだち》に、中庭いっぱいにあふれていたという泥水がたまっていた。レイチェルは水たまりに服が浸《つ》からないように気をつけたが、馬車を降りて宿までぴょんぴょんとはねていくあいだに、ブーツやマントの裾が泥まみれになってしまった。

今、長旅を終えて、レイチェルは目的地にたどり着いた。しかし、どうしてここへ直接やってくるなどという、とっぴな行動をしたのかわからなかった。ビューリー・ガーデンズのメレディス家所有の屋敷に立ち寄り、顔を洗って、服を着替えればよかった。さらにひと眠りすれば、攻撃を仕掛ける前に、体も心も元気を取り戻せただろう。それなのに、こうしてディヴェイン家の玄関ホールで途方に暮れている。ディヴェイン卿は不在なので、相手の鼻を明かすこともできない。ここはひとまず退散して、この状況にもっとうまく対処できるようになってから、ふたたび訪れたほうがいいかもしれない。

先ほどから戸口のそばに控えている若い従僕が、両開きの扉の片方が閉まらないように手で押さえたまま、レイチェルを横目でちらちらとうかがっていた。きっと偉そうに構えた執事が彼女を蹴飛《けと》ばして、外の石段に放りだすと考えているのだろう。レイチェルは顎を上げ、冷たいブルーの瞳で若者をにらみつけた。同時に、口もとを引き結んで激しい怒りをこらえた。突然、ふたりの使用人に教えてやりたいというさもしい衝動に駆られ、ますます口もとをきつく引き結ぶ。たとえ在宅していたとしても、レイチェルには面会の許可を与えられないと、ふたりは考えているのは間違いない。そのお偉いご主人さまを、分別のあるこの自分はかつて袖《そで》にしたのだと教えてやりたかった。

それでもレイチェルは固く口をつぐんでいた。そして磨き込まれた木の床や、薄黄色と青い色の糸で恐ろしい竜を織りだした東洋風の絨毯《じゅうたん》に、汚れた裾がこすれないように、泥のはねかかったスカートを両手でしっかりとたくし上げると、目当てのマホガニーの椅子までしずしずと歩き、腰を下ろした。ずっと居座る覚悟でいるのが伝わらないといけないので、ボンネットの紐《ひも》をほどき、乱れた金色の巻き毛を神経質に手で撫《な》でつけてから、断固とした態度でそれを膝の上に置いた。

挑みかかるようにレイチェルがにらみつけると、扉のそばの従僕は小生意気な顔をそむけ、おどおどした目を年長者に向けた。執事は褪《あ》せた薄茶色の髪の頭をぐいと振っただけだった。その合図で、玄関の大扉が閉められた。お仕着せをきちんと身に着けた若い従僕は、今度は顔にひそかな賞賛を浮かべて、屋敷の奥へ引き下がった。

「伯爵さまはあなたがいらっしゃることをご存じでしょうか、メレディスさま?」執事が慇懃《いんぎん》無礼な口調で尋ねた。

「ええ」レイチェルはとっさに嘘をついた。そして、胸のなかで苦笑いをしながら思った。そう、結局は嘘ではないかもしれない。

目を上げて、玄関ホールの時計を見た。もう八時五分だ。ビューリー・ガーデンズの屋敷では、ノリーンが荷物を降ろしているころだろう。ディヴェイン卿が留守だとわかったとき、前もって決めておいた合図をラルフに送って、道で待っていた馬車を先に行かせたのだ。実際的に考えれば、卑劣な盗人の帰りを待って、全員がバークレー・スクエアで長いこと足止めを食うのは意味がないように思えた。屋敷に行けば、ノリーンは荷物を片づけられるだろうし、ラルフは馬の世話ができる。

それにしても、ふたりはレイチェルの頭がおかしくなったと思ったに違いない。堂々とした屋敷の前で馬車を降りたとき、ふたりの用心深い目つきから、そう思っているのがわかった。レイチェルは明らかに疲れ果てているのに、今から伯爵を訪ねると言って譲らなかったのだから。

ノリーンはすぐに訪問するのが賢いことかどうか注意するのは控えて、舌打ちをしてこうつぶやいただけだった。〝まずはご自分のお姿をごらんになりたいでしょう、お嬢さま。お友だちに会う時間は、明日になればたっぷりありますよ〟

〝友だちに会うのは明日なのよ、ノリーン〟レイチェルは仇《かたき》の住む格調高い邸宅の正面を見上げて言った。そして、声には出さずに付け加えた――でも、今日はあの男に会わなければならないの。

ラルフがやさしい父親のように、一時間後なら帰る準備もすっかりできているに違いないから、そのころに迎えに来ると、どら声で言った。その物言いにこめられた内心の不安をやわらげてやるために、屋敷には必ず送ってもらうようにするので迎えはいらないと断った。頭のなかにこれから伯爵にぶつける辛辣な非難の言葉があふれていることを考えれば、そんな厚意を期待できないのはわかっていた。しかし、あとで家まで馬車を頼む金はあるし、貸し馬車はすぐに呼べる。あのときはまだ七時半になったばかりだったし、一年のこの時期、夜はとても明るい。真っ暗になるころには、ビューリー・ガーデンズでベッドに入っているだろうと思ったのだ。

レイチェルは重い頭を後ろの壁にもたせかけて、両開きの扉の上に造られた半円形の明かり取りの窓から外を眺めた。なめらかな濃紺の空に、銀色の三日月と三つの星が、意匠を凝らした飾りのようにうかんでいる。薄い雲がたなびいて、またたく星の魅惑的な光がぼんやりとかすんだとき、ため息をついて天空から視線をそらした。頭が横にかしいで、金色の巻き毛が外套で覆われた肩に広がった。レイチェルは時計に目をやった。本当は確かめる必要などなかった。玄関の隅に置かれたすばらしい時計が、豊かな鐘の音で時を告げるたびに、面倒な考え事から覚めて、我に返ったのだから。時刻は十時十五分だった。最後の鐘の音にはっとして、固く座り心地の悪い椅子の上でまっすぐに背筋を伸ばしたときか

ら、十五分しかたっていない。この十五分は、五十分にも思えた。

八時半にレモネード一杯とシナモン風味のビスケットが出されたあと、レイチェルは玄関ホールに放っておかれた。ただ、一時間ごとに無表情な顔をした執事がやってきて、必要もないのに錠前をがたがたいわせて、扉が閉まっていることを確かめていった。九時半に空になった皿とタンブラーを下げたときも、執事は何も言わなかった。

ひとりで黙っていると、いやでも考え事にふけってしまい、気分は少しも引き立たなかった。それどころか、この著名人の住まいに着いてから、分別も大人げもなく行動しているのではないかという、心を乱す思いが確信となって迫ってきた。ディヴェイン伯爵はもとより、こうして使用人たちにまで気をつかうには値しない客といった扱いを受けても、頑として譲らずに居座って彼らの主人との面会を迫っ

ているのだから。

　六年前、コナー・フリントと婚約していたとき、ふたりの社会的な身分はほとんど同じだった。確かに、コナーは結婚相手として望ましい人物だったが、若く美しく、かなりの財産を相続するレイチェルのほうも、それは変わらなかった。

　今、レイチェルは適齢期を過ぎ、相続する財産の要《かなめ》を失ってしまった。ふたりの境遇のあいだには、大きな割れ目が口を開けていた。それを自覚し、どれだけ誇りが傷ついたことか！　さらにペンバートン家の音楽会でどんなふうにあの仇となる人物の機嫌を取ろうとしたかを思いだした。コナーは三十歳を迎え、以前にも増して結婚相手にふさわしい男になった。明らかにレイチェルの父親だけでなく、社交界の仲間たちからも好かれている。ロンドンの住居には、贅《ぜい》を尽くした荘厳な調度が整えられているのもわかった。当然、使用人たちも、訪問者を吟味するように命じられているに違いない。これほどむきになっていなかったら、執事は単に務めを果たしているだけで、個人的にレイチェルを嫌っているわけではないとすぐに受けとめただろう。実際、頼んでもいないのに、彼はレモネードとビスケットを持ってきてくれたのだ。それは思いがけない親切なもてなしだった。

　不本意ではあったが、この無礼なふるまいがあっても、レイチェルは敬意を払った扱いを受けていた。夜がだんだんと更け、屋敷の主《あるじ》が夕食に戻らず、訪問客にも会わないのがはっきりした時点で、執事はレイチェルに帰るように迫ることもできた。それなのに、何も言わなかったのだから。

　ますます時の歩みが遅くなり、こっそりこの場から逃げだしたいという衝動がレイチェルに襲いかかった。しかし、逃げだすことはできなかった。心の平安を得るためには、ここに残っていなければならない。とどまるのは無意味にも思えたが、立ち去るのもまた軽率な行動だった。逃げれば、ずうずうしく押しかけてきた顛末《てんまつ》を、屋敷の主が戻ってきたときに、事細かく報告されてしまうだろう。つむじ風のようにやってきて、髪を振り乱した鬼女のようにふるまったのは、自分がどう見えようと問題ではなく、きれいな服に着替え、顔を洗ってくるだけの礼儀を示す価値はあなたにはないとコナーに思い知らせたかったからだ。それはシルヴィーくらいの子どもにこそ似つかわしい暴挙だった。もっと有効に使えるはずの時間を、ここで二時間以上も無駄にしている。レイチェルはあくびをして、重いまぶたをぱちぱちさせた。お風呂に入って、きちんとした食事をし、ひと眠りする――そんな魅力的な楽しみを、すべてふいにしてしまった。この何時間かを、幸せな眠りにあてることもできたのに……。

レイチェルの頭に響いた悪意に満ちた幽霊のささやきのような声が、心地よい夢のなかにゆっくりと忍び込んできて、夢をだいなしにした。彼女は顔をそむけて、魔法の力を取り戻そうとした。イザベルと笑ったり、イザベルとおしゃべりをしたり、イザベルと……。

イザベルの両手が持ち上がり、白い指が伸びてきた。手を振って別れを告げるのだろうか？　こちらへ来いと差し招くのだろうか？　どちらでもなかった。レイチェルは頬にそっと手が触れて、やさしく撫でられるのを感じた。妹は慰めてくれている。すぐにまた離れて、遠くへ行ってしまうから。イザベルの卵形をした色白の顔と、淡い黄褐色の輝く長い髪が、だんだんとぼやけて消えていった。ここにいて……。涙でかすれた声で頼んでも無駄だった。

レイチェルはあたたかく頬を包む妹の手を探った。しかし、男らしい匂《にお》いのするがっしりした体に触れて、ぎょっとして深い眠りから覚めた。ぐいと上半身を起こし、椅子に背中を押しつける。そして寝起きでかすむ目を凝らして、男を見つめた。眉をひそめた浅黒い顔が近づいてきた。彼はレイチェルの座る椅子のそばに膝をついていた。その向こうに、ぼんやりした男の影がもうふたつ見えた。レイチェルはまばたきをして息をのんだ。それからもう一度、まばたきをして息をのんだ。すでにきまり悪くてたまらず、恐ろしいほどだった。頭の隅には、彼女を眠りへと追いやった不安が残っていた。恥ずかしさが身に迫り、おじけづきそうになったが、レイチェルはぎゅっと目をつぶってこらえた。

やっと目を開け、ディヴェイン卿の向こうに視線を投げたとたん、今度は絶望に刺し貫かれた。この窮状を見ているふたりの男が誰かわかったのだ。背の低い初老の執事は背の高い金髪の男性に小声で何かを話している。そのジェイソン・ダヴェンポートもまた目をそらさずに彼女を見つめていた。胃が締めつけられ、レイチェルはあわてて立ち上がろうとした。けれども、長く座っていたせいで脚はこわばり、椅子の背につかまって、ゆっくりと体を伸ばさなければならなかった。

コナーも同時にゆっくりと立ち上がった。レイチェルがすすり泣きをもらしながらよろめくと、彼はさっと体を近づけ、しっかりと彼女の両腕を持って支えた。

静かなアイルランド訛《なまり》が、麻痺《まひ》したレイチェルの頭いっぱいに満ちた。最初に理解できたのは、この言葉だった。「さあ、家に帰る時間だよ、レイチェル」

「今、何時？」レイチェルははなをすすり、かすれた声でやっとそれだけ言った。

「一時半だ……」

「一時半？」レイチェルはおうむ返しに尋ねた。

「帰ってくるのが遅いのよ……ものすごく」震える息を吸って、非難する。

「そうだね……すまなかった」甘く物柔らかな口調で慰められて、レイチェルはあっけなく眠りに引き戻された。

あとは一言も発せず、コナーが片手でレイチェルの肩を抱き寄せ、どうしようもなく揺れる彼女の体を押さえた。彼は磨かれた木の床からすくい上げるようにしてレイチェルを運んでいった。彼女は執事がいっしょについてくるのをぼんやりと意識していた。彼は扉を開け、じっとこちらを見つめている。その後レイチェルは、かぐわしい夜気のなかに出て、抱き上げられ、宙に浮いたまま石段の下に着いた。

それから馬車にやさしく揺られながら、かたわらに座ったコナーの胸にもたれ、夢うつつの世界をさまよった。それは、この世でいちばん自然なことに思えた。

8

「あとでお注《つ》ぎしましょうか、レイチェルさま?」

「いいえ、自分でやるわ。もういいわよ、ありがとう、ノリーン」

ノリーン・ショーネシーは女主人を一瞥《いちべつ》したあと、錆《さび》色のまつげの下から、横目でじろじろと背の高い男性を観察した。気品のある紳士は、炉棚にゆったりともたれている。ノリーンが部屋を出る前に丁寧に深々と頭を下げたとき、きちんとかぶった帽子から弾力のある髪が幾筋か飛びだして、りりしい男性の姿をさえぎった。

レイチェルはしばらく閉められた扉に顔を向けていた。コナーを賞賛する人々のなかに、これで片田舎に暮らす娘も加わったわけだ。承服できない思いで唇を曲げてから、彼女はノリーンがティーセットの盆を置いたテーブルに足早に近づいた。「時間どおりにおいでくださって、ありがとうございます。初めに、こんなに朝早くお目にかかりたいと申し上げたことを、お詫《わ》びしなければなりません。でも、できるだけ早く問題を片づけたほうがいいと思いましたの」また唇をゆがめる。今度は、もっとうまい前口上を準備しておかなかったことに対する後悔のせいだった。なんといっても、こちらの狙《ねら》いは、最初にこの男がペンバートン家の音楽会で始めた、打ちとけたふりをして冷たく突き放すという戦法を利用することにあるのだから。これから何カ月かのあいだに、彼女が本当はどれほど敵意を抱いているか、コナーが悟る時間はたっぷりあるだろう。しかし、今は感情を抑えなくてはならない。陰謀の種をまく前に地面をならさなければ。実際、ジューンにウィンドラッシュで幸せな結婚式を挙げさせるためなら、レイチェルは力の及ぶかぎりどんなことでもするつもりだった。自分の相続財産を取り戻すのは、またべつの問題だ。そちらの大仕事は、もっと時間をかけて、こっそりと進めるつもりだった。

　レイチェルはコナーの顔に視線をちらりと投げかけた。恐れていたとおり、穏やかな表情の裏に、かすかにおもしろがっているようすがうかがえた。彼はレイチェルの心を掻《か》き乱すほどすばらしく見えた。正装した姿は優雅という言葉では言い足りなかった。金ボタンのついた濃紺の燕尾《えんび》服。たくましい脚にぴったり張りついたような鹿革《しかがわ》のズボン。染みひとつないぱりっとしたシャツ。完璧《かんぺき》に首に巻かれた純白のクラヴァット。膝まである房飾りのついたブーツは、側《そば》仕えが何時間もかけて磨いたのだろう。彼はけだるげに脚を交差させ、そのブーツの表面には絨毯《じゅうたん》を縁取るギリシア風の模様が映っていた。今までまじまじと見たことはなかったが、彼の伸ばした髪は流行《はや》りとは言えず、まっすぐだった。黒貂《くろてん》の毛皮さながらに黒く豊かで、襟を覆い隠すほどの長さがある。レースのカーテン越しに差す弱々しい陽光が、さらに黒檀《こくたん》のつやを与えていた。レイチェルは歯を食いしばった。コナーがすてきに見えるからどうだというの？　これまでもずっと、彼は魅力的な男性だった。今さらそれを確認する必要はない。

レイチェルを観察する驚くほど青い目は、大きく見開かれてはいないものの、眠りの時間を奪われて疲れているようすはなかった。それどころか、物憂い態度の裏で、ディヴェイン伯爵は油断なく警戒しているのだろう。十一時にビューリー・ガーデンズに来てほしいというレイチェルの要請は、夜が明けて間もない、九時ごろに屋敷に届いたに違いない。そもそも、自尊心の高い上流階級の人々は、朝の十一時に家から出るのはおろか、ベッドからも出ないものだ。それでも、コナーが時間どおりに清潔な身なりで現れたところを見ると、ラルフが手紙を屋敷に配達するとすぐ、約束に遅れないように起きだしたに違いなかった。

レイチェルはといえば、昨日まるで無精者のような身なりで伯爵家に押しかけたあげく、赤ん坊のように泣きだすという大失態を演じてしまった。

しかし、自宅に相手を招けば、こちらのほうが有利になるはずだ。昨夜の汚らしい風体の幼稚な人間とは違い、今朝は品のある大人の女に見せたかった。

小枝模様のモスリンでできた普段着のドレスは、上半身にぴったりと合うデザインなので、人並みの大きさの胸に、最大級の谷間を与えていた。スカートは裾《すそ》が少し広がり、透けそうなほど薄い布地の下に、丸みのある美しい腰の存在を感じさせる。疲れのために顔色が悪かったが、頬紅は塗らずにすませた。青白い顔のほうが都合がいいし、目の下の隈《くま》が瞳の青さを引き立てるとわかっている。今朝は細心の注意を払って、優美で、男性の保護を必要としている女に見えるように努めた。レイチェルは昨夜、コナーが示してくれた気づかいを利用するつもりだった。みずから作り上げたこの哀れっぽい姿なら、コナーの同情を誘っても驚くには当たらない。つまりレイチェルは転んでもただでは起きず、失敗の裏に明るい希望があるかもしれないと考えたのだ。

だからと言って、昨夜の無念さに打ち勝つのは容易ではなかった。二階のベッドの上には、腹立ちまぎれに放《ほう》り投げた上品なドレスが三着、くしゃくしゃになって散らばっている。混乱した頭でやっとこのドレスを選び、ボタンをはめているとき、伯爵の馬車が外に止まった。まだノリーンはこてを手に、レイチェルの髪を巻いている最中だった。すでに十一時五分前になっていたが、すさまじい速さで身支度を整えたかいはあった。レイチェルは洗練された姿でコナーを惑わし、言うとおりにさせるつもりだった。かつては、あと数時間で夫婦になる仲だったのだから、情けをかけてくれるかもしれないという一縷《いちる》の望みをかけて……。

これだけのことを思い浮かべながら、ティーセットの前でぐずぐずしていたことに気づき、レイチェルはお茶の入ったポットを勢いよく揺すった。すぐにポットを傾け、湯気の立つ液体をカップにそそぐ。そして、先ほどのそっけない台詞《せりふ》に、か細い声で付け加えた。「朝早いうちにお会いするのが、お互いにとっていちばんいいと思いましたの。顔見知りの方々が起きだして、あなたの馬車が出ていくのを見られることがないように。メレディス家とディヴェイン伯爵の関係について、世間の人たちにこれ以上憶測の種を与えるのはいやですから」

「それはわかる……」

「わかってくださると思っていました。クリームとお砂糖は？」

「ああ、ありがとう」

レイチェルは黙って、有能な接待役に徹した。お茶にクリームを注ぎ足して、コナーのところへ運ぶ。しかし、半分も行かないうちに、手が震えて、気前よく注ぎすぎたお茶を、受け皿に大量にこぼした。足を止めて、彼女は舌打ちし、濡《ぬ》れた指を見つめた。

「なんて不器用なのかしら。ごめんなさい。べつのをお持ちするわ」

「その必要はないよ」

「いいえ、いれ直します」レイチェルは少しきつい口調で、頑固に言い張った。「お茶はまだポットにたっぷりありますから」体の正面でカップをしっかりと支えて、一歩あとずさりをしたが、テーブルに戻るまでに残りをすべてこぼしてしまうのではないか心配だった。どうして、ノリーンにやってもらわなかったのだろう？　胸のなかで自分をののしる。


レイチェルは花模様の繊細な陶器に目を釘《くぎ》づけにしていたが、コナーがもたれかかっていた炉棚から身を起こすのがわかった。彼はこちらに近づいてくる。レイチェルは急いで後ろに下がろうとした。汗ばんだ手で持ったカップとソーサーがかたかた鳴る。そしてコナーにきつく手首をつかまれた拍子に、残っていたお茶がすっかりこぼれてしまった。

レイチェルの手の甲に浮きでた青い静脈をお茶が伝う。やがて茶色の液体の流れはコナーの手に向かった。コナーは流れを親指でせきとめると、カップをテーブルに置き、ポケットから取りだしたハンカチで、レイチェルの肌をぬぐった。白い布がもとの場所におさまっても、ふたりの手はまだ離れなかった。レイチェルの目も、手首の動きを封じている浅黒い指にまだ据えられていた。すぐそばにある体のせいで、昨夜の記憶がいやおうなしによみがえり、敵の同情を引くはずの青白い顔に、無情にもかっと血がのぼった。馬車で屋敷まで送ってもらうあいだ、レイチェルは恥ずかしげもなくコナーにもたれていた。話はほとんどしなかった。尋ねられて、必要な情報――使用人だけを連れてビューリー・ガーデンズに滞在していることを教えたとき以外は。

玄関ホールに居座ったあげく眠り込んで、コナーに外へ連れだしてもらわなければならなくなるとは、なんというていたらくだろう。皮肉にも、今にも家へ逃げ帰ろうとしていたところまでは、はっきり覚えている。けれどもそれを実行に移す前にイザベルの声がした。そして疲れるとよくそうなるように、ほんの少しのあいだだけ妹のもとへ行きたくなった。

そんな姿を見て、コナーの義弟のジェイソン・ダヴェンポートがどんなふうに思ったかは、誰にもわからないだろう。いや、それは真実ではない。レイチェルには彼がどう思ったか、正確にわかっていた。彼女はジェイソンに好かれたためしがなかった。今は、浅はかな十九歳の浮気娘と片づけられる代わりに、結婚相手にふさわしい女性たちを押しのけて、身分の高い男性の気を引こうとするずうずうしいオールドミスと思われているだろう。ジェイソン・ダヴェンポートとペンバートン夫人には、ひとつだけ共通点がありそうだった。ふたりとも、レイチェルがふたたびコナー・フリントの好意を得るために、どんな恥知らずな手段も辞さず、必死で取り入ろうとしていると考えているのだ。ふたりの考えは当たっている。しかし、その理由はふたりの考えとは違っていた。「ゆうべは送ってくださってありがとう」

レイチェルはだしぬけに言った。「まだ、お詫びを言っていませんでしたわ。それに、あんな……おかしなふるまいをしてしまったわけも」

「こちらこそすまなかった。長く待たせたうえに、わたしの留守中、もてなしもしなかった。ジョーゼフにはもっとよく言ってやらなければならない」

「ジョーゼフ？　執事の？　いいえ……彼を叱《しか》らないで」レイチェルはあわてて言葉をはさんだ。「わたしがどんなに厚かましかったかを思えば、どうしてなかに入れてもらえたのか不思議なくらいですもの。それなのに、飲み物とお菓子までいただいたわ。初めは、あなたがお夕食に戻られるようなら、それまで待たせていただこうと思っただけだったの。あんなに長く居座ったあげく、眠ってしまったのは、すべてわたしの責任だわ。わたしがおたくにうかがうことを、あなたは知らなかったのですから。だから、すぐにお帰りにならなかったからといって、悪いことをしたなどと思わないでください」

「そうだな、思わないことにしよう」コナーは物柔らかな口調でゆっくりと言った。「よく考えてみれば、わたしが家に帰るかもしれないと思って、きみがひと晩無駄にしたのは公平かもしれない。婚約する前だったが、この部屋できみに待ちぼうけを食わされたことが幾度かあったのを覚えているよ」

レイチェルは息をのんで、コナーにつかまれた手首をおずおずとひねって、いましめから逃れようとした。コナーの思いやりは、レイチェルの洗練された態度と同じく、はかないものだった。だが、コナーが思いだしたのがそれだけにとどまらないことを知っておくべきだった。

「どうして何度も、わたしに待ちぼうけを食わせたんだ、レイチェル？」

「どうして何度も黙って我慢したの、フリント少佐？」コナーの穏やかな話しぶりに我慢できなくなって、レイチェルは後先も考えずに言い返した。金色の髪の頭をぐいともたげ、あざやかな青い瞳を冷ややかににらみつける。重たげに半ば下りたまぶたの下で、コナーの瞳が満足げに光り、唇が冷酷そうにゆがめられた。

復讐《ふくしゅう》する理由を、このわたしに知らしめたいのだ。まるで、わたしがずっと忘れていたとでもいうように。こちらにも思いだすことはたくさんある。レイチェルにはコナーに命じられるままに、曲を奏でるつもりはなかった。何を歌うか決めるのはこちらで、踊るのはコナーだ。いつもそうだったように。

「わたしの薄汚れた格好を見て、お屋敷へ入れていいものかどうか、おたくの執事は迷ったのだと思います」公平な意見を述べると同時に、レイチェルは力いっぱい手首を引き抜いて、テーブルに近づいた。それから中央の花瓶に生けられた満開の黄色の薔薇《ばら》をまっすぐに直したり、磨かれたマホガニーの上に落ちた花びらを拾い集めたりした。

　みずからの非を認める彼女の丁重な言葉に対して、なんの反応も返ってこなかった。それでもてのひらに握った花の残骸《ざんがい》の捨て場所を探して、絨毯の上をうろつきまわるあいだ、自分の顔に青く燃える視線が浴びせられるのがレイチェルにもわかった。「あなたもお気づきだったはずです。服には泥がついていたし、髪ときたらくしゃくしゃで……」そう言って眉間《みけん》に皺《しわ》を寄せながら、何も持っていないほうの手を振って、今朝は念入りに整えてある髪が昨夜はピンがはずれて肩に垂れかかっていたようすを説明する。

　相変わらず沈黙があたりを支配するなか、レイチェルは悟った。コナーは一時的な和解にもわざと知らん顔をして、レイチェルの自信を巧みに打ち砕くつもりなのだ。詮索《せんさく》好きな人たちに噂《うわさ》の種を与えたくないというレイチェルの言葉は本心から出たものだった。だから、屋敷の外に止まったディヴェイン伯爵の馬車を見られないうちに、急いで核心に切り込む必要がある。家族と離れてここにひとりで滞在していることが知れれば、街中のおしゃべり女たちはすぐに安易な結論に飛びついて、みだらな醜聞を流すだろう。ジューンの評判を落とし、目前に迫る結婚式をだいなしにするような不祥事は、ひとつとして許されない。レイチェルは攻め方を変え、最初からやり直した。「今朝はお呼びたてしてごめんなさい。ご親切にもわたしを送ってくださったので、ろくにおやすみになる時間がなかったのはわかっています。早急にお話ししなければならないことがなければ、こんなに早くから叩《たた》き起こすような真似《まね》はしませんでした。こんなところより、ベッドのなかのほうがよろしいでしょうから……」

今度は反応が返ってきた。コナーの冷たい笑い声を聞いて、レイチェルは背筋がぞくりとした。「きみに叩き起こされても文句は言わないよ、レイチェル……だが、きみの言うとおりだ……ここより、ベッドのなかのほうがいい……」

嘲笑《ちょうしょう》を浮かべた顔で見つめられ、レイチェルは足を止めた。てのひらに握ったちぎれた花弁をテーブルに放り投げると、薔薇の香りが部屋に広がった。彼女はスプーンをかちゃかちゃいわせて受け皿に置き、あたふたとお茶を注ぎ足して、すぐにひと口すすった。

コナーは暖炉のそばに戻り、炉棚に片腕をついた。何を考えて、彼女にあんなことを言ったのだろう？まるで、高級娼婦《しょうふ》に誘いをかけるときのような言い草ではないか。彼は白く塗った炉棚に、いらだたしげに指を打ちつけた。あんなことを言ったのは、彼女を愛人にしたかったからなのだ。育ちがよく、まだ純潔を守っているかもしれないが、レイチェルにはこの自分に蔑《さげす》まれて当然の理由がごまんとある。もちろん、六年前に振られたときと同じく、今も本気でレイチェルを侮辱するつもりはまったくなかった。それでも、娼婦さながらの昨夜のふるまいでは、捨てられた情婦が厚かましくも不満をぶちまけに来たのだと執事に思われても仕方ない。

レイチェルになんの用事で呼ばれたのかは、はっきりわかっていたし、呼ばれることは予期していた。だが、大胆にもこんなに早く要請があるとは思っていなかった。もう一度よく考えてみると、彼女の父親は今回のばかげた茶番劇について、いくつか娘に隠しているのは間違いなかった。自分とエドガー・メレディスとのあいだのやり取りを、どう見てもレイチェルはすべて知らされていない。初め、メレディスはすばらしい邸宅をあっさり譲り渡し、そして今度は娘を差しだしている。何もかもあまりに見え透いていて、彼女を手に入れるのはあまりにも簡単だった。しかし、コナーも興味があった。レイチェルがほしいものを取り戻すためにどこまでやるか、そして彼自身、レイチェルにどこまでやらせるか。彼女を捨てるのはそのあとでいい。

自分がいやになって、コナーは歯を食いしばった。彼にはすでに愛人がいる。受けて当然の感謝をたまにしか得られなくても、コナーを嫌いになることもなく独創的な官能の歓《よろこ》びを与えてくれる愛人が。彼はほとんど音をたてずに壁を打ちつける指の関節に目を向けながら考えた。人生のなかで、マリアが今の地位を得るためには、たいへんな努力が必要だったはずだ。そんな彼女が少し気の毒に思えた。

この金髪の冷酷な女は、なんの苦労もなしに、コナーの血をたぎらせる。なぜ彼は意表を突かれ……困惑するのだろう？　以前も、彼女は同じ影響を彼に及ぼした。彼を飼い犬のように操り、言いなりにすることに自信を持っていた。その不均衡な力関係は一時的なものだとわかっていたので、コナーはレイチェルの好きなようにさせていた。

十九歳のレイチェル・メレディスは、気まぐれでこらえ性がなく、ひどく腹立たしい娘だった。同様に美しく快活で、これから女として花開こうとしていた。自分が勝ちえたのが性的な欲望を満たしてくれるすばらしい宝であることは、二十四歳のコナーにもわかった。そして、ときおりその欲望から解き放たれた瞬間、いくつかの欠点にもかかわらず、心からレイチェルを愛していることもわかった。彼女の魅惑的な体や魅惑的な持参金のためにあんなに夢中になったわけではない。レイチェル自身に夢中になったのだ。まったくどうかしている。あのときは理性を失った愚か者だった。しかし、今は違う。同じ過ちは二度と繰り返さない。

あの年に社交界に出た娘なら、コナーは誰でも自由に選べただろう。だが、婚約期間を長く取れないことを考慮してレイチェルに決めた。結婚式をすぐに挙げたいという条件を出したのは、軍務に身を捧《ささ》げていたためだった。あのころは近衛騎兵隊の大尉から騎兵隊の少佐に昇進したばかりで、さらなる出世を求めていた。なぜなら妻の生活の中心になるであろう社交界での立場は夫の地位によって左右されると考えたからだ。レイチェルはじきに自分の妻になると思い込んでいた彼は、婚約していた数カ月間は彼女の好きにさせようと考えた。そして移り気で子どもっぽい言動にも耐えた。女性に関しては、経験から得た知識が充分にあったので、自信を持っていた。レイチェルも初夜を迎えれば大人になるだろうと……。

しかし、彼女のことをまったくわかっていなかったのが明らかになった。家事を切り盛りする能力についても、完全に判断を誤っていた。レイチェルは意外にもメレディス家を非常に効率よく管理しているという評判だった。そして十九歳のときに見せた官能的な情熱は、どこにも見当たらない。今彼女は礼儀正しくふるまおうと心に決め、たどたどしい挨《あい》拶《さつ》をし、彼が手をつかんだときには身をすくめた。それもこれも彼を嫌っているからだ。六年たってしまっては遅すぎるのだ。レイチェルを自分のものにする資格や機会があるうちに、実行に移すべきだった……。

昨夜、レイチェルはコナーの慰めをおとなしく受け入れた。しかし、昨夜の彼女は、分別を失っていた。今朝はきわめて理性的で、厳しく自分を抑えている。そのようすから、彼女がコナーの前で二度とあんな無防備な姿をさらすまいと心に誓ったのがわかった。レイチェルの心痛をまざまざと目にして、コナーは彼女に嫌われる理由をまたひとつ与えてしまったことに気づいた。間もなく結婚する妹を思って嘆くのは、彼女個人の問題で、コナーの関知するところではない。それでも、そこにかかわりが持てて彼はうれしかった。レイチェルの苦しみに喜びを感じたからではなく、奇妙なことに苦しみをやわらげてやりたいと思ったからだ。だから、彼女をやさしくなだめた……。コナーは皮肉っぽく考えた。レイチェルはその礼がしたいのだろうか？　彼女が何かを頼む寸前でためらっているのはわかっていたので、なおさらそう思えた。

「ゆうべ、おたくへうかがって、どうしてもあなたとお話ししたいと言った理由を、すぐに説明するべきでした」レイチェルは一気に言うと、磨かれたマホガニーのテーブルにカップと受け皿をがちゃんと置いた。

「なぜ、はっきり言わない？」コナーは食ってかかった。いらいらして口調が荒くなる。「ふたりで芝居をしようというのか？　さっぱり心当たりがないふりをしろというのか？　きみがロンドンを発《た》って二週間もしないうちに舞い戻ってきて、わたしが屋敷にいるかどうかも気にせずに、すぐさま会いたがった理由をしらばくれるのか？　おそらくわたしがきみの相続財産を、賭《かけ》で父上から巻き上げたことと関係があるんだろう？」

レイチェルはアイルランド訛《なまり》の消えた、たたみかけるような言葉の裏に石のような冷たさを感じ取った。だが、話の核心が明るみに出たからには、このまま進めなければならない。「あなたがおたくにいらっしゃるかどうかを、気にしなかったわけではありません。それは言いがかりです。それに、お互いの存在を意識していないように見せるべきだというのは、あなたのお考えでしょう」彼女の口もとが少しほころんだ。「あれは本当に、賢くて分別のあるお考えでしたわ。そうすれば、意地の悪い噂《うわさ》を立てられずにすみますもの。お互いになかなかすばらしい取り決めをしたと思っていたのに、不服がおありなの？」

コナーは壁を叩いている指を見つめながら、笑みを浮かべた。「さてと、どうだったかな？　もう少しそばに寄って、きいてくれなければ、思いだせないよ。そしてどんな答えが返ってくるか、本当に気にかけているように、わたしを見上げるんだ」

レイチェルの目に、怒りの涙がこみ上げた。コナーはできるかぎり不愉快な態度をとろうとしているのだ。「ロンドンへ戻ったのは、友人のルシンダ・ソーンダーズの出産が迫っているので、彼女の手伝いをするためです。父が不運な目にあったというだけで、わたしがここへ来たなどと思わないでください。でも、もう何が問題なのかは明らかなのだから、そのことについてお話ししたいと思います。ジューンがこのままウィンドラッシュで結婚式を挙げられるように、わたしの地所を少しのあいだ使いたいのです」

「あれはわたしの地所だ」

「ええ、そうね。それを少しのあいだ貸していただきたいの。お願い、妹が結婚する来月の末まで」

コナーがゆっくりと振り向き、長く黒いまつげの下から彼女を見つめた。レイチェルは心を落ち着かせて、視線を返した。そしてためらいがちに笑顔をこしらえもした。「それまで、あなたには必要ないでしょう？　メイフェアにお屋敷をお持ちなんだし、この時期は社交界の行事もたけなわです。田舎に引っ込む貴族の方はほとんどいらっしゃいません。きっと、お仲間もロンドンにいらっしゃるはずよ」

「わたしにどういう仲間がいるか、どうしてわかる？」

「ごめんなさい。出すぎたことを言うつもりはなかったの。ただ、こちらの事情をご説明したくて」

「言っただろう、レイチェル。うまくやり遂げたいなら、そばに寄ってわたしに聞かせなければいけない」コナーの声は蜂蜜《はちみつ》のように甘く、瞳は夏の空を思わせた。しかし、その顔には冷たいおもしろがっているような表情が浮かんでいた。

　レイチェルは意に介さないふうを装って肩をすくめると、食いしばる歯や、背中で握りしめた両手を気づかれないように祈りながら、コナーに近づいた。彼の真正面で足を止め、いたずらっぽく、訳知り顔に見えるように首をかしげる。「さあ、そばに来たわ。気づかなかったけれど、あなたは目が悪くなって、耳も遠くなったのかもしれないわね。よく聞いてちょうだい」コナーを口汚くののしってしまうといけないので、レイチェルは一言一言をはっきり区切って発音した。「わたしの……いえ、あなたの地所を少しのあいだ貸していただけるなら、お金を払うつもりです。収入という魅力があれば、あなただって損とは思わないでしょう。百ポンドまでならご希望に応じるつもり――」

「千ポンドほしい」

　レイチェルは驚いて、淡いブルーの目をぱっと見開いた。「千ポンドですって？」

「出すか出さないかは、きみの自由だ」

「わたしが受け取る手当では、そんな大金を払えないのはご存じのはずよ……」

「それなら、今朝は無駄足を踏まされたことになるな、ミス・メレディス。きみが道徳心も知性もない男を誘惑する、もっと魅力のある手を考えつかないかぎり」

「笑えない冗談だわ」レイチェルは白い歯のあいだから言葉を絞りだした。「あなたは妹の結婚式をだいなしにしようとしている。よくもそんなことができるわね。父は礼儀正しくあなたにお式の招待状まで送ったのに、あなたは意地汚くお金をせびって、何もかもだいなしにしようとしている。お金なんて、本当はいらないんでしょう？　あなたが望んでいるのは復讐だけなのよ。あなたは酔った人を相手に賭《か》をしたのよ。ひどい酔っ払いやほんの若者と勝負して、あれほどの高い金額のものを賭けるなんて最低だわ。父は賭は正当だったと言うけれど、わたしは信じない。あなたはいかさま師だわ……強欲な獣《けだもの》よ。あなたみたいな人でなしは、地獄で朽ち果てればいいんだわ……」

「まだまだだね、レイチェル。もっと魅力のある手を使わなければいけないよ」コナーが低い声であざけった。レイチェルのまつげは涙で光り、ドレスの下で胸が大きく上下した。

怒りに駆られたレイチェルは両手を振り上げてコナーに向かっていった。しかし、その手はコナーの首にしっかりと巻きついたところで動かなくなってしまった。レイチェルはふたつの選択のあいだで、心を悩ませた。コナーが耐えがたい苦痛だと思うようなキスで攻撃するか。それとも喉を押さえて、息の根を止めてやるか。コナーに体を預けたまま怒りと屈辱に身を震わせていても、レイチェルには奇妙な安心感があった。昨夜、寒さで震えながら、あたたかく力強い感触に包まれていたときと同じ感覚だった。

コナーの両手がレイチェルの両手をとらえ、襟をも刺し貫きそうに食い込む指を引きはがした。いきなり乱暴に突き放されて、レイチェルはうなだれた。涙に濡れた目や反抗的にゆがめた顔を隠したかった。

「どうして何度も待ちぼうけを食わせた、レイチェル？　さあ、教えてくれないか？」コナーがからかうように言った。

レイチェルは頭をぐいともたげて、小さな白い歯で柔らかな唇を噛《か》んだ。そして、こう吐き捨てた。

「待たされて当然だわ……だって、あなたが疎ましかったからよ……あなたに触れられるのも、キスされるのも、いやでたまらなかった……あなたにはうんざりしていたの」

すばやく顔をそむけたときには、一瞬遅かった。コナーのなめらかな唇が、レイチェルの唇をとらえて責めさいなんだ。コナーにつかまれた両手首は背中にまわされて押さえつけられた。コナーは自由なほうの手でそっとレイチェルの背骨をたどり、てのひらがヒップを包んでやさしく円を描いたと思うと下腹部に固い高まりが押し当てられた。逃れようとしたレイチェルは動きを封じられ、重ねられた唇の下で怒りの声をあげたが、なおも腰はぴったり引き寄せられたままだった。コナーの指がドレスの前身ごろの下にもぐって、つややかな肌をそっと撫《な》でたとき、レイチェルは息を止めた。慎み深く閉じ込められていた片方の乳房が解き放たれ、親指がふくらんだ乳首をもてあそぶ。レイチェルは不快感をうめきで表しながらも、背中を弓なりにそらして、どきどきと脈打ち、感じやすくなった胸をコナーのてのひらに押しつけていた。ゆっくりと巧みに揉《も》みしだかれるうちに、コナーの冷たい笑い声が響き、その直後に貪欲《どんよく》な舌がレイチェルの口のなかに割って入った。その行為も彼女の先を求める気持ちを抑えることはできなかった。

突然、コナーの唇が腫《は》れてうずいているレイチェルの唇から離れ、耳もとに移動した。「わたしに触れられるのがいやなんだろう？　わたしにはうんざりだと言ってみるがいい。そしてあのろくでもない家を貸してくれと、もう一度頼むんだ」

レイシェルの唇が震え、目が熱く潤んだ。彼女はうつむいてコナーの肩に額をのせた。「あなたはひどい人ね」

「わたしは執念深いんだ」浅黒い指でレイチェルの顔を静かに上げさせ、水色の瞳をじっと見つめる。それから、のろのろと視線をそらし、はだけた胸もとからむきだしになったままの乳房に目を落とした。

「そして、きみは盛りのついた雌猫だな。思っていたとおりだったよ。今ではわたしも年を取って、女を壁や椅子に押しつけてものにすることに少々飽きがきているが、そうでなければそんな手間をかけて確かめていたかもしれない。きみにぞっこんのモンキュアに、何か値打ちのある技を仕込んでもらったのかどうかをね」

レイチェルは小さな拳《こぶし》を振り上げたが、コナーにやすやすとかわされてしまった。勢いあまってその手は炉棚に置かれた時計をはじき飛ばした。時計がふたたび動きだすことはなさそうだった。コナーが散らばったガラスとばねをまたいで、ドアへと向かった。そして笑い声をあげると、ぱっとレイチェルに向き直った。「ほうきとちり取りが必要なら、小間使いがやってくる前に、服をもとどおりにしておくんだね。使用人たちにまで、この家の主《あるじ》がふしだらな女だと知られないように」

「大嫌いよ」レイチェルは屈辱を感じながらも、不愉快な忠告に従った。

「けっこう」コナーが涼しい顔で、ドアノブに手をかけた。「少なくとも今は、そう言われて当然だという気がいくらかするからね。きみと別れるときには、お互いに貸し借りはなくなっているだろう。ああ……きみはすぐに田舎へ帰るんだったな？」

レイチェルはただ頭を縦に振って肯定した。

「帰るときは、父上に書類を送る費用を、この卑劣な守銭奴に節約させてくれないか。今週の初め、あの紳士がここを発つ前に、特別な許可を与えたんだよ。純粋な親切心からだ。それに、妹さんやペンバートン一家と喧嘩《けんか》をする理由は何もないからね。わたしは七月一日まで、あの地所を明け渡さなくてもいいことにした。その特別許可証にはもう署名して封印してある。父上に渡す分を、しっかりと持って帰ってくれ」

レイチェルは金髪の頭をもたげると、涙でかすんだ目で、しかめられた浅黒い顔を見つめた。まばたきをして、でたらめを言っていないかどうかじっとその顔を観察する。

コナーが冷酷な笑みを投げた。「これ以上、情にほだされるとは思わないでくれ。七月二日に、きみの相続財産は競売にかける。そして、いちばん高い値をつけた者に売り飛ばす」

ドアが閉まるのとほとんど同時に、コナーが口をつけなかったお茶が白く塗ったドアの表面に伝い下り、繊細な花模様の陶器のかけらが絨毯の上に飛び散った。


マリア・ラヴィオラはベッドに腹這《ば》いになって、パリの最新流行のドレスを集めたデザイン画集を、上の空で眺めていた。ドアがばたんと閉まる音がしたので、首をひねって後ろに目を凝らした。口もとがほころびかけたときには、投げやりな態度はすでに消えていた。くるりと仰向けになると、本能的に膝が曲がり、両腿が開いた。彼女は肘をついて上半身を起こし、頭を振って、ほどけた黒髪を目から払いのけた。今か今かと待つうちに、興奮で胃がよじれそうになった。いつものように階段を一段おきに駆け上がる力強いブーツの音を耳にして、マリアはのけぞって、赤い布で覆われた天蓋《てんがい》に、勝利の喜びをたたえた笑みを投げた。丸二日、彼に会っていなかった。あの生意気な小娘のことを聞いていたので、もしかしたら、ばかげた噂《うわさ》にいくらかでも真実が含まれているのではないかと思いはじめていたところだった。彼が遊び人なのは知っている。しかし、類《たぐい》まれな魅力を持ち、社会的な地位も高く、ベッドの相手に事欠かない男たちが、そうなるのは仕方がない。そしてそういう男たちは、いったん食欲を満たすと、若さや清純さで刺激を得ようとするものなのだ。けれども、若さや清純さは、経験には勝てない。それに何年ものあいだに、マリアはたくさんの官能の技を身につけていた。

とはいえ、もしかしたらディヴェイン伯爵の愛人としての日々は、もう残り少ないのではないかという気がした。でも、まだ終わりにしたくはない。伯爵はすばらしい体の持ち主で、気前がよく、ときに精力的に情熱をそそぐ恋人になるだけでなく、社交界でいちばん敬意を集めている男性でもあった。誰もが伯爵のそばに行って、軍隊での偉業やワーテルローの戦いで得た勲章の話を詳しく聞きたがった。おおぜいの兵士たちのなかから、ウェリントン将軍に目をかけられ、高級参謀のひとりに取り立てられた理由を探りたがった。

伯爵を手に入れたことで、貴婦人たちにも娼婦たちにも、同じようにうらやまれているのは知っている。愛人の座を奪って、代わりに伯爵のベッドをあたためようと狙っている女たちがたくさんいるのも知っている。けれども、マリアを手に入れたことで、伯爵もまたうらやまれているのだ。若者も、その父親たちも、マリアにしきりに色目を使った。しかし、そんな攻撃は如才なくかわして、彼らには指をくわえさせるだけにした。

コナーとなら、誰もがうらやむカップルになれるのはわかっていた。ふたりの関係が正式なものになれば、コナーが金目当ての小娘と遊んでいるのではないかと、やきもきする必要もなくなるだろう。

　そのとき、コナーが勢いよく寝室に入ってきて、フランス人の若い小間使いにおざなりに声をかけた。「おはようございます《ボン・マティン》、伯爵さま」小間使いのフランシーンはそう言うと、顔を赤らめて、すぐに部屋を出ていった。

　小間使いの態度がひどくぎこちなかったのも無理はない。マリアは黒いまつげの下から、なまめかしいまなざしを投げながら思った。コナーのクラヴァットは引き抜かれ、シャツのボタンはすでに胸のなかほどまではずされて、たくましい小麦色の喉もとがむきだしになっていた。

　マリアはベッドに仰向けになって、明るく笑った。「ときどき、あなたが服を着たままでいてくれるといいと思うんだけど。そうすればそのさっそうとした姿を鑑賞する時間が取れるもの。今朝はなんて男らしいのかしら」黒っぽいアーモンド形の目を下げて、コナーの指がズボンのボタンにかかっているのを見つめる。なんてきつそうなのかしら。そう思ったとたん、前が開いた。期待で息が止まり、マリアはベッドの上で身をよじった。「今朝はこんな早くから、ずいぶん立派になっているのね」みごとな股間に目を据えたまま、甘い声で言う。今朝は彼女が手伝う必要はほとんどなさそうだ。コナーがすべて脱ぎ捨て、染みひとつない服を片手で丸めて、乱暴に部屋の隅へ放り投げた。このときになって初めて、マリアはまともにコナーの顔を見た。どうかしたのかと、尋ねる暇はなかった。

　コナーがすぐにのしかかってきて、膝を使ってマリアの膝を開き、前戯もなしに押し入ってきた。しかし、彼女に準備する時間は必要なかった。あたたかい潤いのなかに嬉々《きき》として迎え、奥まで刺し貫かれたときには、彼女もまるでコナーの上半身によじのぼるようにして両脚でしがみついていた。やがてコナーが勝利と満足のかすれた野性のうなり声をほとばしらせると同時に、一気に解放へと向かった。

その後、マリアは天井を見上げるコナーを横目でうかがった。ほんの少し前、自分ひとりにそそがれた情熱の余韻で、マリアの両腿のあいだはまだ快くうずいていた。コナーを引きとめてさえおければ、この刺激的な責苦はまた繰り返されるだろう。

コナーが目を覆った手に、マリアはほっそりした指を走らせた。「今朝のあなたは虎《とら》だわ。この二日間どこに行ってたの？　文句をつけているわけではないのよ。こうして飛んできてくれたんですもの」それは本心だった。どうしてもどこかでつまみ食いがしたいなら、そうさせておけばいい。正餐《せいさん》はここでとるのは明らかなのだから。

コナーはじらすように肌をくすぐるマリアの指を払いのけて考えた。立ち上がって、屋敷に戻る元気があるだろうか？　だが、厩舎《きゅうしゃ》にまだ馬と馬車が無事におさまっているかどうか確かめなければならない。二千ポンド以上はする馬と馬車は、賭で負けた義弟のジェイソンが借金のかたにしていたのだ。

疲れて眠いのは、マリアと交えた長く荒っぽい一戦のせいではなかった。ビューリー・ガーデンズの屋敷のドアを閉めた瞬間、コナーは全身の力が抜けた気がした。いまいましい女だ。今もまだ、レイチェルのことを考えるのをやめられないのだから。

彼はいらだちを抑え、黙って物思いにふけっていたが、それがほかの女のせいだと気づいたのか、マリアが狡猾《こうかつ》そうに唇の両端を吊り上げた。まるで考え事の邪魔はしないというように、彼女は静かにゆっくりとコナーの体にまたがり、腰を沈めた。コナーの顔の前で、蜜の味のする豊かな胸の先端が揺れて、彼を苦しめた。唇が下りてきて、彼の唇にそっと触れる。やがて顎から喉にかけてキスの雨が降ってきた。片方の乳首に舌が這うと同時に、引き締まった胸に上体がこすりつけられた。

レイチェルのもとへ戻り、彼女のぶつけた非難を認め、謝るべきなのだろう。怒り狂った氷の処女に、キスもやさしい言葉も抜きで、自分の地所も彼女の地所も売ってしまうつもりだと告げるべきなのだ。そして彼女はコナーにそう思わせたがっているほど冷たい女ではない。ああ、彼女がほしい！　今では、それがいまいましいほどよくわかる。そのときマリアの口が妖《あや》しく巧みに動きはじめ、コナーは歯のあいだから鋭く息を吸い込んだ。顎がこわばり、腰と片手がマットレスから浮いた。その手で無意識のうちにマリアの頭をとらえると、彼はもう片方の手で自分の目を覆った。しかし、そこまでしなくても、てのひらの下の柔らかな髪が金色だと想像するのはそう難しくはなかった。

9

サム・スミスは前歯のあいだから調子はずれの音をたてると、飛びはねるように道を進んでいった。門柱に記された番号にちらりと視線を投げては、手に持った書状に肉太の黒い字で書かれた宛名《あてな》と見比べる。通り過ぎた屋敷には、凝った造りの鉄門に、金めっきをほどこした六二という数字がつけられていた。三四番地は、立派な邸宅が並ぶビューリー・ガーデンズの街路のまだ先だった。

そのとき、目びさしのついた帽子の下になじみの顔を認めて、彼は片手を上げた。ご主人のお仲間の使い走りをしているサムの顔見知りのひとりだった。栗《くり》色のお仕着せを着た使用人の少年は、女主人の小さなポメラニアンの散歩中で、通りの中ほどにある柵《さく》で囲まれた緑豊かな公園に入ろうとしていた。サムは手綱の端につながれた華奢《きやしや》な犬が玉石の上を走るさまを、嫌悪と軽蔑《けいべつ》のまなざしで眺めた。サムの意見では、犬を飼うなら鼠《ねずみ》みたいな代物ではなく、ちゃんとした犬にすべきだった。伯爵邸の書斎にかかる絵で見た、すばらしいアイリッシュ・ウルフハウンド。あれこそが本当の犬だ。実物をこの目で見たかったが、犬はご主人のアイルランドの屋敷で飼われていた。サムはそこへ行きたくてたまらなかった。しかし、今は時を待たなければならない。やる気があるところを示して、運に恵まれれば、伯爵は自分と妹のアニーを雇いつづけてくれるかもしれないのだから。そしてすぐに、海の向こうのウォルヴァートンの領地に連れていってもらえるかもしれない。そうすれば、アニーをあの判事から安全に引き離して、ふたりでやり直せるだろう。サムは自分と妹の新しい生活を手に入れたかった。自分たちにとって、失ってつらいものがあるだろうか？　気にかけるべき両親もいない。ふたりとも死んでしまった。思い焦がれる恋人もいない。自分たち兄妹《きようだい》にあるのは、お互いだけだった。そしてディヴェイン伯爵と……。

屋敷の番号を確かめなければならないことを思いだして、サムはふと足を止めた。真ん前で、女の丸い尻が挑発するように揺れて、務めを果たすうえでの物理的な障害になっていた。サムは先端のとがった緑色の柵に片手をついて目を伏せ、まだ幼さの残る顔を大人っぽく見えるように努めながら、女を観察した。女は三四番地の石段にしゃがんで、腰を振りながら、丁寧に最上段を磨いていた。

ノリーン・ショーネシーはひときわ頑固な汚れを力をこめて落としたあと、頭を起こして、ごわごわした赤い髪をまぶたから払いのけた。ふうっと息を吐いて、また四つん這《ば》いになり、手にしたブラシで、きつい労働の仕上げに取りかかる。しかし、汗の噴きでた顔をぐいとまわして、後ろを振り返った。

目に飛び込んできた光景に、ノリーンの肌が髪に負けないくらい赤く染まった。うろたえているのに、奇妙にもとっさに頭に浮かんだのは、頬が赤ければ、そばかすが目立たないということだった。

「おれのためだったら、急がなくていいよ」サムはイーストエンド訛《なまり》を抑えて、女の機嫌を取るような口調で言った。「おれはかまわないから。もうちょっとここに立って、あんたを眺めてるよ……」

ノリーンは帽子の飾りリボンと糊《のり》のきいたエプロンをはためかせて、あたふたと立ち上がった。ブラシをバケツのなかに放《ほう》り込んだ勢いで、すべすべした石の上に水がはね飛んだ。「いったいなんのつもりよ、このはなたれ小僧」そう一喝する。「あんたのしでかしたことを見てごらん」両手を腰に当てて、少年に挑みかかるようにじっとにらみつけてから、汚れた水を浴びた足もとに目を移した。こんなふうに男にひやかされたのは、ずっと昔のことだ。きまじめで、口と手で容赦なく応酬する性格のせいで、長いあいだウィンドラッシュの独身男たちから恋愛の対象として興味を持たれたことはなかった。それに、ノリーンにはたいせつにしている妹のメアリーがいる。これまで彼女の気を引こうとした男たちのなかで、不器量な妹の幸せを心にかけてくれる者はひとりもいなかった。メアリーといっしょならいいが、ひとりだけ幸せになるのはごめんだった。そんなノリーンは、今こっそり近づいてきた無作法な若造にふいを突かれて、落ち着きを失った自分に腹を立てていた。

彼女は一段下に下りて、怖い顔で少年を威嚇した。その厚相手は動じずに、冷ややかな笑みを返した。その厚かましさに驚いて、ノリーンは考えた。石段の残りを駆け下りて、この生意気な少年に、年長者に対する敬意というものを教えてやろうか。自分のほうがいくつか年上なのは確かなのに、おかしなことに、うぶな小娘になった感じがした。ノリーンは気を取り直して、どなりつけた。「まったくもう、あんた、ばかじゃないの?」かぶっていた帽子をむしり取り、ぱんぱん叩《たた》いて形を整えてから、しわくちゃになったスカートを手で持って勢いよく振った。

少年を横目でうかがって、大きなお屋敷からやってきた使用人だろうと見当をつけた。青と黒のぱりっとしたお仕着せは、上等な生地で仕立てられている。「何が望みなのか言いなさいよ。横っ面を張られたいってのはべつにして……」

「それはどんなもんかな。こんな朝っぱらから言ったら、無礼なやつと思われるかもしれない」

ノリーンは息をのんで、顔をほてらせた。少年が彼女のペチコートに手を伸ばそうとしている。

サムは女のうろたえぶりを見て、笑みを投げた。

「石段を汚したことは謝るよ。またあそこにしゃがみ込まなくちゃならないみたいだもんな。おれも仕事中でなけりゃ、手伝ってやれるのに——」

「出ていきなさい! あんたに同情してもらいたくないよ」

「ノリーン、お客さまなの?」

サムは丸々とした小間使いの後ろに目をやった。屋敷の玄関に、ほっそりした女性が立っていた。

その女性が誰かはすぐにわかった。大急ぎで届けるようにと言って、ジョーゼフ・ウォルシュに手紙を渡されたとき、宛名に書かれているのはこの女性ではないかと思った。最後に見た夜と比べると青ざめて、少しやつれたようすだが、美しさは少しも損なわれていない。事実、今にも消えそうな女神のようだった。誇り高く荘厳な顔立ち。肩に垂れかかった金髪。小さな鳥の卵を思わせる色をした大きな瞳。

丁寧に扱わなければ、壊れてしまう類《たぐい》の女性に見える。突然、このところご主人さまが妙に気難しかった理由に思い当たって、サムはかすかに口もとをゆるめた。たとえふたりの仲がどんなにこじれていても、万事うまくいくだろう。なぜなら、ご主人さまほど立派な紳士はこの世にいないからだ。真の愛へと続く道が、ふくらんだ想像のなかでうねうねとくねって見えた。サムは石段を二段上って、この家の女主人への手紙を小間使いに渡した。

ご主人の心の弦を掻《か》き鳴らした女性の名前は、ミス・レイチェル・メレディスだと記憶にとどめ、サムはその女性にうやうやしく頭を下げると、飛ぶように門の外へ出た。通りを渡り、それから、ちび犬を連れてちょうど公園から姿を現した友だちと話をしようと、足を速めた。サムがミス・レイチェル・メレディスの屋敷をそっとうかがうと、小間使いがこちらをじっと見ているのがわかった。サムはくるりと振り向き、膝を曲げて深々とお辞儀をした。そして、くすくす笑いながら、ふたたび歩きだした。

少年に見とれていたことに気づかれてしまったノリーンは、ぎょっとして、すぐさま両膝をつき、ブラシをつかんで、猛烈な勢いで石段を磨きはじめた。

レイチェルはノリーンの赤い顔に目をやって眉をひそめ、次に通りの向かいに視線を移した。手紙を持ってきた少年が、制服の違うよその使用人とおしゃべりをしている。「どこかで見たような子ね」誰にともなく言う。

「あんなに厚かましい子は、見たことがありませんね」ノリーンはこっそりつぶやいて、ブラシを動かしつづけた。

レイチェルはきびすを返して廊下を歩きながら、あの少年をどこで見たのだろうと考えた。届けられたのはパーティの招待状かもしれないと思い、ぼんやりと眺める。ロンドンへ来て何日かたつので、ここに滞在していることがだんだんと世間に知れ渡りつつあった。今日は午後から、ルシンダたちといっしょにマダム・タッソーの蝋《ろう》人形館に行き、お茶の時間になったら小さなアランを家へ帰して、ペルメル街の服飾店を見てまわる予定だった。最近太ったと嘆くルシンダが、気分を晴らすために、全身をすっぽり覆うきれいなショールを買いたがっていたのだ。

ふと、羊皮紙に押された封印に目を引かれた。レイチェルの心臓がどきりとした。目を近づけて確かめると、それはディヴェイン伯爵の紋章だった。すぐに封筒を引っくり返して表書きを見た。そこには見覚えのある力強い文字が並んでいた。彼女は玄関に舞い戻ってノリーンがバケツに汲《く》んでいた汚れた水に手紙を投げ捨てたい衝動を抑えた。もしかしたらウィンドラッシュへ持っていってくれと言っていた、屋敷の特別使用を認めた許可証をやっと送ってくれたのかもしれない。レイチェルは急いで居間へ行って、中身が特別許可証かどうかを確認した。

特別許可証ではなかった。ぞんざいに書きなぐられてはいたが、パーティの招待状だった。指から落ちた羊皮紙をそのままにして、レイチェルは乱れた心で部屋を一周した。そのあとで手紙を拾い上げ、簡潔な文章にもう一度目を通した。読み進むうちに、いつの間にか、小さな白い歯で唇を噛《か》みしめていた。

きみができるだけ早くロンドンを離れたがっているのは知っている。同様に、わたしもなるべく早い時期にアイルランドへ移るつもりだ。今週末にバークレー・スクエアの屋敷で、知人や親しい仲間、そして親族に別れを告げるための集まりを催す予定で、目下両親とともに準備を進めている。わたしが発《た》つ前に、例の取り引きの件について話し合いたいなら、そのときにきみの言い分を聞けると都合がいい。ほかにあいている時間はない。きみの友人のソーンダーズ夫妻にも招待状を送っておいた。きみが出席することにした場合、彼らに付き添ってもらうのがいちばんだと思う。

ディヴェイン

レイチェルはますますぎゅっと唇を噛んだ。屋敷の特別な使用許可のことなど、どこにも書かれていない。コナーは初めから嘘《うそ》をついていたのだ。もっとも、数日が過ぎても家へ持って帰る書類が届かないので、そんなことではないかと予想はしていた。ディヴェイン卿《きょう》と父のあいだに、結婚式が終わるまで、ウィンドラッシュの所有権を保留するという、事前の取り決めなどなかったのだ。もしあれば、父はそんな重大な知らせを秘密にしておかなかっただろう。すべて打ち明けて、浴びせられる攻撃の矢をかわし、家族の驚きや嘆きをやわらげていたはずだ。

コナーは屋敷の賃貸料として百ポンド払うという申し出に、突然興味をそそられたのだろうか？　そうは思えなかった。この招待状は単に、今はコナーのほうが優位に立っていることを彼女に見せつけるためのものだ。週末まで貴重な時間を割くことはいっさいできないが、夜会でなら、何分かくれてやる暇があるかもしれないというのだから。かつてはレイチェルがコナーを支配し、手玉に取っていた。今度はコナーがレイチェルを操り、自分の奏でる曲に合わせて彼女を踊らせるつもりなのだろう。コナーは言っていたではないか。〝きみと別れるときには、お互いに貸し借りはなくなっているだろう〟と。

レイチェルは手紙をくしゃくしゃに丸めて、テーブルの上に放り投げた。怒りが押し寄せて全身が震え、頭がくらくらする。この件で、再度この屋敷に出向いてもらうわけにはいかない。それはコナーも見越している。レイチェルのほうも、ジューンの結婚式を目前に控えて二度も醜聞を流す危険を冒すのは問題外だった。当然ながらレイチェルは、コナーのもくろみどおり、彼の要請には従うつもりだった。ウィンドラッシュを一時的に貸してもらう金額について、まだ話し合いの余地があるというだけで、ありがたい話なのだ。それにレイチェルの相続財産をすぐに売り飛ばさないでくれと説得しないですんだのだから、幸運だったとも言える。今は、時間の猶予がほしい。財産の奪回計画を実行に移す機会がほしかった。目的のためなら、へりくだってみせても、暴君の自尊心をくすぐってもいい。

そんな冷めた悟りが自尊心に打ち負かされないうちに、レイチェルは居間の隅に置かれた小さな机のところに近づいて、ペンと紙を取り上げた。深呼吸をして椅子に腰を下ろし、ありがたく招待に応じる旨を丁重な言葉で一気に綴《つづ》った。インクを乾かし、封をするまでに、数分しかかからなかった。もちろん、わたしはパーティに行く。そう心のなかで繰り返すと、レイチェルは手紙を届けてもらうためにラルフを捜した。コナーの手で辱められても我慢したことや、コナーに罵倒《ばとう》の言葉を浴びせたせいで謝罪を強いられたことは考えないようにした。ジューンがウィンドラッシュで結婚式を挙げられる見込みが少しでも残っているうちは、自分を曲げても、コナーの望みどおりにするつもりだった。コナーがこの自分にさせようと思っているとおりに。

レイチェルは膝に小さな男の子をのせて、テーブルにブリキの兵隊を並べるのを手伝っていた。まずまずの隊列が出来上がると、飛びはねる馬に乗った騎兵隊がそろわないうちに、アランはぽっちゃりした手で赤い制服の軍団を押し倒した。子どもはけらけらと笑って、いたずらっぽい顔を上に向けた。

「まあ、たいへん。かわいそうに。歩兵隊が全滅よ」レイチェルは嘆いた。「この大惨事を見たら、ウェリントン将軍はなんて言うかしら？　こら、きみ。きみに勲章はあげないぞ」

　男の子がきゃっきゃっと笑って、レイチェルの膝から這い下りた。三歳の子どもはしっかりした足取りで、おもちゃ箱に向かって走っていった。

「ポールとわたしは、あなたの友だちというだけで招待されたのよ。ポールは伯爵さまと、新しいお仕事を取りまとめたせいだと思っているようだけれど」

「それはポールが正しいわ」レイチェルはルシンダを思いやって嘘をついた。ディヴェイン卿は単にレイチェルの付き添い役を務めさせるために、夫妻を招いたのだという自分の考えは知られたくなかった。

「今朝、お手紙が届いたときには、あなたも招待されたのかどうか、すぐに知りたくてたまらなかったわ。それに、あなたが出席するのかどうかもね」

　小さなアランが戻ってきてカップを叩き落とさないうちに、レイチェルは急いでお茶を飲んだ。皮肉な調子がいっさい感じられないように願いながら付け加える。「もちろん、出席するわ。メレディス家とディヴェイン卿のあいだに過去に何があったとしても、礼儀正しくふるまうのは苦ではないもの」

〝苦ではない〟その言葉がレイチェルの頭のなかで鳴り響いた。あの卑劣漢に対してなんの不満もないふりをしようと努めているせいで、ときどき正気を失うのではないかと思うことがある。今はとても孤独だったので、とりわけその思いが強かった。レイチェルには秘密を打ち明けられる相手が必要だった。あのろくでなしを憎んでいると、友人に包み隠さず話したかった。あの男はレイチェルが相続する財産を盗んだだけでなく、レイチェルに恥をかかせ、誇りを傷つけようと心に決めているのだ。たとえ公然とではないにしても、ひそかにそうするつもりでいるのはきわめてはっきりしている。あの男にひどい扱いを受けたときの屈辱で、レイチェルのなかにふたたび怒りがわき上がった。しかしその一方で、あのときのことを考えると、胸が感じやすくなり、体のなかを熱く掻き乱される。そうなったあとは、ますますコナーのことがいやでたまらなくなるのだ。

しかし、口を閉ざしているのには、またべつの理由があった。伯爵を中傷すれば、ルシンダを微妙な立場に追い込み、愛情と友情の板ばさみに陥らせかねない。ルシンダの夫は〈ソーンダーズ・アンド・スコット〉という弁護士事務所の代表者で、海上保険の専門家だった。彼の事務所は、ディヴェイン伯爵から海運事業の管理をまかされ、契約を結ぶことに成功していた。ルシンダは契約がうまくいったことをゆうべ夫に知らされ、一夜明けてすぐ、それまでの経緯を詳しくレイチェルに説明した。

それによると、亡くなったディヴェイン伯爵が孫に残したのは、アイルランドの地所と貴族の称号だけではなかった。大規模な修繕が必要な腐りかけた商船が二隻、港に収容されていた。その老朽船の修理が採算の合うものかどうか判断してほしいという指示を〈ソーンダーズ・アンド・スコット〉が受けたのだ。ルシンダの説明を聞くうちに、レイチェルの気持ちは沈んだ。コナー・フリントがどんなにたいせつな顧客であるかということや、コナーの引き立てがあれば、ルシンダの夫の事務所がどんなに高い信望を得られるかということがわかったのだ。レイチェルの側に立つ人間を、ディヴェイン卿は根こそぎ奪うつもりではないだろうか？　すでに、残り少ない彼女の味方を……。

「ねえ、レイチェル」ルシンダが低い声で言った。「ウィンドラッシュを失ったことを、あなたはとても落ち着いて受けとめているみたいね。ひょっとすると、いいきっかけなのかもしれないわ。あのお屋敷というよりどころがなくなったら、独身のまま年を取っていく生活に甘んじていられなくなるでしょう。それとも、囲われ者になって年を取るんだったかしら？　よくあんなことが言えたものね。あの日、ポールに話したら、おもしろがっていたわ。あなたにはすばらしいユーモアのセンスがあるって」

レイチェルは物思いから引き戻されて、わけがわからずに眉をひそめて友人を見つめた。

「覚えているでしょう。あのひどく暑い日の午後、おたくの新しい馬車に乗っていたとき、あなたがそう言ったのよ。モンキュアに結婚を申し込まれるより、誘いをかけられるほうがいいって。そのあとで、コナーに会ったんだわ」ルシンダがそう言ってレイチェルの記憶を呼び覚ました。「あの日、林檎《りんご》を積んだ手押し車が引っくり返って、道路が渋滞したでしょう。そして、あの人でなしの判事がラルフと若い男の子に喧嘩《けんか》をやめろと言ったのよ。あの子、酒《さか》樽《だる》を積んだ荷馬車に乗っていて……」

おもちゃの汽車を引っぱるアランに手を貸していたレイチェルは、はっと顔を上げた。酒樽を積んでいた荷馬車の少年。ディヴェイン卿の手紙を届けに来たのは、あのとき見た少年だったのだ。あの少年がとてもきちんとしているとは言えない格好で、ラルフに殴りかかろうとしている姿がよみがえった。あの子をディヴェイン卿は雇ったのだ！

「お父さまはまだかくしゃくとしていらっしゃるんだし、結局、あなたにとってウィンドラッシュは無用の長物かもしれないわ。結婚したら、だんなさまのお屋敷に住むんですもの。ポールが言っていたわ。いつかあのお屋敷は、あなたの重荷になるかもしれないって。だって、維持費や何かがかさむもの。ポールが言うには、伯爵さまはあなたのことを思って、ウィンドラッシュから解放してあげたんだろうって……」

「ポールも、わたしの前でそんなことを言わないでくれるといいけれど」レイチェルは友人に微笑《ほほえ》みかけながら、やさしく言った。「わたしが男なら、相続財産の問題はもっと真剣に受けとめてもらえたでしょうね」

ルシンダがすまなそうな顔をした。「たいした問題ではないなんて言うつもりはなかったのよ、レイチェル。あなたがそんなふうに思っていると知ったら、ポールもひどい衝撃を受けるわ。ただ、あなたが何もかもあきらめてしまっているみたいに思えて……」

「すべてに冷静に対処できるように、最善を尽くしているわ」レイチェルはきっぱりと言い返した。「今のところ、ウィンドラッシュの代わりに手に入るものといえば、乏しい知恵ぐらいしかないのよ」

レイチェルの澄んだ青い瞳に皮肉が潜んでいるのではないかと思ったらしく、ルシンダが探るようなまなざしを投げかけた。そして、友人をなだめるように付け加える。「あなたのお父さまは、伯爵さまが賭《かけ》に勝っても、まったく恨んでいないに違いないと、ポールが言っていたわ。あの次の日、〈ホワイト〉でふたりがいっしょにいるところを見たんですって。お父さまはひどい二日酔いだったらしいけれど。ウィンドラッシュを勝ち取ったのが、あのずる賢いハーリー卿ではなくて伯爵さまだったから、お父さまはほっとしているのだと、ポールは思っているわ。ハーリー卿もゲームに参加していたのよ。もう少しで、伯爵さまの代わりに賭金をさらっていくところだったの。知っているでしょう？」

「いいえ、知らなかったわ」レイチェルはため息まじりに白状した。

「お父さまも冷静に受けとめているのよ」

「家族にとってはありがたいことね」レイチェルはテーブルの上の歩兵隊を並べ直した。そして、ぱりっとした黒い外套《がいとう》を着た騎兵隊を床に払い落として、小さな男の子を笑わせた。

華やかなパーティになりそうだ。ポール・ソーンダーズの手を借りて馬車から降りたレイチェルは、苦々しく考えた。彼女はディヴェイン伯爵の豪邸の玄関に続く石段を、しずしずと上っていく社交界の男女の列に連なった。

ポールが優雅に差しだしてくれた腕を、両側からルシンダとともに取り、三人並んで玄関の敷居をまたいだ。それと同時に、レイチェルはジョーゼフのごま塩頭を捜した。執事が壮麗な行列に目を配っているのを見て、頬がかっと熱くなる。この前ここで演じた失態が、抑えようもなくよみがえった。絹地のスカートを撫《な》でつけて、つややかな金髪に手をやりながら、執事に脅かされているような不快感をこらえた。あの執事に見られずに、ここに忍び込めるとでも思っていたのだろうか？　とんだお笑いぐさだ。それでもまだ、執事にはこの自分がわからないかもしれないという望みがかすかに残っていた。

みすぼらしい身なりをして、むっつりと黙りこくった年増女のレイチェルは、今夜はどこにも見当たらない。今夜は、とくに念入りにドレスを選び、おそらく母が着そうな優美で上品なデザインのものを着ていた。しかし、形は控えめでも、鉄紺色のドレスは金髪と白い顔をみごとなまでに引き立たせ、瞳の青さを強調していた。ふっくらした唇には紅を差し、頬はほんのりと染まっている。それに、まつげを黒く見せる化粧もほどこした。輝く一連の真珠を髪に編み込んでから、ノリーンが後ろに下がって、仕事の出来映えを確かめたとき、小間使いの顔にまざまざと賞賛の念が浮かんだのを見て、レイチェルはあたたかな笑みを返した。

〝食べてしまいたいぐらいすてきですよ、お嬢さま〟女主人を味わってみたくなるような女性に変身させた装身具の残りを片づけながら、小間使いが大胆な意見を述べた。

このロンドンで顔を突き合わせて暮らすうちに、レイチェルとノリーンとのあいだにきわめて気安い関係が出来上がりつつあった。それを思って、レイチェルの口もとにかすかな笑みが浮かんだ。しかし笑みはすぐに消えた。いつの間にか、ジョーゼフ・ウォルシュがじっと見ていたのだ。それも、ただ見ているだけではなかった。こちらの正体に気づいたらしい。一瞬、ふたりの視線がぶつかった。ところが意外にも、そのあと執事は丁重に深々と頭を下げた。それから、こちらに近づいてきて、そばにいた使用人を追い払うと、みずから先に立って、柱廊の奥にある階段の下まで三人を案内し、会場は二階だと教えてくれた。

堂々とした階段を半分ほど上ったところで、畏敬《いけい》の念から立ち直ったらしいルシンダが、夫の染みひとつない上着越しにレイチェルに話しかけた。「今まで足を踏み入れたなかで、いちばんすばらしいお屋敷だわ」黒っぽい瞳をきらめかせて周囲を見まわす。青いビロードのカーテン。あたり一面を覆う金《きん》箔《ぱく》と大理石。まぶしく光るクリスタル。凝った装飾の壁に灯《とも》された蝋燭《ろうそく》の炎と、巨大なシャンデリアが放つダイヤモンドのような輝きが、女性客の真珠色の肌を彩る途方もなく高価な宝石の数々と、華やかな勝負を繰り広げる。「わくわくするわ。不器量なでぶに見えないといいけれど」きちんと正装した夫に不安を気づかれないように、ルシンダが口だけ動かして友人に告げた。買ったばかりのレースのストールが、ふくらんだおなかに注意深く巻きつけられている。

「とってもすてきよ」レイチェルはそっと励ました。そして、階段を上りきってから、もっと大きな声で付け加えた。「本当に、わくわくするわね」

ああ、わくわくするどころではないわ！　そういう台詞《せりふ》が、レイチェルの胸をよぎった。はらわたがよじれ、恐怖で胸がうずく感じがする。このときになって初めて、ポールの腕を放して、こっそり逃げだし、人目につかない場所に身を隠したいという臆《おく》病《びょう》な衝動に駆られた。すばやく投げた視線が、客を迎えている夫妻の上に落ちる。この特別なふたりと顔を合わせるのかと思うと彼女はうろたえ、気が重くなった。なぜかはわからない。もしかしたら、あのふたりがいつも思いやりと敬意をもって接してくれたせいかもしれない。それがわかっているからこそ、六年たった今でも、こうして罪の意識を感じるのだろう。

コナー・フリントの姿はどこにも見当たらなかった。客を迎えているのは彼の義父と母親だけだ。いったいわたしは何を期待していたのだろう？　ディヴェイン伯爵が愛人を応接間に座らせて、女主人役を務めさせるとでも思ったのだろうか。コナーのことはひどく軽蔑《けいべつ》していたが、彼がウェリントン将軍に挨拶《あいさつ》をしているあいだ、風で吹き上がるような薄いスカートを身に着ける女をかたわらに立たせておくほど品がないとは思わなかった。今夜は、あの高名な将軍も出席する予定だとレイチェルは聞いていた。とはいえ、将軍がある種の女性に食指を動かすという噂《うわさ》を信じるとすれば、ひるがえったスカートは、まさに好色な老人が喜びそうな刺激的な眺めになるはずだった。

主人夫妻のところまで、あとほんの一、二ヤードしかなくなっていた。レイチェルは背が高い黒髪の女性に目を凝らした。ミルクのように白い顔と肩が、大きく胸もとの開いた深紅のサテンのドレスと完璧《かんぺき》な調和を見せている。レディ・ダヴェンポートは六年前に比べて少し年を取ったようだが、息子と同じく、非常に強烈な印象の持ち主だった。その琥珀《こはく》色の瞳が招待客の長蛇の列を漫然とたどっていき、突然レイチェルのもとに引き戻されたとき、そこに驚きの色が浮かんだ。その後レディ・ダヴェンポートは夫と話をしている紳士たちと太った婦人に注意を戻し、愛想よく迎えた。

レイチェルは顎を上げた。なぜ引け目を感じておどおどしなければならないの？　まるで、ここにいてはいけないのに、お情けでいさせてもらう人間のようだ。実際は、夫妻の息子に望まれてここに来たというのに。

息子がレイチェルを招いた理由を知ったら、おそらく、なんと寛大で親切な子だろうと夫妻は思うに違いない。故国を離れる前に、公然と恥をかかせた女に息子は哀れみをかけたのだから。そして夫妻はもとより、この会場にいる全員が、レイチェルが究極の屈辱を与えられることをひそかに楽しみにしているのだとしたら、すでにその資格を保証されたようなものだった。

レイチェルは汗ばんだてのひらでスカートを撫でつけた。一瞬のうちに百万マイル遠く離れた場所に飛んでいけるものならそうしたかった。コナーは承知しているのだ。互いに礼儀正しくふるまうという茶番劇を続けるのが、レイチェルにとってどんなに難しいかを。おそらくコナーの両親と顔を合わせることがどんなにつらいかも彼にはわかっているに違いない。レディ・ダヴェンポートはレイチェルを見て驚いていたが、たぶん知り合いではないふりをするだろう。こんなに久しぶりなのだから、それでいいのだろうが……。

「ミス・メレディスでしょう？」

はずむような抑揚のある訛が、胸を締めつけるほど懐かしい。レイチェルは深く息を吸って気分を落ち着かせてから小さくうなずき、膝を曲げて丁寧にお辞儀をした。

　ローズマリー・ダヴェンポートはレイチェルの震える手を両手で包み、ポールとルシンダに挨拶している夫を振り返った。「あなた、ミス・メレディスを覚えているでしょう？」

　サー・ジョシュアが貴族的な鼻に皺《しわ》を寄せ、尊大な態度で、レイチェルを見下ろした。レイチェルはジェイソン・ダヴェンポートの冷たくずる賢い目が、はるか頭上からじっと見つめたときのことを思いだした。息子はますますこの父親に似てきている。

「なんたることか！　覚えておらんな」値踏みするような視線に顔を赤らめていた美しい女性から目を上げると、サー・ジョシュアは無表情なままついに言った。「で、誰なんだね？」麗しい妻のほうを向いて明るく尋ねたとたん、彼の顔に生気と愛嬌《あいきょう》が表れた。

　ローズマリー・ダヴェンポートが夫の腕を叩いてたしなめた。彼女はレイチェルに申し訳なさそうな笑みを投げた。「ふざけているのよ。でもね、最近は、昔のように記憶が定かではないの」そう説明する静かな口調と、痛々しく曇った琥珀色の瞳が、冗談ではないことを告げていた。レディ・ダヴェンポートは忘れっぽい夫の痩《や》せた腕にやさしく手を置いて、安心させるようにぎゅっと握った。

　サー・ジョシュアが片眼鏡をつけて、ふたたびレイチェルをじっと見つめた。

　レイチェルを思いだそうとする努力が、その顔にありありと表れていた。その懸命さがとてもほほえましく、レイチェルはしだいに不快感が消えていくのがわかった。サー・ジョシュアは本当にわたしを忘れているのだ。かたわらに夫人がいっしょにいなければ、レイチェルのほうもサー・ジョシュアが誰かわからなかったかもしれない。ローズマリーが六年前と同じく、魅力的で生き生きしているのに対して、サー・ジョシュアはすっかり変わっていた。金色だった髪はまばらな白髪になり、長身で堂々としていた体は筋肉が落ち、上等な服地の下で痩せ衰えてしまったように見える。無言の観察が続くうちに、いつの間にか、まわりにはかなりの人垣ができていた。間一髪で義理の父母にならずにすんだ夫妻と自分とのやり取りを誰もが見物したがっているのだ。

突然、サー・ジョシュアが満足げに腰を叩いた。

「ああ、わかったぞ。このお嬢さんはジェイソンの昔の友だちだ——」

「ミス・メレディスはコナーの昔のお友だちですよ」夫人が歌うような調子で訂正する。そしてレイチェルの手を愛情をこめてぎゅっと握ってから放した。「ミス・メレディスはコナーと婚約していたんです……もう数年前の話になるわね」

片眼鏡がすばやくレイチェルに向けられる。「くそっ、そうか！　たいへん失礼。あれからご主人を見つけられたかね、ミス・メレディス？」

周囲の人たちがにやにやしているのに気づいて、レイチェルはやっと声を出した。「いいえ。まだミス・メレディスです……」語尾が小さくなって消えていった。不快だとはまったく思わなかったので、皮肉を言っていると受け取る人間がいないように祈った。

そんな胸のうちを読んだのか、ローズマリー・ダヴェンポートが安心させるように微笑みかけた。「あとでまたお話しできるといいわね」物柔らかな訛のある口調で言う。「ご家族の近況をうかがいたいわ。ご両親や、妹さんたちがどうしていらっしゃるか……」

「そうですね。ありがとうございます」レイチェルは答えながら、イザベルのことに触れられなければいいと思った。けれどもレディ・ダヴェンポートの目を見て、そんな恐怖はやわらいだ。

もう一度膝を曲げて、深くお辞儀をすると、レイチェルはすみやかにポールの腕を取った。三人で広大な応接室へ入ったとき、サー・ジョシュアが夫人に尋ねるのが聞こえた。「あの娘さんは前からあんなにきれいだったかね?」

たぶん、夫人はうなずいたのだろう。次に聞こえたのは、こういう台詞だった。

「ならば、一体全体なぜ、せがれはあの娘さんと結婚しなかったんだろうな?」

10

「ウィンドラッシュのことをお聞きしたときは、とても喜べませんでしたわ」

「ええ、わたしもです、ペンバートン夫人」レイチェルはきわめて控えめな表現ができたことをうれしく思いながら静かに言った。「ここには、ウィリアムといっしょにいらっしゃいましたの?」振り返って、部屋に集まった人の群れに目を凝らし、妹の婚約者を捜す。取り残された感じがしていたので、温厚でやさしい知人に会えれば、おおいに励まされる気がした。

室内の蒸し暑さでぐったりしたルシンダを連れて、ポールは夜気に当たりにテラスへ出ていた。レイチエルも誘われたが断った。夫妻の邪魔になりそうだったし、ふたりのあとをいかにも心細そうについてまわるのがいやだったのだ。友人をひとりで放《ほう》っておくことで、ルシンダたちに気を揉《も》ませたくなかったので、レイチェルは自分からジューンの将来の義父に近づいていった。

アレグザンダー・ペンバートンはレイチェルをあたたかく迎え、腕白だったウィリアムの子ども時代の逸話を披露して楽しませてくれた。もうすぐ義弟になる良識のある若者が、父親が語る生意気ないたずらっ子と同一人物であるとは信じがたかった。そのあと、ウィリアムのもうひとりの親が猛然と現れて、その場をしらけさせたあげく、すぐさま夫に用事を言いつけて追い払った。狙《ねら》いをつけた獲物とふたりきりになったとたん、夫人に計算ずくの心づかいを示されて、レイチェルはこれから憂鬱《ゆううつ》な尋問が始まるのだと確信した。

「ウィリアムと？　いっしょに？」ペンバートン夫人が口を開いた。「いいえ、あの子は二日ばかり田舎へ出かけていますわ。たぶん、ハートフォードシャーのあたりに」息子が婚約者のそばに行ったことに対して、不快の念をあらわにして鼻を鳴らす。「今夜お招きがあったと知ったら、残念がるでしょうね。あの子は賭事《かけごと》などというよからぬものを始めてから、伯爵さまと大の仲よしですのよ」

畏敬《いけい》の念にあふれた夫人のまなざしが左へ動いて、そこに長くとどまり、このパーティの主催者が徐々に近づきつつあることを、いやでもレイチェルに知らせた。長いまつげの下から、レイチェルはほんの数ヤードしか離れていないところに固まった男性の一団を横目でうかがった。人当たりがよく上品に見える紳士たちのなかに、容姿に恵まれない男性がひとり交じっていた。上背のない体。鉤鼻《かぎばな》。そばにいる人々の会話を断ち切るように、ふいに轟《とどろ》く笑い声。実際に見ると、ウェリントン公はいささか期待はずれだと、レイチェルも認めざるを得なかった。

それでも、確かにウェリントン公はカリスマ性のある者が持つ強いオーラを発していた。高笑いで話を中断された年下の者たちは、ごく自然に公爵に注意を引きつけられた。その地位にではなく、人物自体に尊敬の念や好意を覚えて引きつけられるのだろうと、レイチェルは思った。

男たちはこのエリート集団のまわりをうろついて、言葉をはさむことで仲間に加わる機会をうかがっていた。女たちも付近をぶらぶらしていた。扇を開いたり閉じたりしながら、あれこれとしなを作っている。夏物の薄絹をはためかせて、淡い色の蛾《が》のようにあちこちを飛びまわっているが、まばゆい光のそばからはけっして離れようとしない。炎に焼かれずに身を落ち着ける道を探しているのだろう。笑いさざめき、陽気におしゃべりをしていても、視線は標的にじっと据えられていた。

明るいグレーの服に包まれた広くたくましい肩が、ふたたびレイチェルの目を引いた。彼はすばらしくハンサムだった。高い頬骨。細い顎と純白の襟に垂れかかった幾筋かの黒髪。こっそりと眺めるうちに、不本意にもレイチェルの胸に賞賛の気持ちがふくらんだ。コナーは口もとに親しみやすい笑みを浮かべながら、かつての上官の話に耳を傾けている。将軍が話に身ぶりを交えると、ジェイソンが高笑いした。

コナーが否定しようもなく魅力的に見えること、そして周囲につきまとう女たちがその魅力に気づいていることに、レイチェルは怒りにも似た感情を覚えた。女たちのほとんどはコナーを目当てに、最大限の努力を払って媚《こび》を売っているのだ。

「ああいった賭がもたらす結果は、まったくよくありませんわねえ」

ペンバートン夫人の声で、レイチェルははっと我に返り、ありがたくもみじめな物思いから立ち直った。どうにかしてコナーにぶつかろうとしたり、コナーの足もとに落とした扇を拾おうとしたりする女たちは放っておけばいい。レディ・ウィンスロップの姪《めい》のバーバラ・ウェストなどは、コナーの優美な靴に踏まれそうになって、磨かれた木の床からあわてて象牙《ぞうげ》とレースの扇を拾い上げたところだった。バーバラの年齢なら、もっとましな策略を思いつきそうなものなのに。事実、彼女は自分と同じ年ごろのはずだと、レイチェルは苦々しく考えた。

「お父さまの地所のことはお気の毒でしたけれど、少しはわたしたちのためになると期待しておりましたのよ」パメラが先を続ける。「きっと、セントトマス教会でお式を挙げて、お父さまのロンドンのお屋敷で披露宴を開くことになるとね。確かに、小さなお屋敷で、設備がちょっと……原始的なのはわかっていますけれど、ロンドンはロンドンですもの。結局、お客さまもそれを望んでいらっしゃいますわ。最初に申し上げたとおり、社交の季節に執り行う結婚式は、ロンドンを選ばなければいけませんのよ。さもなければ、どなたにとっても恐ろしく不便ですもの。でも、わたしの意見など、必要ありませんでしたわね。お式の準備にもっと参加させていただければ、何度もお勧めしたように――」

「ロンドンでは結婚式を挙げないと確信していらっしゃるようですわね。なぜですの、ペンバートン夫人?」レイチェルは驚きを抑えて質問できるようになるまで充分に時間をかけてから、相手の取りとめのない話に言葉をはさんだ。そしてふたたびディヴェイン卿《きょう》に視線を投げる。

「お父さまはあなたに包み隠さず打ち明けていらっしゃらないようだから、口を慎むべきなんでしょうね。でも、かまわないと思いますわ。詰まるところ、あれが殿方のやり方ですのよ」パメラは鼻先にぶら下げた人参《にんじん》にレイチェルが食いつかないとわかると、この美しい娘を好奇の目で観察した。ミス・メレディスは顔をしかめてこの家の主人を見つめていたが、おもしろいことに、ディヴェイン卿の平然とした顔がこちらを向いたとたん、それに突き動かされたように、大きな青い瞳がぱっとパメラに戻された。

「ロンドンへ来られてから、ディヴェイン卿とはよくお会いになっていますの、ミス・メレディス？ 一言言わせていただければ、こちらへはどなたかをお連れになるべきだったと思いますね。お母さまか、せめて妹さんを」

「母も妹もとても忙しいんです。おわかりでしょう？ それに、わたしは友人のソーンダーズ夫人のお手伝いにまいりましたので」

「ええ、そう……」パメラが軽蔑《けいべつ》した顔でテラスを見やった。「そのお友だちのことは存じています。この微妙な時期に外出されるなんて驚きましたわ」

「なぜです？ ルシンダは健康ですのよ、ペンバートン夫人。隔離される必要はありません。五カ月後に出産するだけで、風疹《ふうしん》にかかるわけではありませんもの」

パメラの唇がきっと引き結ばれた。すぼめられた目がレイチェルを見据える。「それでも、外出に適した時期でないのは確かですわ。でも、ご主人もごいっしょなのだから、奥さまの健康や評判が損なわれる恐れがあってもよろしいのでしょうね。たぶん、明日になって噂《うわさ》が飛び交っても、おふたりともそんなものは無視するおつもりなんだわ」

レイチェルは意地の悪い女に向けて、冷たいまなざしの効果を発揮させた。氷の攻撃は予想外の効果をもたらした。ペンバートン夫人が口を慎むのも忘れて、レイチェルが知りたかったことを明かしてくれたのだ。

「あの賭の翌日、ウィリアムとお父さまが伯爵さまに面会して、お式の会場は変更しないという取り決めをしましたのよ。この時節、結婚式にふさわしい場所は、間違いなくロンドンですのにねえ。伯爵さまがそんな取り決めに応じる必要はありませんのに。わたしにしても、応じられないほうがよかったと思いますわ。今までのいきさつを考えれば、あまりにもご親切すぎますもの」

振り返る前から、レイチェルにはコナーに見つめられているのがわかっていた。一瞬、目と目が合い、その一瞬のあいだに、そこに浮かんだメッセージが読み取れた。コナーは先ほどからレイチェルと話をしたくてじりじりしていたのだが、その我慢も底をつきかけている。彼の身ぶりから、陽気な上官に場をはずす断りを言っているのがわかった。

ここにじっとしていれば、彼は近くに来てしまう。コナーが親切にも家族に屋敷の使用許可を与えてくれたと知ったばかりなのに、またしてもうろたえて、恐怖で胃がむかむかした。どうしてここへ来てすぐに用事を片づけてしまわなかったのだろう？　すでにコナーはレイチェルを追いかけて部屋を一周しているほどだった。彼はひどくおもしろがっているだろうか……それとも、ひどくいらだっているだろうか？　レイチェルは彼と充分な距離を取ろうとして、人々の群れから群れへと追われた鹿《しか》のように逃げまわっていたのだから。

わたしのことを、とんでもない愚か者と思っているのは間違いない。本当に、わたしはとんでもない愚か者だ。そもそも、ここへ来た目的が、忌まわしい男と取り引きをするためなのだ。いったいなぜ、わたしはここに来てしまったのだろう？

でも、もう来てしまったのだ。レイチェルは冷静に頭に事実を叩《たた》き込んだ。ここに来たのは、最初にコナーを見ただけで、あんなにひどく動揺するとは思っていなかったからだ。最初に目が合っただけで、震える白い手にこぼれた紅茶をぬぐい取ってくれたときの浅黒い指以外何も見えなくなった。身にまとう服を乱したまま去っていったときの残酷な言葉と無慈悲な笑い声しか聞こえなくなった。とろけた体に押しつけられた、熱く脈打つ高まりしか感じられなくなった。ふたたびあの荒々しいキスを受けたかのように、レイチェルの開いた唇がひりひりした。暑い応接間のなかには無数の匂《にお》いが入りまじっているのに、彼女はあのときのくしゃくしゃになった薔《ば》薇《ら》の花びらの香りを嗅《か》ぎ取ることができた。そして、ほてった肌から立ちのぼっていた、森の匂いのするコロンの残り香も。

胸のなかでは、それぞれが相手に与えられた侮辱や当惑を互いに知っていながら、どうして公衆の面前で、礼儀正しく言葉を交わすふりなどできるだろう？　そもそも、なぜコナーはわたしをここへ来させたのだろう？　なぜ家へ持って帰る書類をさっさと送らず、責め苦を与えようとするのか？　イングランドを去ってアイルランドに戻る前に、さらにわたしに恥をかかせるつもりなのだろうか？

黒っぽい人影が、ぼんやりとレイチェルの視界の隅に現れた。レイチェルは即座に、友人を捜しに行くとペンバートン夫人に断って、右手にあるテラスを目指した。

「ミス・メレディス……」

レイチェルはすばやく動かしていた足を止めて、深く息をつき、心を静めて振り返った。火急の逃亡中に踏みつけないよう、たくし上げていたスカートから手を離して、差しだされた優美な白い手を握りしめた。「レディ・ダヴェンポート……あ、あの、わたし、ちょうど今、ソーンダーズ夫妻のところに行くところでしたの。ふたりはテラスで待っているはずなんです」

「あら、わたしの息子もちょうど今、あなたのところに行くところでしたのよ。でも、あの子はきっともう少し待ってくれるでしょう」

レイチェルは目をしばたたいて微笑《ほほえ》み、招待客のなかに何か話題がないかと探した。けれども何も見つからないので、絶望に駆られて切りだした。「たいへんお元気そうで何よりですわ、レディ・ダヴェンポート。少しも昔とお変わりになりませんのね」そんな意見を口にするのが賢明なのかどうかもわからず、レイチェルは言葉を切った。

心地よい笑い声を聞いて、レイチェルは胸を撫《な》で下ろした。「そんなお世辞を言ってくださってありがとう。あなたも十代のころより、ますますきれいになられたわ。あなたのことはずっと忘れられなかったのよ。あなたとは六年前によく知り合えるようにもっと努力すべきだったのかもしれないわね。あのころはお互いの交際範囲もまったく違ったし、あなたは自信にあふれていて人気があったから、わたしが若い方々のなかにしゃしゃり出ていって、あなたの楽しみをだいなしにしたくなかったの」レディ・ダヴェンポートがやさしい顔を悲しそうに曇らせる。「でも今夜は、ずっと心にかかっていたことをお尋ねしたくて。どうかお気を悪くなさらないでね。あなたがコナーと婚約していたとき、わたしのことを高慢で近づきがたくてよそよそしい女だと思っていたのではないかしら？　本当は、喜んであなたとおしゃべりやお買い物をしたかったのよ……」

「そんな！　そんなふうに思ったことはありません」

ローズマリー・ダヴェンポートが微笑んだ。「どうしてもおききしたかったの。義理の母親というのは、脅威の存在ですからね」琥珀《こはく》色の目が横にそれて、パメラ・ペンバートンに向けられた。パメラは打ちしおれた夫のそばに立って、しきりに口を動かしている。

ほのめかされた意味を察して、レイチェルは唇をゆがめた。「ええ、確かに」

「最初の夫の母親も、ずいぶんと恐ろしかったの」レディ・ダヴェンポートが言った。「とても排他的で、とても誇り高い一族でね。その母親から生まれた息子が、青い目をしたマイケルだったのよ。本当に、コナーとよく似ていたわ」母親らしい表情で、息子の瑠璃《るり》のような色の目を捜し当て、輝く笑みを投げかける。「コナーはわたしにどこかへ行ってほしいみたいね」

「行かないでください」レイチェルは視線をよそに向けることなく低い声で嘆願した。

「ええ、わかります。殿方というのも脅威の存在ですからね。あまり臆病《おくびょう》に聞こえないといいけれど、わたしはコナーの父親にも正気をなくすほど怯《おび》えたのよ。最初はね」

「本当に？」

ローズマリーがうなずいた。「でも、最初だけよ。さらわれるのにも、手荒く扱われるのにも慣れていなかったから。わたしはディヴェイン伯爵家の娘で、生まれて以来ずっと、たいせつに守られて、甘やかされてきたの。結婚相手にふさわしい精悍《せいかん》な顔をした、アイルランドの族長の息子が現れても、胸はときめかなかった。でも、領地に住む娘たちは、彼に胸をときめかせていたのよ。だからでしょうね。あの人はそれまで、女性の気を引くためのエチケットというものを、学ぶ必要がなかったの。だから、知らなければならないことは、わたしがすべて教えてあげたわ」

「さらわれたとおっしゃいました？」レイチェルは目を見開いてささやいた。

「わたしたちの結婚が宿怨《しゆくえん》にけりをつけたの。マイケルとわたしの家のあいだには、名誉の問題が何代にもわたってわだかまっていてね。最初に交際を申し込まれたときに応じずにいたら、無理やり、はいと言わされたわ。フリントの一族はかなり野蛮で、とても精力的で、この世でいちばんすばらしい人たちよ。コナーは父親の伝説的な生い立ちを、あまり話したことがないでしょう?」

レイチェルは見開いた目をローズマリーの顔に据えたまま、金髪の頭を横に振った。

「あの子らしいわ。あなたと夫婦になるまで、話さずに取っておいたほうがいいと思ったのでしょう。あのころのあの子は、型どおりのまじめな求婚者になることに熱中していたようだから。あなたにふさわしい男になりたかったのよ。そして、なったわ」ローズマリーが静かで揺るぎのない誇りをこめて言う。「でも、コナーは奔放にもなれたのよ。本当に、父親によく似ていたのですもの。あの子の祖父は……わたしの父は、ときどきあの子に手を焼いていたわ」思い出にひたるうちに、訛《なまり》が強くなった。

「ふたりはとても深く愛し合っていたのに、父はあの子を何度見限ったかわからないほどよ」ローズマリーがかすれ気味の声でくすくす笑った。「もう充分ね。充分すぎるほどおしゃべりしてしまったわ。ミス・メレディス、あなたとまたお会いして、しばらくお話しする時間を持ててよかったわ。もうすぐ軽食をお出しする時間なので、サー・ジョシュアを捜して、ようすを見てこなければならないの」少し歩きだしたところで、立ち止まって付け加える。「妹さんの結婚式が、すべてうまくいくようにお祈りしていますわ。ウィリアム・ペンバートンは立派な若者のようですものね。ご家族の方々によろしくとお伝えくださいます?」

「ええ、もちろん。ありがとうございます……」レイチェルがお辞儀をすると、夫人が別れの笑みを返した。

ローズマリーはごちそうの味をみるために夕食室

へと優雅に去っていった。だんだんと客が減っていく部屋のなかで、ディヴェイン伯爵だけが人波に逆らってこちらに向かってきた。レイチェルはあわててテラスを振り返った。ちょうどそのとき、部屋の向こう側にあるテラスの戸口から、屋敷のなかに入ってくるポールとルシンダの姿が見えた。ふたりはあたりにざっと視線を走らせると、レイチェルはもうここにはいないと思ったのか、人々のあとについてさらに部屋の奥へと向かいはじめた。

レイチェルは窮地に陥った。一瞬、どうすればいいか迷ったが、すぐに食事をとることに決めた。回り道をして出口を目指そうとしたとき、手首をぎゅっとつかまれ、いきなり体を引き寄せられた。乱暴にテラスへ連れだされたところで、レイチェルは力をこめて手を振りほどこうとした。そのとたん相手が離れ、レイチェルは勢いあまって、二、三歩後ろによろめいた。気持ちを落ち着かせるために息を吸い、憤然として頭をひと振りすると、彼女は平然とした態度で黙って応接間のほうへ足を踏みだした。

コナーが行く手をさえぎった。「もう一度、あのだだっぴろい部屋の隅から隅まで、きみを追いかけさせようと思っているなら、やめてくれ」

「お願い、通して」強い口調で言おうとしたのに、少し懇願する調子になって声がかすれた。

コナーが小声で毒づくのが聞こえた。手が伸びてきて、レイチェルの顎を持ち上げた。レイチェルはとっさにあとずさりをしたが、すぐに逃げ場を失い、背中に当たる冷たい錬鉄製の手すりを両手で握りしめた。月のないたそがれのなかで、ふたりの視線が絡み合った。

「もしわたしがきみの夫なら、こんなふうに突っぱねないはずだよ、レイチェル」コナーが物静かに諭した。

「あなたはわたしの夫ではないわ」レイチェルは吐

き捨てるように言った。

「もう少しでそうなるところだった」

「もう少し？　百万マイルもの違いよ。もしあなたがわたしの夫になっていたとしても、あんな不愉快で無礼な扱いを受けたら、断固として突っぱねていたでしょうね。きっと、あなたを殺していたわ」

「そしてもしきみがわたしの妻になっていて、そんな不愉快で無礼な口のきき方をしたら、わたしのほうが先にきみを絞め殺していたかもしれない」コナーが穏やかに切り返した。

　レイチェルは手すりから離れて、室内の明かりに向かって走った。「それなら、六年前のわたしには、姿をくらますだけの先見の明があったということね。おかげで、お互いに老いぼれになるまで長生きする見込みができたんですもの」

　戸口までたどり着かないうちに、コナーがレイチェルの行く手を阻んだ。

「どいてちょうだい。うちに帰ります」コナーの上着の胸もとに向かって、レイチェルは冷たく言い放った。

「ウィンドラッシュについて話し合ってもいないのに？」

「話し合うことはありません」レイチェルは震える声で勝ち誇ったように言った。「ペンバートン夫人に聞きました。あなたが言っていた屋敷の使用許可については、あなたと父とジューンの婚約者とのあいだで、すでに話がついていると。ウィリアムとはたいそう仲がおよろしいそうですね。もうみんなが知っていることなら、たとえあなたでも約束を反故《ほご》にはしないでしょう」

「そんなことを言うのは、きみがわたしのことをよく知らないからだ、レイチェル」

　レイチェルはゆっくりと顔を上げた。その目に厳粛な光が浮かんでいた。「ええ。それはそうね。わたしはあなたのことをよく知りません」

「よかった。これで、ひとつ意見が合った。ウィンドラッシュのことを話し合う気になったかい？」

レイチェルは息をのんで、唇を湿らせた。「父たちとの約束を破るつもり？」

「今まではとてつもなく寛大だったからな。見返りがほしい」

「どんな？」

「どんな？」コナーが顔をゆがめて自嘲《じちょう》的に繰り返した。「実は、ふたつある。いいほうから始めよう。わたしのもとから娘をひとり引き取って、きみの屋敷に置いてほしい。使用人として使うのにちょうどいいし、賃金や何かの費用は心配しなくていい。当分わたしが払いつづけるから。ただ、この屋敷から出したくてね……」

「それがいいほうなの？」レイチェルは皮肉をこめて尋ね、手すりのそばへ戻った。「あなたは本当にむかつくほどいやな男ね。わたしがあなたの愛人をうちに引き取ると思うの？　あなたの願いを聞き入れて、スキャンダルを最小限に抑えるために？」

「まさにそのとおりだ。わたしの願いを聞き入れて、スキャンダルを最小限に抑えるために、あの子をきみのうちに引き取ってほしい。あの子のためだ。わたしのためではない。わたしは醜聞など気にならない。すぐにこの国を出るのだから。その子には兄がいて、妹に男を寄せつけなかったから、父親の知れない私生児を産むことはないはずだ。だが、人並みはずれて器量がいいので、あの子にとっても、妹を守ろうとする兄にとっても、それが厄介な問題になる。とりわけ、話に尾ひれをつけて、憶測をたくましくする輩《やから》がいるからな。わたしがバークリー・スクエアの屋敷に十四歳の妾《めかけ》を囲っていたという噂が立つのは阻止したいんだ。そんな噂が流れれば、わたしがアイルランドへ去ったあと、あの子が堅気の仕事につく妨げになる。わたしがあの兄妹《きょうだい》を雇っているのは、今のところ、あの子たちに行く当てがないからにすぎないんだ」

「なんてこと！　十四歳ですって？　まだ子どもじゃないの。シルヴィーよりふたつ年上なだけよ」レイチェルはぞっとして叫んだ。「イタリア生まれの愛人だけでは足りないの？　あの人では、年を取りすぎているとか？　娼婦《しょうふ》を救うために豪邸にかくまうのが趣味だなんていう話を、信じてもらえると本気で思っているの？　わたしをばかだと思っているのね！」

「いいや、ばかだなどとは思っていない。信じてもらえるとも思っていない。よりによって、わたしのことを堕落した嘘《うそ》つきだと考えているきみにね。そんなことはどうでもいい。これは取り引きだ。ウィンドラッシュで妹さんに結婚式を挙げさせたいなら、わたしの頼みを聞いてほしい。きみの損にはならない頼みだ。事実、メレディス家に、ただで使用人がふたり増えるんだ。適当な時期が来たら、兄妹に推薦状を持たせて、べつの屋敷に移らせてもいい。そのときはふたりにきちんとした推薦状を書いてほしいというのが、ただひとつの条件だ」

レイチェルは呆然《ぼうぜん》として、ただコナーを見つめた。ほかにいくらでもあるだろう要求のなかで、高級娼婦とそのひもに、堅気の仕事を与えてくれと言われるとは思ってもみなかった。わたしを怒らせて楽しんでいるのだろうか。おそらく、小気味よい気分を味わっているのだろう。将来は自分の妻になるはずだった女――自分を捨てた女に、今は愛人のひとりを無理やり引き取らせるのだから。コナーは執念深い男だ。それは彼自身も認めていた。彼がふたりのあいだに貸し借りをなくしたいと思っていることもわかっている。こんなあざとい手を思いつく相手に、ある意味、感心しないわけにはいかなかった。

そしてレディ・ダヴェンポートは、コナーは奔放にもなれると言っていた。息子を擁護する母親の甘い人物評価に思えて、レイチェルの胸が騒いだ。目の前にいるのは腐りきった男だ。この男から相続財産を取り戻そうと考えても、レイチェルは少しも罪悪感を覚えなかった。もう彼をだますしか道はない。この自堕落な人間をおだててほめそやせば、納得のいく取り引きができるかもしれないという望みは消えてしまった。

レイチェルは頭のなかですばやく状況を検討した。コナーの申し出を快く受け入れるのが、前進の道だ。かえって、こちらが有利に立てる可能性もある。

それに、目下ビューリー・ガーデンズの屋敷は深刻な人手不足だった。ノリーンはあらゆる家事をこなして、疲れ果てている。しかし、父親の暗黙の了解だけで、屋敷を使わせてもらっているので、さらに使用人を雇い入れて、父にこれ以上の経済的な負担はかけられなかった。

コナーはレイチェルを観察した。落ち着きなく目が動き、優美な黒い眉がひそめられて、眉間《みけん》に深い皺《しわ》が寄る。どうやらこちらの頼みをなんとか受け入れようとしているらしい。もう一度、使用人の少女とはきれいな関係だと弁明しようかと思ったが、そんなことをしてもレイチェルの嫌悪感を掻《か》きたてるだけだとわかっていた。コナーは胸のなかでほくそえんだ。この自分が他人の幸せを第一に考えていると知って、レイチェルが屈辱を感じているなら、次の要求が何かわかったときには、どんな反応を示すだろう？　その個人的な問題に水を向けるために、コナーは物柔らかな調子で話を再開した。「きみが家に帰る前に、父上宛《あて》に事情を説明する手紙を書いておく。父上はウィンドラッシュに兄妹を雇い入れることに、反対なさらないはずだ」

「ええ、もちろんですとも」レイチェルは辛辣《しんらつ》に言った。「あなたの頼みなら、父はあなたが捨てた商売女を十人も雇うでしょうよ。あなたのやることが、父の意に染まなかったためしがあって？」

「では、二番目の要求に移ろう……」

母音を引き伸ばしたしゃべり方に、レイチェルの胸が締めつけられた。静かで皮肉っぽいが、とても甘い声だ。レイチェルは目を上げて、警戒のまなざしを向けた。しかし、コナーは言葉を切ったまま、何かほかのことに気を取られているらしく、こう尋ねるまでしばらく間があった。

「どうして、自分の父親をそう毛嫌いする？」

「毛嫌いなどしていません」レイチェルは歯を食いしばった。

コナーが肩をすくめる。「きみは人をだますのがうまいな」

「ええ、うまいわ。父は明らかにへただけれど。そのせいで、あなたみたいな卑しい盗人《ぬすっと》にウィンドラッシュを奪われて、わたしがここに来る羽目になったのよ。そのうえ、ぞっとするような注文を並べたてられて……」

レイチェルの言葉が勢いを失って、怒りに満ちた沈黙が落ちた。コナーがにやりとして言った。「では、もうひとつ注文をつけよう。きみが父上を毛嫌いする理由を教えてほしい」

「たぶん、愚か者だからでしょうね。あなたをいまだに高く買っているほどの」レイチェルはぴしりと言い返した。

「そうだと思っていたよ。その考えを変えてやれるかもしれない。どうだい？　そうしたら、きみに高く買ってもらえるかな、レイチェル？　父上がわたしを嫌うように仕向けたら？」

「はっきり言ったらどう？　謎《なぞ》解きをする趣味はないわ」

尊大な命令のあとに、ふたたび沈黙が訪れた。レイチェルの胸のなかに挫折《ざせつ》感が渦巻いた。コナーは好きなだけ謎めいた質問をできる。彼女に情報を与えることも、自分のものだけにしておくこともできる。同様に、屋敷の所有権をレイチェルに与えることも、自分のものにしておくこともできるのだ。レイチェルの両親はいまだに屋敷に住まわせてもらっていることに対して、今でもコナーに恩義を感じているに違いない。コナーはいかに意のままにレイチェルを操れるか、彼女に思い知らせたくてたまらないのだ。レイチェルはだしぬけに沈黙を破った。

「あなたは父のことを好いてもいないんでしょう? 父はあなたのことをとても高く評価しているのに、あなたは父のことを好いてもいない」

「父上を嫌ういわれはないよ。なかなかよくしてくれたからね」

「なかなか?」レイチェルは冷たく言い放った。「父はあなたを血を分けた息子みたいに思っていたのよ。ほかに言いようがあるでしょう。父とは途方もない時間をいっしょに過ごしたんだから。乗馬をしたり、クラブで煙草《たばこ》を吸ったり、ポーカーをしたり……」

「自分の父親に嫉妬《しっと》していたのか?」

レイチェルはヒステリックな笑い声をあげた。

「違うわ。あなたに嫉妬していたのよ。生まれてこのかた、父がわたしにあれだけの時間を割いて、あれほどの心づかいを示してくれたことはなかったわ。わたしが待ち望まれていた息子だったら、事態は違っていたかもしれない。でも、わたしは期待はずれの子どもだったのよ。娘だったから。わかるでしょう?」

「ああ、わかる。きみはまぎれもなく女だ。いつだってそのことは、意識しすぎるほど意識している」

物憂い視線をじっとそそがれて、レイチェルは頬がほてるのを感じた。くるりと背を向けて、手すりを握り、薄暗い庭に目を凝らした。「あなたが嘘をついていないとどうしてわかるの？」甲高い声で尋ねる。「さっきも約束を反故にするかもしれないと、匂わせたでしょう。その兄妹をわたしに押しつけられるとでも思っているの？　許可証があるかどうかもわからないのに」

「その点に関しては、信じてもらうしかなさそうだ」

　レイチェルはさっと振り返って、冷ややかな声で笑った。「判事を信じたほうがましよ」

　アーサー・グッドウィン判事にしたことを思いだし、コナーはあざけるように口もとをゆるめた。

「きみはまだ子どもだな、レイチェル？　化粧を落としたら、まだ小娘だ」

「そうでないことを、心底願うわ」レイチェルはさらりと異議を唱えた。「あなたの好みがわかったからには」

　コナーが近づいてきてレイチェルの目の前で止まり、思案に暮れた顔を向けてから、肉感的な唇を吊《つ》り上げた。「きみを膝にのせてお仕置きするか、きみにキスするか、いつも迷うよ」

「それなら、悩みを解いてあげるわ」レイチェルは一語一語注意深く言いながら、コナーを避けるためにそっと横へ移動しようとした。「どちらにしても、大声で叫ぶわよ。そうしたら、この品のいいパーティーがだいなしになるでしょうね」

　レイチェルがあまり遠くまで行けないように、コナーの片手が鉄製の手すりにさりげなく置かれた。

「きみがそんなことをするとは思えない」穏やかな声が答えた。「すぐそこに迫った妹さんの結婚式に招待した客の半分が、ここに来ているんだからね。きみは子どもっぽいが、ばかではない」

　逃げ道をふさぐ腕を、レイチェルは両手でつかんだ。引き締まった手首の筋肉に力をこめて細い指を巻きつけ、薄いシャツの袖《そで》に爪を突きたてる。それから、ふいに彼の手を引きはがす努力をやめて、反対側を向いた。しかしそこにも頑として動かない腕があるだけだった。

「見たいかい?」

レイチェルは夕暮れのなかで顔を上げて、獲物を狙って光る瞳を見つめた。「何を?」

「屋敷の使用許可証だよ。確かにあるという証拠がほしいと言っただろう」

「ええ」コナーの視線が自分の唇に落ちているのに気づいて、レイチェルははっと息をのんだ。「ええ、言ったわ」そう繰り返して、事務的な態度で、コナーのほうへ足を踏みだす。そうすれば、彼も反射的にどいてくれると思ったのだ。しかし、コナーは動かなかった。手だけが動いて、金属の手すりを離し、レイチェルを抱きしめた。

レイチェルの全身がこわばり、熱い嵐《あらし》の予感に震えた。もうすぐ残酷で欲望に満ちた手が彼女の腰を無理やり引き寄せ、意地の悪い唇が唇をなぶるのだ。レイチェルは侵略者の指を阻むように、無意識のうちに胸の前に片手をねじ込ませた。

コナーは胸に押し当てられたレイチェルの手と、慎み深く喉もとまでボタンをかけたドレスを見下ろした。そして口もとにかすかな笑みを浮かべて頭を下げる。「すてきなドレスだ。わたしのために着てきたのか」あざけるような低い声が聞こえたかと思うと、レイチェルに唇が迫った。コナーのキスは心を惑わすと同時に、安らぎを与えてくれるものだった。

やさしさの奥から、怒りや恨みがにじみでてくるのをレイチェルは待った。野獣のような力に、身を守る術《すべ》もなく屈したあとでは、巧妙な罠《わな》にはまりたくなかった。意を決して、レイチェルは何も感じないように体を硬くした。目を見開いたまま、目を閉じたコナーの顔を見つめながら、この前甘んじて受けた復讐《ふくしゆう》に燃える欲望の兆しを探した。間違いなくもうじき表れるはずだった。この前はそれに応《こた》えてしまった。もう二度とそんなふうにはならない。そう固く決意しながらも、官能的な唇に執拗《しつよう》に攻められ、レイチェルは唇を開いた。コナーの胸を押しのけていた拳《こぶし》から力が抜けて、てのひらにひんやりした絹の上着が触れた。コナーのまつげが持ち上がり、眠たげな瞳に用心深い光が浮かんで、唇が離れていく。そしてジューンがふざけて真似《まね》をしそうな笑みが、かすかに閃《ひらめ》いた。

「書斎へ来てくれ。今夜、持って帰ってもらう書類を渡そう」

コナーが室内へ続く扉のそばに戻って、手を差しだした。そのときにはまだレイチェルの体も頭も正常には働かなかった。

11

黙って応接間に足を踏み入れたレイチェルが最初に目にしたのはポールとルシンダのソーンダーズ夫妻だった。その次にチェンバレン叔父と叔母が目に留まる。

フィリス叔母がすぐに夫に耳打ちするのに気づいて、レイチェルは胸のなかでうめいた。叔母がこの六年あまり、メレディス家の者にはいっさい見せなかった笑みを、最年長の姪《めい》に投げかけた。レイチェルはこの特別待遇に知らん顔をすることにした。

しかし、ディヴェイン卿《きよう》といっしょに姿を見せたことで掻《か》きたてられた好奇心まで、ないがしろにすることはできなかった。もう一度ふたりで行方をくらまし、またもやそろって現れれば、噂《うわさ》が本格的に流れはじめるだろう。レイチェルはすぐに懸念を口にした。「ふたり同時にいなくなったら、ありがたくない憶測を生むかもしれないわ。わたしがソーンダーズ夫妻とごいっしょしているあいだに、あなたひとりで書類を取りに行って、ここで渡してくださらない?」

「だめだ」

叔父と叔母がこちらにやってこようとしている。説得する時間はない。ぶっきらぼうな拒絶に腹が立ったが、レイチェルは少し前に無理やり仕方なく取ったコナーの腕を、よそよそしく離すだけにしておいた。しかし、夕食室から戻ってきたばかりの人々と話をしていた叔父と叔母が、一団からさりげなく離れたのを見て、レイチェルのいらだちがますますつのった。

フィリス叔母がそばに来て、レイチェルの頰にキスをした。レイチェルは父の太った妹を、押しのけたい衝動を抑えなければならなかった。ナサニエル叔父は妻の態度の急変ぶりはあまりに行きすぎだと感じているらしく、居心地が悪そうにもぞもぞと足を動かしている。フィリスがいちばん年上の姪にこんな親愛の情を示したのは、六年前、十九歳だったレイチェルに、婚約祝いの言葉を贈ったのが最後だった。

叔母が愛想よく顔をほころばせた。レイチェルはしぶしぶ笑みを返した。一度は鼻つまみ者にされたが、今は許してもらえたらしい。いや、それどころか、ふたたび仲間として迎えられたらしい。それもこれも、かたわらにいる男性のせいだった。コナーが嫌われ者の売れ残りに哀れみをかけたので、コナーをひいきにする上流社会の人々に、レイチェルは受け入れられ、うらやまれてさえいる。みな、真実を知ってくれればいいのに! 突然、レイチェルのなかに怒りがわき上がった。レイチェルがコナー・フリントを振ったという理由だけで、叔母は六年ものあいだ、いろいろな場面で両親や妹たちをおおっぴらに冷たくあしらってきたのだ。

レイチェルは叔母からおどおどした叔父へ視線を移した。

「本当にねえ、レイチェル、青いドレスを着たあなたは、なんてきれいなのかしら。この色があなたに似合わなかったためしはないわね」フィリス叔母は、姪との関係に長いあいだ亀裂《きれつ》など入っていなかったかのようにまくしたてた。

「ありがとうございます、チェンバレンの叔母さま」レイチェルは堅苦しく答えた。「最後にお話ししたときから、ずいぶん時間がたっていますのに、叔母さまがわたしを覚えていてくださったとは驚きですわ」

叔母の頬がまだらに赤く染まるのを見ても、レイチェルはなんの後悔も感じなかった。同情を掻きたてたのは、顔をしかめて汗ばんだ首筋に巻いたクラヴァットをゆるめている叔父のほうだった。

ナサニエルが咳払《せき》いをした。「それはそうと、レイチェル」見苦しくうろたえる妻から注意をそらそうとして言う。「妹さんたちはどうしている？ すてきなドレスを縫うのに大忙しじゃないのかね？ ジューンは恥ずかしがり屋の花嫁さんになるだろうね。それに、シルヴィーのドレス姿はきっと絵のようだよ。この季節は気候もよくて、おあつらえむきだ」

「お式の日には、もう少し涼しくないといけませんわ」フィリスが脂ぎった肉づきのいい手で、顔をあおぎながら口をはさんだ。「おめかしをしたのに、暑さでぐったりしたくはありませんもの。女はそういうものよね、レイチェル？」

「それでは、叔母さまもいらっしゃいますの？」レイチェルはわざと驚いてみせた。「何カ月か前に招待状をお送りしたときは、お返事がなかったので、お忙しいのだと思っていましたわ。でも、わかっていますのよ。断りの手紙ひとついただけなかったのは、お時間が足りなかっただけで、ご配慮が足りなかったわけではありませんものね」

ナサニエルの体がみるみる縮んだようだった。今度は、彼の妻は反撃に出た。小さな目からレイチェルに鋭い視線を投げた。「本当に忙しくしていたのよ。でも、幸い、なんとか予定をやりくりして、出席できることになりましたの。今週中には急いでご両親にお返事を書いて、すぐにお届けするわ」

「まあ、ご親切に、チェンバレン叔母さま。もちろん、ペンバートン夫人も喜びますわ。おふたりはまるで姉妹みたいですもの。とてもよく似ていらっしゃって」パメラ・ペンバートンの骨張った手足と馬のような面長の顔に視線を向けてから、そばにいる丸々とした女性に目を据える。

「何カ月か前に招待状を送られたと言っていたわね？」遠まわしにけなされたのは、外見ではなく性格だとよくわかっているフィリスが、激しい口調で尋ねた。「わたしのところには、そんなに早く届きませんでしたよ」力をこめて抗議する。「もちろん、郵便配達は当てになりませんけれど。宛名《あてな》を間違ったのではない？」

「そんなことはありま――」

「いや、間違ったんだろう」コナーにきっぱりした口調でさえぎられて、レイチェルは振り向いた。

その目には警告が浮かんでいた。こんな優雅な場所で、レイチェルが叔母と口喧嘩《げんか》を始めるのではないかと心配になったのかもしれない。叔母と口喧嘩をするという考えには、レイチェルは強く気持ちをそそられた。ジューンの結婚式がなければ、この善人ぶった女に、自分がどう考えているか思い知らせてもよかったのだが。レイチェルはコナーの目を挑戦的に見返し、澄んだ瞳をきらめかせて、胸のうちを伝えた。〝よけいな口出しをしないでちょうだい〟

〝あまり駄々をこねないでくれ〟青く燃える瞳が、そう切り返し、レイチェルの頬に血がのぼった。コナーはがっしりした手を我が物顔にレイチェルの肘にまわして、この場を去る準備を整えると、礼儀正しくチェンバレン夫妻に頭を下げた。

フィリスには高貴な身分の主人をこんなに早く逃がすつもりはなかった。それに自分が気づいたことの真偽をぜひとも確かめたかったので、猫撫《な》で声で尋ねた。「姪の結婚式にはおいでになりますの、伯爵さま?」

「わたしはすぐにアイルランドへ帰ります」コナーは笑みを浮かべてそれだけ言い、レイチェルを促して夫妻のもとを辞した。

フィリス・チェンバレンはふたりの後ろ姿を、不審そうに目を細めて見つめた。

「伯爵がレイチェルをあんなふうに連れまわしてくれて、ありがたいよ」ナサニエルがため息をついた。「今夜のあの子はずっとひとりきりで、話し相手を捜してあちこちうろついていたからな。さっきはふたりで散歩にも行ったようだよ」

「散歩なものですか! 伯爵さまの唇には、間違いなく口紅がついていたわ。あれはどういうことかしらね?」

ナサニエルが心底驚いた顔をした。「まさか! 本当かい? ディヴェインがそんな遊び人だったとはな! コリント人みたいに——」

フィリスは肉づきのいい肩の上から視線を投げて夫を縮み上がらせると、少しも外見の似ていない女性と話し合うために、足を踏み鳴らして歩き去った。

誰にも聞こえないところまで来ると、レイチェルは叔母に向かって罵倒《ばとう》の言葉を吐き捨てた。

「しっ、言葉を慎んでくれないか。誰かに聞かれたら、わたしが口の悪い癇癪《かんしゃく》持ちに言い寄っているのではないかと思われる」

レイチェルは怒りに燃える目でコナーを見た。あなたは誰かれかまわず言い寄るでしょうと言い返そうとしたが、すんでのところで思いとどまった。こちらを向いて待っているポールとルシンダのほうへ、コナーが歩を進めているのに気づいたのだ。

「おいしいお食事だったわ。あなたはもういただいたの、レイチェル？」ルシンダが穏やかに切りだした。「わたしたち、あなたを捜したのよ……」

「わたしもあなたたちを捜しにテラスへ出たら、そこでディヴェイン卿にお会いしたの。伯爵さまも、新鮮な空気を吸いに外へ出ていらしたんですって」

ポールとルシンダは、お互いの目もレイチェルたちの目も見ようとしなかった。

四人がいっせいに口を開き、そして口をつぐんだ。そのあと、コナーが沈黙を破った。「ミス・メレディスと少し話し合うことがあってね。それに、ポール、きみに渡す書類もある。すまないが、いっしょに書斎へ来てもらえないか？　早く用事をすませてしまいたい。そう時間は取らないはずだ。ソーンダーズ夫人、あなたもいっしょに来てくださいますか？　うちにはゴシック小説の蔵書がかなりそろっていますから。ご主人をお借りしているあいだ、よろしければごらんください」

「まあ、すてき。ぜひとも拝見したいですわ」ルシンダはコナーが慇懃《いんぎん》に差しだした腕に、即座に手をかけた。

「大部分は母の本なので、ずいぶんと熱烈な恋の話だと思いますよ」打ちとけた調子で説明するコナーの声が、レイチェルの耳に届いた。コナーたちが戸口へ向かうと、ポールがレイチェルの手を取って、腕に絡ませ、まるで兄のようにやさしく叩《たた》いた。レイチェルは横目で、ポールの快活な顔をうかがった。ポールは明らかに何か言いかけたが、口を開く代わりに、考え深げにかすかに首を振った。そして、ふたりはこの家の主《あるじ》のあとを追って歩きはじめた。

「ここへ来て座ったらどうだい？　レイチェルは自分から進んで、伯爵についていったんだよ」ポール・ソーンダーズは妻に声をかけた。

ルシンダは巨大な図書室から伯爵の書斎へ続くどっしりした両開きの扉に忍び寄り、マホガニーの板に耳を近づけた。聞こえるのは、屋敷の反対側の音楽室から流れてくる、妙《たえ》なる調べだけだった。「ふたりだけにしておいて平気かしら？」

「平気でなければ、すぐにわかるさ。レイチェルなら、ためらわずに叫ぶだろう」ポールは皮肉っぽい意見を述べ、革張りの読書机に広げた書類をぼんやりと眺めて、にやりとした。数日前、事務所でこれとまったく同じ書類を伯爵に渡されたとき、すでに保険要綱には丹念に目を通してあった。それでもここは男らしく、考え得るかぎりの海上災害の種類に心底興味があるふりを続けていたのだ。

ルシンダはそびえ立つ書棚の前へ行って、手近な棚から一冊抜き取った。「本当に、みごとな蔵書だわ」

「それはよかった……」ポールはそう言って、肉付きのいい妻の姿を見つめた。彼は椅子から立ち上がって、火のついていない暖炉のそばに置かれた革張りのソファに腰かけた。室内はまだ暑かったので、上着を脱いで、柔らかな革に身を沈めた。半開きのまぶたの下から妻を見つめるうちに、さらに高い棚の本に手を伸ばしたルシンダの肩から、買ったばかりのショールが床に滑り落ちて、ふっくらした腕があらわになった。

「ここへ来て、どんな本を選んだのか見せてくれないか？　コナーの言うとおり、熱烈な恋の話だといいね」

かすれた声の調子に、ルシンダは振り返って頬を染めた。その口調が意味するものは、よくわかっていた。彼女は書斎の扉に、すばやく視線を投げた。

「伯爵さまは、またプロポーズをしているのかしら？」

「あるいはね。だが、むやみな推測はしたくない。おいで」ポールは低い声で笑った。「座って、楽にしたほうがいい。長く待つことになるかもしれない」

「これで信じてもらえるかな、レイチェル？」

レイチェルは指で押さえた証書に視線を落とした。それから急いで皺《しわ》を伸ばし、もとどおりに折る。

「うちに持って帰っていいのね？」

「ああ」

「ありがとう」さらに小さくたたんで、手提げ袋に入るようにしたが、丸めて赤いリボンを巻き、その上に赤い封印をしたもうひとつの紙束に、またもや目が吸い寄せられた。

レイチェルは堂々とした机の前の、コナーの椅子に座っていた。彼がそこに座るよう勧めたからだった。いちばん上の引き出しは、コナーが屋敷の使用許可証を取り出したときに開けたままになっていたので、なかにしまってあるものが見えた。それが何かは、すぐにぴんときた。コナーはレイチェルの注意を引くために、わざとウィンドラッシュの権利書をそこに入れたのだ。自分が受け継ぐはずだった屋敷の権利書が目と鼻の先にある。こっそりくすねたくて、レイチェルの指がうずうずした。

彼女はおもむろに手を伸ばして、丸めた書類を大胆に取り上げた。つややかなマホガニーの天板にうやうやしく置き、指先で引き寄せると、表に書かれた文字が読めた。〝ウィンドラッシュの土地と建物に関する権利書〟と……。

「これも渡してくださいと、あなたに頼めというの？」レイチェルは目を上げた。コナーは大理石の巨大な暖炉のそばに立っていた。炉棚の上の壁には、獰猛《どうもう》な顔をした猟犬の絵がかかっている。

「その件に関して、きみに交渉に応じる心構えができたら、もうひとつやってもらいたいことを教えよう。きみに対する要望はふたつあると、テラスで言っただろう？」

「頼む気にならないかもしれないわ」レイチェルは蝋燭《ろうそく》の炎のなかで揺らめくコナーの瞳を見据えた。

「なるさ。今すぐにでも」

レイチェルは権利書をもとの場所に放《ほう》り込むと、ぴしゃりと引き出しを閉めて椅子から立ち上がった。

「自分は利口だと思っているんでしょう？　わたしをいいように操れると思っているんだわ。でも、そうはいかないわよ」

「なぜ、モンキュアやあのちゃらちゃらした男と、結婚しなかったんだ？　あの男は、たしかフェザーストーンとかいったな？」

唐突に話題が変わったので、レイチェルはつと足を止めて、コナーをまじまじと見つめた。「そんなこと、あなたに関係ないわ」軽率にも、横柄な答えをしてしまう。

「あいつらを捨てた理由を知ることが、きみへの要望かもしれない」

「そうなの？」

「どうして婚約を破棄した？」

レイチェルはことさら退屈そうに見せて、ペン皿からペンを取っては、一本ずつインク壺《つぼ》に立てかけた。「結婚したくなかったからよ。婚約したのが間違いだったの。それははっきりしていたわ」

「きみはよくそういう間違いを犯すんだな。あいつらを愛していたのか？」

「いいえ！　それは……もちろん当たり前でしょう……」最後のペンが机に倒れた。レイチェルはいらだたしげに拳《こぶし》を握りしめた。隣の部屋にいる友人たちを意識して、叫ぶのは思いとどまり、歯を食いしばりながら声を絞りだす。「そんなこと、あなたに関係ないわ」

コナーはポールとルシンダを付き添い役にして、レイチェルがおとなしくここに来るように仕向け、質問で彼女を苦しめようとしていた。レイチェルはそんな挑発には乗らずに、冷静で理にかなった話し合いを続けなければならなかった。彼女は視線を上げて、絵のなかの堂々とした犬を見た。飼い慣らされていない……狼《おおかみ》のようだ。ローズマリー・ダヴエンポートが打ち明けてくれた目の前の男性と無法者の父親の話が思いだされた。

「お母さまとお話ししたわ。昔と変わらずに、とてもやさしくてすてきな方ね。お義父《とう》さまのサー・ジョシュアは、お体の具合があまりよくなさそうだったけれど」

「ああ、そうなんだ。最近、よく発作を起こしてね。そのせいで記憶があやふやになるのかもしれないと、医者が言っている」

「まあ、お気の毒に……」

「母は何か言っていたか？」

レイチェルはもう一度、あなたには関係のないことだと言おうかと思ったが、深く息を吸って考えた。確かに、この話題なら安全だ。危険を冒して未知の道へ踏み込むより、このあたりにとどまっていたほうがいいだろう。「あなたのお父さまは、アイルランドの族長の息子だったとおっしゃっていたわ。お母さまの一族とのあいだに、何世紀にもわたって続いていた宿怨《しゅくえん》にけりをつけるため、お母さまをさらって結婚なさったんですってね。あなたはそのお父さまにとても似ているとか」

コナーが声をあげて笑い、ウィスキーのグラスを取り上げて、中身をぐいと飲んだ。しばらくして、彼はグラスをもとに戻してつぶやいた。「母はそんなことを言ったのか？」

「ええ。あなたは奔放で、お祖父《じい》さまの手を焼かせたということも」

コナーがグラスの縁をなぞる指に目を落とした。

「ああ、そうだったな」低い声で言う。

「どうして？　何をしたの？」

「奔放な若者が、目上の人たちの手を焼かせることだよ。賭《かけ》や娼婦《しょうふ》、喧嘩や浪費といった……」

これほど正直な答えが返ってくるとは思っていなかった。「知らなかったわ……」

「そう、きみは知らなかった。あのころ、きみに知られないように必死で努力したからね。わたしは礼儀正しい親切な若い少佐だった。そうじゃないか？　なんのために、そんな努力をしたのか……」

口調には、かすかに自嘲《じちょう》的で皮肉っぽい響きがあった。レイチェルはあわてて言った。「そういえば、これも知らなかったわ。将来、伯爵になるなんて、話してくれなかったから」

「貴族になる可能性があると真剣に考えていたら、話していたさ。自慢していたかもしれないな。そんな身分になれば、きみの気を引けるかと思って。六年前、わたしは四番目の跡継ぎで、母のふたりの兄も、彼らの息子たちも元気だった。彼らがみんな、二年もしないうちに相次いで死んでしまうなんて、考えてもいなかったよ。だからこそ、軍隊で身を立てた」彼はそこでウィスキーの残りを飲み干した。「それに、祖父がわたしの頭に拳銃《けんじゅう》を突きつけて言ったんだ。近衛騎兵隊で将校の地位をあてがってやったから、荷物をまとめて出ていけとね」

レイチェルは興味をそそられて、コナーに近づいた。「お祖父さまに、殺すと脅されたの？」

「ただのこけ脅しさ。引き金を引くつもりはなかったと思う。我慢の限界だったんだろう。祖父をそんな苦境に追いつめたのは、このわたしなんだ。またひとつ余分な罪に溺《おぼ》れてね。それで倫理観や感情を傷つけられた祖父は、自分への当てつけだと受けとめたらしい。いい人だったからな。立派な人だった……」

「あなた、何をしたの？」

コナーがデカンターを傾けた。琥珀《こはく》色の液体がグラスに流れ込む。「夫のある女性を愛人にした。祖父のたいせつな旧友の妻を寝取った。祖父はおもしろくなかった」

レイチェルは黙ってコナーを見つめてから、しかつめらしい顔で言った。「それはおもしろくなかったでしょうね」咳払いをして、そっけなく付け加える。「まあ、あなたも若かったには違いないけれど。不義を働いた女性は、あなたよりずっと年上だったんでしょう。間違いなく、分別をわきまえている年よ。あなたに道を踏みはずさせたのは、彼女のほうかもしれないわ」

「やさしいことを言ってくれて感謝するよ、レイチェル」コナーがゆっくりと言った。グラスの縁越しに、けだるげで楽しそうな視線が投げかけられる。「実際は、当時彼女は今のきみと変わらない年だった。二十五歳かな。わたしは十八の未成年だったかもしれないが、自分が何をしているか、はっきり承知していたよ。わたしには十五のときから愛人がいたんだ」コナーはふたたびウィスキーをあおった。

レイチェルはコナーを見つめ、唇を湿らせた。「ああ、そうなの……」それしか言葉が浮かんでこなかった。だが、そのあとすぐに、あることに思い至った。「わたしと婚約していたあいだも、愛人がいたの?」冷ややかに尋ねた。

コナーがグラスを置いて振り返った。「それを知っていたらどうした、レイチェル? わたしを捨てたか?」

そんないやみを言われて、レイチェルの顔にかっと血がのぼった。「やっと知ることができてうれしいわ。これで、わたしもそれほど……」

「後ろめたさを感じない、か?」レイチェルが言いよどんだ言葉の先を、コナーが静かに引き取った。「それなら、後ろめたさをたっぷり味わってもらおう。あの当時のわたしには、きみしかいなかった」

レイチェルは羽根ペンをいじるのをやめて、戸口へ向かった。「もう失礼する時間だわ。ポールとルシンダも帰りたいでしょう。ルシンダはきっと疲れて――」

「ウィンドラッシュと引き換えに、わたしがきみに何を要求するか、なぜきかない?」

レイチェルは黙ったまま、ただじっと壁の絵に目を据えた。痩《や》せた犬は飛びかかってきそうなほど、本物そっくりに見えた。

「何よりもあの屋敷がほしいんだろう、レイチェル?」

レイチェルはほんのわずかにうなずいた。

「わたしが望んでいるのは公正な取り引き――それだけだ。かつて何よりも手に入れたかったものがほしい。きみと結婚するはずだった夜、わたしが何をしたかわかるか?」

レイチェルにはあなたが何をしようがかまわないと一笑に付すことはできなかった。コナーにとらわれたまま目もそらせなければ、声も出せない気がした。レイチェルはゆっくりと首を振った。

コナーがきれいな歯並びを見せて、残忍な笑みを浮かべた。「わたしにもわからないんだ。どこへ行ったのか、どうしてあんなに酔っ払ったのか、いっこうに見当もつかない。翌日ジェイソンが、クラパムコモンで正体をなくしたわたしを見つけたときは、わたしは自殺するつもりだと思ったそうだ。もうひと晩、あそこで飲んだくれていたら、おそらく死んでいただろう。屋敷へ連れ戻されてから二日は昏睡《こんすい》状態で、熱が引くのにまた一週間かかった。意識がはっきりして最初に思い浮かんだのは、きわめて無慈悲な考えだった。わたしを放っておいてくれなかったジェイソンを殺したいと思ったんだ。この六年、わたしはきみとの初夜をときどき想像したよ。初めは強迫観念だったよ……闇《やみ》に葬られた忌まわしい時間を取り戻したいという思いが、頭にこびりついて離れなかった。わたしにはその情熱と歓《よろこ》びを享受する権利があったわけだからね。そのうち、そんな思いがやわらいで、今度はきみに対する好奇心につきまとわれた。失ったものに対する好奇心だ。そして、好奇心はけっして消えなかった。いつも胸にわだかまって、ひりひりとうずく傷になった。だから、わたしの初夜を返してもらいたい、レイチェル。きみにはその義務がある」

いつの間にか、コナーが間近に迫っていた。レイチェルは伸びてきた彼の手を払いのけた。しかし、払いのけても払いのけても、手はしつこく伸びてきた。とうとうレイチェルは動きを止めて、なめらかな腕をそっと撫でまわされるがままになった。

身の毛もよだつ乱暴な提案だった。ショックで気絶するはずだった。それなのにレイチェルは気絶しなかった。衝撃も驚きも感じなかった。頭の片隅では、あの暑い午後、林檎《りんご》の香りが満ちた空気のなかで緊張の再会を果たして以来、コナーがこういう究極の復讐《ふくしゅう》を遂げるつもりなのはわかっていた。

「初夜というのは、ご存じのとおり、結婚してから迎えるものよ」レイチェルは冷静に論理を説いた。

「結婚式は挙げなかった。テラスで言ったとおり、あなたはわたしの夫ではないわ」

「半日もあれば、似たようなものになれるさ。きみの初夜をわたしにくれないか、レイチェル。そして、互いに自由になろう。きみを手に入れたいという思いから始まったのだから、けりもそれでつける。ほかになんの得はないにしろ、きみは相続財産を取り戻せる。それに、このことを知れば、父上もわたしを撃ち殺したいと思うよ。その確信も得られる」

「どうしてもそうしないとだめなの？ さもないと、ウィンドラッシュを売り飛ばすというの？」レイチェルの弱々しい声が尋ねた。

「わたしはハートフォードシャーに屋敷などほしくない。アイルランドへ帰るのだからね。きみとの初夜をわたしにくれれば、権利書はきみにくれてやる。きみが考えているより早く、屋敷はきみのものになるよ。承諾してくれれば——それも完全に快く合意してくれれば、ウィンドラッシュはきみのものだ。父上のものではなく」

「わたしにそんなことができると思う？ 屋敷を自分のものにしておけると思う？ 権利書を持ち帰って、それを手に入れるために、進んで身を売ったのだと家族に自慢できると思う？ わたしがそんなことをすると考えているの？」

「それなら、土地の所有権は父上に返せばいい。わたしにだまされたと、父上に言えばいい。きみのいいように、対処すればいい。いずれにしろ、父上はわたしを憎むさ。それが望みだったんだろう？ 父上に、わたしの死を願わせることが」

「そうよ」レイチェルは低くかすれた声で言った。「それに、父はとっくにあなたの死を願っているはずだわ」まだ腕をさすっていた手を、容赦なくはたき落とした。「酔っ払いの家を奪って、さぞかしご満足でしょうね。そんな高額のものを賭《か》けたときは、少なくともそれを取り戻す機会を与えるのが、紳士というものじゃないの？」

「機会は与えた」

「父はあなたに二度も負けたと言うの？」

「いや。カードがふたたび配られる前に、父上は酔いつぶれていた。立ち上がることも、まともにものを見ることもできなかったんだよ、レイチェル。スペードとダイヤを区別することは言うまでもなく」

「お仲間のなかから、いかさま師を見分けることもできなかったでしょう？　酔っていなくても、父にはそんなことは不可能だわ」レイチェルは憎しみもあらわにあざけった。

　コナーが笑いながら、無造作に肩をすくめた。

「心配ないさ。今に見分けられる。もくろみをだいなしにされたんでは、父上もご不満だろうからね」

「もくろみ？」

「父上は酔っていたかもしれないが、危険を冒して二度目の賭に出るほどではなかった。父上はベンジャミン・ハーリーにウィンドラッシュを取られたくなかったので、わたしが屋敷を手に入れるように仕向けたんだ。わたしが席に着くまで、父上は屋敷を賭けていなかったし、わたしが手に入れたあとは、取り戻そうとしなかった。だから、父上の意思を汲《く》んで、わたしはきみの相続権を正々堂々と自分のものにした。だが、きみをわたしのものにするには、さっき説明した方法しかない。そのためなら、我々のよりを戻すという父上の計画に、調子を合わせもする」

　レイチェルは顔から血の気が引くのを感じた。

「いったいなんの話？」ぞっとして尋ねる。

「昔の恋の話だよ。わたしがまだきみに夢中だというばかげた望みをつないで、父上が熱心に細工をしている恋の話だ。父上はわたしのことを、六年前と同じ正直でばかな男だとお思いらしい。わたしにたっぷり借金をして、娘を差しだせば、わたしがきみと結婚してメレディス家に幸せな結末をもたらしてくれるかもしれないと思っているんだ。そんなことはあり得ないのに」

「そうね、遅すぎるわ。あまりに遅すぎる」

「同意してもらえてうれしいよ」

「わたしも」レイチェルは甘い声でささやいて、ふたたびコナーに近づいた。「メレディス家は間違いなく幸せな結末を迎えていたわ。あなたが十八のときに、愚かなお祖父さまに、引き金を引く勇気があったら」

振り上げたレイチェルの手が、コナーの浅黒い頬にぱしっという音をたてて当たった。「でも、これでかなり満足したわ」レイチェルはそう吐き捨てると、胸を張って出口のほうに向かった。

そのとたん腕がレイチェルの腰に巻きついてバランスを失い、彼女はコナーの胸に引き戻された。逃げようとしてもがいたが、両手でくるりと後ろを振り向かされた。彼の指がしっかりとレイチェルの頭をとらえ、髪に編み込んだ真珠が、霰《あられ》のようにぱらぱらと床に散らばった。コナーはゆっくりと慎重に唇を重ねた。頑強に引き結んだ唇も容赦なく攻撃され、いつしかレイチェルは欲求不満ではちきれそうになりながら哀れっぽい声をもらしていた。とうとう甘い責苦に負けて、しつこく攻めたてる舌の侵入を許したとき、コナーの唇が離れた。

「これでは満足したと言えないね」レイチェルの震える口もとに向かって、コナーがささやいた。「条件を話し合いたければ、週の半ばまでに知らせてくれ。知らせがなければ、屋敷は七月の初めに競売にかける」

レイチェルはきらめく大きな瞳で、コナーの目を見上げ、長いまつげの下に同情の色が潜んでいないかどうか探った。しかし、そこにはダイヤモンドのように冷たい光があるだけだった。

「これで終わり？　これで充分なの？　下劣で低俗きわまりない方法で、わたしを侮辱するんでしょう？　手に入れたいものを、また見つけだす気にならない？」

「きみを侮辱するつもりはない。約束を破るつもりもない。手に入れたいのは平和だけだ。言っただろう。欲望から始まったのだから、けりもそれでつける」

「それでも、わたしを侮辱することにはならないというの？」

「ああ」

今度は、コナーも頬に手形をつけられる前に、レイチェルの手首をつかんだ。

レイチェルはその手を振りほどいて、二歩あとずさりをした。そして屋敷へ連れ帰ってくれる友人のもとへ向かって、何も言わず厳かな態度で戸口に進んだ。


「馬に乗った人が来るわ」シルヴィーが母親に顔を向けて叫んだ。

グロリア・メレディスは居間の窓に歩み寄り、末娘のかたわらに立つと、目を細めて、遠くを見つめる。黒っぽいぼんやりした影が、屋敷にずんずん近づいていた。「眼鏡を買わないといけないわね。昔みたいにものがよく見えなくて……」

「ウィリアムよ」シルヴィーは笑って、姉のほうを振り返った。ジューンは脚を折り曲げてソファに座り、膝に縫い物をのせていた。

その夢見るような表情から、今まで彼女の心を占めていたのは、親密な人物らしかった。その相手が近くに来たと知って、ジューンは立ち上がった。

「ウィリアムが？　ここに？　確かなの？」

「こっちへ来て、見てごらんなさいよ」シルヴィーはおろおろする姉をにらみつけた。シルヴィーの考えでは、ジューンは恋愛には向いていなかった。ほとんど一日中、頭のいかれた間抜けみたいにあたりをうろうろしているのだから。つい昨日もシルヴィーは、ジューンが椅子の肘掛けに刺しっぱなしにしていた針の上に座ってしまった。妹の腿についた小さな刺し傷を見て、ジューンはひどく取り乱し、泣きじゃくった。シルヴィーはどうしようもなくなって最後には、痛みはあまり感じなかったと姉にやさしく言って聞かせなければならなかった。

ジューンが窓辺に飛んできて、外に目を凝らした。そして、歓喜の笑みを閃《ひらめ》かせ、上品な薄地のスカートをひるがえして部屋から姿を消した。

ジューンは廊下に出たところで、父親と握手をしている婚約者を見つけた。ウィリアムのほうも将来の義父の手を上下に大きく振りながら、すぐに魅力的な許嫁《いいなずけ》の姿に気づいた。エドガー・メレディスは若いカップルに微笑《ほほえ》みかけ、断りを言ってからゆっくりと書斎へ去った。

「お式の前に、あなたがハートフォードシャーに来るなんて思ってもいなかったわ」ジューンは小声で言った。

ウィリアムはさりげないようすをどうにか装って、肩をすくめた。「ロンドンは少し退屈でね。フィリップ・モンキュアとバリー・フォスターが、ほかの仲間を連れて、ブライトンへ行ってしまったんだ。いっしょに来いと言われたけれど、あんまり気が進まなくて。式までの数週間、両親にべったりくっついているのも、あんまり気が進まなかった。父はひとりで勝手にやっているしね……」そう言ったあとで、意味深長に顔をしかめる。「それで、田舎の空気を少し吸ってくるのがいいと思ったんだ。いろいろと刺激的なことが始まる前に、健康のために体を動かすのがいいとね。ここ何日か、〈キングズ・アームズ〉に泊まっているんだよ。風情のある宿でね。

うまい食事とエールを出す。今日は、ちょっとここに寄って、きみたちがどうしているか見てこようと思ったんだ」

形式張った挨拶《あいさつ》など、これ以上聞いていられなかった。ジューンは小さくため息をついて、婚約者の胸に身を投げた。ウィリアムがしっかりと彼女を抱きしめ、かすれた声でささやいた。「きみに会わずに、あと一日も耐えられそうになかった。三週間はもちろんのこと」

ジューンは満ち足りた気分で体を離し、ウィリアムの腕を取って、居間へ向かって歩きはじめた。

「でも、我慢しなければだめよ」ふざけて言う。

「それに、ロンドンを離れたことを、きっととても残念に思うわ。お友だちのひとりがね、あなたがここへ来るのと入れ違いに、ロンドンへ行ったの。レイチェルが少し前にビューリー・ガーデンズへ戻ったのよ。あなたがいなくてがっかりするでしょうね。もしかしたら、気づかないうちに、どこかですれ違っていたかもしれないわ」

間もなく、ふたりは居間の椅子に腰を落ち着けた。あたたかな日差しが、幸福の絶頂にいるふたりの顔に降りそそいでいた。シルヴィーはポニーに乗りに出ていったので、メレディス夫人だけが恋人たちの邪魔者役を引き受けることになった。

「お茶のお代わりはいかが、ウィリアム？」グロリアは優美なポットを持ち上げて尋ねた。

「ええ、いただきます。メレディス夫人」

グロリアはカップにお茶を注《つ》ぎながら、結婚間近のカップルをちらちらうかがった。若者は娘のかわいらしい顔から、なかなか目を離せないようすだった。これで、娘がひとり片づいた。グロリアは胸のなかで力強く宣言した。そのあとレイチェルを気づかう思いがふたたびよみがえった。

ともかく、娘には帰ってきてほしかった。失ったものを追い求めても、ろくなことはない。長女がソーンダーズ夫妻との友情ではなく、相続財産を目当てに出かけたのは知っていた。それは夫も知っている。話したわけではない。事実、帰宅した夫から、はなはだ身勝手な行動を聞かされた日以来、ふたりはほとんど話していなかった。家計のやりくりや結婚式の準備など、ごくたいせつな用事があるときだけ顔を合わせて、二言三言、冷ややかに言葉を交わす。思わずため息が出たが、恋人たちには気づかれなかった。グロリアは昼食の支度を見てくるとつぶやいて、部屋をあとにした。

ウィリアムは華奢《きやしや》な陶器のカップからお茶を飲んだ。大きな手でつかんだカップは壊れそうに見えた。眉間《みけん》に皺《しわ》を寄せて尋ねる。「戻ってきたばかりだというのに、レイチェルはどうしてまたロンドンへ行ったんだい?」

ジューンは立ち聞きしている人がいないか、用心深く戸口に目をやった。「ウィンドラッシュのことで。お父さまが賭に負けて、ディヴェイン卿にこの家を取られたのよ」ひそひそ声でささやく。「レイチェルはかんかんだったわ。あんなに怒ったのを見たのは、めったにないほどよ。お父さまと、ものすごい喧嘩をしてね。わたしたちにどうしてもここでお式を挙げさせるんだと言って、ディヴェイン卿と対決するために出ていってしまったの。わたしたちはロンドンでお式を挙げてもかまわないと言ったのに」

ウィリアムの眉間の皺が深まった。「できればここで式を挙げたいと、ディヴェインには言ったんだ。このまま準備を続けさせてもらっても、迷惑はかからないだろう。彼には必要のない家なんだから」

「どういうこと?」ジューンは驚いて尋ねた。「それじゃあ、レイチェルは無駄足を踏んだの? あなたがもうディヴェイン卿に話を持ちかけていたなんて」

「彼が話を持ちかけてきたんだ。ぼくと……きみの父上に。賭の翌日、父上の頭がはっきりして、言っていることが理解できるくらいになると、ぼくたちはすぐ三人で会った。どうして父上はそのことをきみたちに知らせなかったんだろう？」

ジューンは呆然《ぼうぜん》として、金髪の頭を横に振った。

「わからないわ。そんなこと、忘れるはずがないのに。お酒のせいで、記憶があやふやになっていたのかもしれないわ」

ウィリアムの好奇心に満ちた表情が暗くなった。

「何か怪しげなことが行われていないといいけれどな。どうもおかしい。ひと財産賭けてもいいが、デイヴェインはまだレイチェルに夢中に違いないんだ」

「わたしもそう思うわ」ジューンは相づちを打った。

「それなのに、なぜこんなに意地悪く、うちのことをめちゃめちゃにしたのかしら？」

「これから結婚生活を始めるというときに、こういううさんくさいことにはかかわりたくないよ」ウィリアムがため息をついた。「陰でこそこそして、ろくなことはないんだ。知っていることを教えなかったり、秘密をこしらえたり。そういうことは我慢ならない」

その激しい口調に驚いて、ジューンは大きなはしばみ色の瞳で、ウィリアムをじっと見つめた。あまり長いあいだ見つめていたので、ウィリアムが立ち上がってジューンに近づき、椅子のそばにかがんで尋ねた。「どうしたんだい？」

「わたしたちは、お互いに秘密を持ちたくないわ。あなたにお話ししなければならないことがあるの……イザベルのことよ……」

12

使用人だとすぐに思いだしたが、その後ろに隠れた小柄な娘は初めて見る顔だった。恥ずかしがり屋の連れをもっとよく見ようと、ノリーンはこっそり首を伸ばした。そのとき、でこぼこの旅行鞄《かばん》をひとつ屋根にくくりつけた紋章入りの馬車が、縁石に止まっているのに気づいた。御者には見覚えがあった。ロンドンに着いた最初の夜、ディヴェイン卿《きょう》に付き添われてレイチェルお嬢さまが帰宅したとき、馬車を駆ってきた男だ。あれは伯爵家の馬車で、この少年は伯爵家の使用人に違いない。その使用人が、なぜ荷物を持って、ここへやってきたのだろう。

予感はあった。実を言うと、ここ何週間というもの、ノリーンはあれやこれやの疑問にずっと頭を悩ませていた。ロンドンへ着いてすぐ、レイチェルお嬢さまが少佐に会うと言いだしてから、何か大きなことが起こりつつあるのはわかっていた。その次の朝、おとぎ話から抜けだしたりりしい王子さながら

「まったく、また来たんだね。今度はいったいなんの用だい?」

「この前と同じだよ」すぐに答えを返したものの、今日のサム・スミスはからきし自信がなかった。実際、にやにやすることもなく、錆《さび》色の眉の下から鋭い視線を浴びせられて、少し顔を引きつらせた。

ノリーン・ショーネシーは糊《のり》のきいた上っ張りの胸もとで腕を組み、磨いたばかりの石段にぬっと立ちはだかった。二足のすり切れたブーツをじろじろ眺めた。若いふたりを逃がさないと言わんばかりに目は大きく見開かれていた。

厚かましい少年のほうはこの前手紙を届けに来た

に、少佐がふたたび屋敷に現れた。お嬢さまがお相手を夢中にさせようと躍起になっている娘っ子みたいにふるまっているのを見たときは、夢が現実になったと思った。ウィンドラッシュが戻ってきて、すべてあるべきところにおさまると。しかし玄関の扉が蝶番《ちょうつがい》からはずれるほどの勢いで閉まったあと、真っ青な顔をしたお嬢さまに呼ばれて、いちばん上等のカップと時計のかけらを片づけるように命じられ、ノリーンの夢は消えてしまった。

けれども、少佐がお嬢さまを見るときの目つきは知っている。あのときお嬢さまが顎をつんと上げて、少佐を見返すときの目つきにも気づいた。お嬢さまの瞳には、もどかしさが浮かんでいた。まるで奇跡を起こすものが手の届く場所にあるのに、ふいに噛《か》みつかれるのが怖くて、手を伸ばせないでいるかのように見えた。

今や少佐は英雄であり、そのうえ貴族でもある。しかし、その前に男だった。それも影響力のある男だ。もっと器の小さい人間なら、祭壇に上がったも同然のところで自分に大恥をかかせて捨てた女に、自分の影響力を思い知らせる権利があると感じただろう。六年前、フリント少佐が苦痛と怒りを感じて当然だったことを否定する者はいないはずだ。もし、少佐が仕返しにうってつけの時機を待っていたとしたら、今ほど最適なときはない。ウィンドラッシュが少佐のものになっても、レイチェルお嬢さまはジューンさまの結婚式を計画どおりに進めるつもりでいる。少佐が優位な立場にあるのは間違いない。

しかし、少佐は親切で立派な人だ。この点に関して、ノリーンはだんなさまと意見が同じだった。ふたりとも、少佐は誠実な性格だと変わらずに信じていた。少佐なら、一度は愛した女性を破滅に追い込んだりしない。絶対に。ノリーンは自分の命を賭《か》けても、そう言いきることができた。

「おれたちが来ることは、あんたのご主人さまが承知してる。おれたちはこのお屋敷に雇われたんだ。ディヴェイン卿がそうおっしゃった」サム・スミスが堂々と言った。その声で、眉間《みけん》に皺《しわ》を寄せて物思いにふけっていたノリーンは我に返った。

サムが背中に張りついていた少女を、そっと前へ引っぱりだした。「おれはサム・スミス。紹介するよ、こいつは妹のアニーだ。ノリーン――」

「なれなれしく呼ぶんじゃないよ！ それに、なんだってあたしの名前を知ってるんだい？」ノリーンはどなりつけた。

「あんたのご主人さまがそう言ってたんだよ、ノリーン」ノリーンのアイルランド訛《なまり》を真似《まね》た、母音を伸ばしたしゃべり方だった。「この前、伯爵さまの手紙を持ってここへきたとき、ミス・メレディスがあんたをそう呼んでた」

あの日、からかわれたことを思いだして、ノリーンはふたたび顔を赤らめた。「あんたにはミス・ショーネシーと呼んでもらいたいね。なんなら、お嬢さまでもいいよ。なんだい、生意気に！ まだほんの子どものくせに」

数日前、レイチェルお嬢さまから新しい使用人を雇ったと聞かされたとき、ノリーンはあまりほっとした顔も、むっとした顔も見せないようにした。しかし、このところあまりにやることが多かったので、胸のうちには安堵《あんど》が広がっていた。メレディス家の人たちが留守のあいだ屋敷を管理しているグリムショーという老夫婦は、かえって足手まといになるばかりだったのだ。夫のバーナードはひどい関節炎を患っていて動くのもやっとだったし、妻のヴェラはまったく耳が聞こえないうえに太りすぎていて、かまどから出したばかりのものをつまみ食いするとき以外は、一日中だらだらしていた。おかげで、ノリーンは朝から晩まで働きどおしだった。ひとりでこなした仕事は何人分にもなるだろう。

しかし、こんな生意気な若造と、ビューリー・ガーデンズのお屋敷でいっしょに働く日が来ようとは思ってもいなかった。少年は体も大きく、充分使い物になりそうだったが、兄の後ろに隠れた妹は、暖炉に石炭をくべたり石段を磨いたりする仕事になると、太ったヴェラほども役に立たないように見える。いつの間にか、ノリーンはまたもや首を伸ばして、ボンネットのつばの陰になった少女の顔をのぞこうとしていた。ひ弱で疲れやすくても、内気で引っ込み思案でも関係ない。ここに働きに来たからには、働いてもらうまでだ。

サムは妹に向けられた詮索《せんさく》のまなざしに気づいて、薄笑いを浮かべた。アニーは女性に好かれたためしがない。哀れな爪はじき者は、何かを言う必要も、何かをする必要もなかった。容姿だけで嫌われてしまうのだ。

「ミス・ショーネシーにご挨拶《あいさつ》しろよ、アニー」サムはノリーンの好奇心を満足させてやるために、ぶっきらぼうに命じた。

妹は命令に従って、完璧《かんぺき》な卵形をした顔を上げた。

ノリーンはしばらく憂い顔の少女に魅せられて呆《ぼう》然《ぜん》としていた。それから、まがうかたなき美少女に、警戒のまなざしを投げかけた。

少女は染みひとつない白い肌をしていた。ボンネットからはみでたつやのある巻き毛は、濃いシェリー酒のように輝いている。黒いまつげの下の目は大きく、同じ柔らかな黒だった。確かにサムの髪も栗《くり》色だが、兄妹《きょうだい》にはほかになんの共通点もなかった。サムの目はグレーで、顔にはかすかにそばかすが散っている。それなのに、なぜサムのそばかすはすてきに見えて、この自分のそばかすは醜いのだろう。

「あんたの妹？　本当に？」ノリーンは鋭い口調で尋ねた。

サムはいやみな問いかけにため息をついて、反射的にアニーを守るように肩を抱いた。そして今朝、伯爵さまの指示で、ジョーゼフ・ウォルシュが書いてくれた紹介状を差しだした。「こいつはおれの妹だ」つっけんどんに言う。「おれたちが来たって、お嬢さまに伝えてくれよ」

ノリーンはむっつりと横を向き、言われたとおりにした。

意外にも、レイチェルは敵に押しつけられた兄妹に、苦もなくやさしく親切に接することができた。内心、ふたりをどなりつけるのではないかと恐れていた。けれども、居間で兄妹を目の前にすると、いらだちよりも好奇心が強まった。そして少女を観察したときには、恥ずかしさに襲われた。このおずおずして気の弱そうな子どもが、誰かの愛人かもしれないと考えるのは、まったくばかげている。ましてや、都会的なディヴェイン伯爵を誘惑することなどできそうになかった。

アニーという娘は、確かにたいへん美しかったが、非常に内気だった。彼女にとって、兄だけが心のよりどころであり、全世界なのだろう。ノリーンに案内されて部屋に入ってくるあいだ、アニーは小さな手で兄の服の袖《そで》をしっかりと握りしめていた。今も、兄より少し後ろに立ち、黒っぽい服地をお守りのようにつかんで放さない。心の安らぎを求めて、兄の顔をじっと見つめる悲しそうな目が、ときおりレイチェルに向けられた。だが、互いの視線が合うたびに、拳骨《げんこつ》か激しい言葉を浴びせられたかのように、アニーは縮み上がった。そのとき、また目が合ったので、レイチェルは歓迎の笑みを浮かべた。アニーはとまどった顔をして、さらに兄の背後にまわって身を縮めた。

「妹さんは、とても、その……びくびくしているみたいね。わたしが怖いのかしら？」

「妹はご婦人連中が怖いんです」

「なぜ？」レイチェルは驚いて尋ねた。

サムは不安になった。皮肉な批評は胸にしまっておくべきだったのだ。だが、もう遅すぎたので、無愛想に説明した。「なぜって、殿方が妹の見てくれを気に入るからです。それが、ご婦人がたには気に入らない」

レイチェルは、しばらく黙って少年を見つめた。それから、きれいな白い顔をした少女に視線を移す。ひょっとしたら、少し考えが甘かったのかもしれない。こんな子どもを脅威と見なす女はいないと思ったが、サムの冷笑的な態度は多くを語っていた。彼は経験でものを言っているのだ。「つまり、妹さんは望んでもいないのに、男性の目を引いてしまうことがあるのね？　それで、その人たちの奥さんや恋人が怒るの？　アニーのせいだと言って？」少年が正直に打ち明けてしまったことを悔やんでいるのに気づいて、レイチェルはやさしく尋ねた。

サムは唇をゆがめて、おそまつな笑顔をこしらえた。腕に食い込んでいる血の気のない指先を、片手で励ますようにさする。「ええ、そうです」今度は慎重に短く認めるだけにして、目の前の女性にまっすぐな視線を向けた。もしかしたら、相手の胸のなかで、すぐに疑念が燃え上がるかもしれない。彼は夢を壊したディヴェイン卿を恨んでいたが、ここは公正な態度をとらなければならなかった。伯爵さまがいなければ、妹は今ごろ卑劣なアーサー・グッドウィンに囲われていただろう。そのあとどうなっていたかは考えたくもなかった。

それも、すべて自分のせいだった。実の兄が妹を好色な豚の餌食《えじき》にする危険にさらしたのだ。あの日、馬車をぶつけられてついかっとし、愚かにも自分に注意を引きつけてしまった。あんなばかをしでかさなければ、兄妹ともども、アーサー・グッドウィンに悩まされることはなかったかもしれないのだ。だから、真実を話そう。伯爵さまのことを、伯爵さまが愛する女性にきちんと伝えなければならない。そして、伯爵さまのことや、猟犬のことや、アイルランドでの新しい生活のことを、二度と考えるのはやめよう。「ディヴェイン卿は親切で、おれたちによくしてくれました。アニーは伯爵さまのことが好きです。おれも好きです。できれば、伯爵さまのところに残りたかったんです」

サムも妹もビューリー・ガーデンズよりバークレー・スクエアのほうが好きだという遠慮のない告白を聞いても、レイチェルは腹が立たなかった。事実、ふたりはディヴェイン卿にずっと雇われていたほうがいいと思うくらいだった。この子たちが仕えていた放蕩者《ほうとう》を困らせるためではない。良心をさいなんでいるのは、ディヴェイン卿に見放されたときにふたりがなくした将来への希望を、自分ではけっしてかなえてやれないという思いだった。

自分の運命がどうなるかもわからないのに、ふたりの前途を保証することなどとうていできない。ディヴェイン伯爵が言っていたことを、サムは言外に裏付けてもいた。ディヴェイン卿はアニー・スミスの貞操を奪っていない。彼はアニーと兄を守ったのだ。サムの言葉の端々から、変質的な趣味を持つ男たちにアニーがしつこくつきまとわれていたことがうかがわれた。ことこの兄妹に関しては、コナーは度量が広く高潔なふるまいをしたようだった。そうわかって、レイチェルは怒りを覚え、心を掻《か》き乱された。今、自分が受けている扱いとは、なんという違いだろう。しかし、以前はレイチェルも、誰に対しても立派な態度で接するコナーしか知らなかった。昔は間違いなく、礼儀正しい親切な少佐だった——つい先日、コナーは静かな皮肉っぽい口調で、あざけるようにそう言った。かつての彼のやさしさを、彼女がコナーに後悔させたのだ。

一度は愛した人なのに……。

婚約したばかりのころ、コナーを見るだけで、レイチェルの膝は震え、胸は高鳴った。

しかし、何カ月かたって、自分と過ごしてくれる時間より、父親と過ごす時間のほうが多くなると、コナーのことをつまらなくて退屈だと思うようになった。一方、コナーのことをりりしくて魅力的な男だと考えた父親は、将来の息子を独り占めにして連れまわし、仲間たちに自慢した。レイチェルは父親と出かけてばかりいるコナーをだんだん恨めしく思うようになり、コナーは意気地がなくて、おとなしすぎるのではないかと怪しむようにもなった。

コナーがあまりに多くの時間を、父親ひとりに分け与えることに憤慨して、彼を怒らせてもみた。しかしレイチェルが何をしても、コナーはけっして怒らなかった。ほかの男性とわざとふざけてみせても、彼は涼しい顔で許してくれた。馬車でハイドパークを回ったり、共通の友人に会ったりという約束をすっぽかしても、寛容な笑みをかすかに浮かべるだけだった。レイチェルはもっと強引な恋人がほしかった。それなのに、いつになっても、慎み深いつかの間のキスと、敬意を払ったわずかな愛撫《あいぶ》しかもらえなかった。ハンサムな仮面をかぶった、力も情熱もない男など願い下げだった。からかったり悩ませたりしたのは、彼の嫉妬《しっと》の炎や、鬱積《うっせき》した欲望のしるしを見たかったからだ。そういったものがあるのは確実だった。レイチェルは何度もコナーの胸のうちに棲《す》んでいるに違いない虎《とら》を目覚めさせようと努力した。コナーは、イベリア半島で敵陣の背後に突撃をしかけた勇敢な行為によって勲章を受けたという評判の将校だった。しかし、そんな武勇伝も、コナー本人を知るにつれて忘れ去られた。その控えめな態度には、いつもいらいらさせられた。レイチェルの欲求不満が限界まで達したとき、コナーは財産目当ての求婚者だったのだという結論を下した。未来の花嫁よりも、父親と、父親の屋敷に興味を持っているのだ。しかるべき時が来たら、レイチェルのものになり、ひいては夫のものになる屋敷に。なんという皮肉だろう。今、その屋敷を手に入れたコナーは、レイチェルが誇りにし、たいせつにしてきた屋敷を売らないで所有しておく価値もないものと考えている。もっと大きな屋敷を相続したコナーには、無用の代物なのだ。

そのうえ、レイチェルが寛容で丁重な扱いを求めているときに、コナーは獰猛《どうもう》に襲いかかってきた。今は、激しい欲望か冷たい軽蔑《けいべつ》しか見せてくれない。しかし、やさしく思いやりのある男性はまだ生きている。コナーのそういう面が、この子たちの幸せを育《はぐく》んだのだ。レイチェルは知らないうちに深いため息をついていた。自分のものになるかもしれなかった男性が恋しかった。コナーの性格の美点から、偶像を作り上げさえすればいい。そうすれば、わたしはいとも簡単に、あの人でなしともう一度熱狂的な恋に落ちるだろう……。

そんな考えを受け入れている自分に対する驚きが、恐怖に取って代わった。それが顔に出たに違いない。気がつくと、サムとおどおどした妹がこちらを見つめていた。レイチェルはあわてて表情をやわらげた。

「あなたは馬の世話をしていたのね、サム？」ジョーゼフ・ウォルシュの蜘蛛《くも》の糸のような字が連なる文章に目を走らせて、彼女はとっさに尋ねた。苦悩に満ちた心の片隅では、すでに雇うと承諾したふたりに、こんなばかばかしく長い推薦状を持たせる必要があったのかといぶかっていた。しかし、コナーは世間のしきたりに固執したらしい。すぐにアイルランドへ発《た》つので醜聞を流されてもかまわないとコナーがうそぶくのを聞いたにもかかわらず、レイチェルは不思議に思っていた。いったい彼が守ろうとしているのは、わたしの評判なのだろうか、あるいは彼自身の評判なのだろうか？

「ええ、そうです。だけど、おれ、馬屋でも調理場でも働きます。ジョーゼフ・ウォルシュに……」推薦状のほうに頭を振る。「給仕の仕方も教わりました」

「アニーはどう？」レイチェルは少女に目をやった。今度は、アニーは濃いまつげの下から視線を受けとめた。「ここに書いてあるわ。皿洗いの仕事はきちんとできるって。それに、お裁縫もしていたのね」

兄にそっとつつかれて、アニーがささやいた。

「はい」

「それはよかったわ。なんでもできて、まじめに働く人が、このビューリー・ガーデンズには必要なの」新しい雇い主として、レイチェルはふたりを励ました。「ノリーンが調理場へ案内して、ほかの使用人たちに紹介してくれるわ。みんなといっしょに軽く何か食べて、そのあとで寝泊まりする部屋を見せてもらいなさい。一時には仕事を始めてちょうだいね。馬屋と庭の仕事は御者のラルフ・ターナーが、家のなかの仕事はノリーンが割り振るわ」

突然、レイチェルは疲れを感じ、どうしてもひとりで考え事にふけりたくなった。今日は、使用人どうしのいさかいの芽をうまく摘み取れそうになかったので、アイルランド人の小間使いと少年のあいだに、挑戦的な視線が飛び交ったことには気づかないふりをすることに決めた。

レイチェルがひとりで過ごした時間はそう長くはなかった。二時には、ルシンダ・ソーンダーズといっしょに居間に座っていた。ルシンダの訪問は意外ではなかった。実を言うと、もっと早くやってくると思っていたのだ。コナーとともに彼の書斎から出てきたのは、数日前のことだった。あのときふたりのあいだを冷たい氷が阻んでいるようだった。

あんなによそよそしい態度の原因がなんだったのか、友人がしきりに知りたがっているのもわかっていた。たぶん、伯爵の頬についた手の跡も、ルシンダの好奇心を掻きたてたのだろう。

屋敷へ戻る馬車のなかで、妻がレイチェルに仕掛けようとする誘導尋問を、ポール・ソーンダーズがことごとくさえぎった。ルシンダがレイチェルを座席の隅に追いつめて、ふたりだけでひそひそとおしゃべりを始めると、そのたびにルシンダの夫は、すばらしい音楽やおいしい食事に穏やかに話題を戻した。妻が明らかに不満を見せても、ポールはひるまなかった。おかげで、レイチェルはディヴェイン卿とのあさましいやり取りを、友人たちに打ち明けてあきれられることもなく、無事ビューリー・ガーデンズの屋敷に送り届けられた。しかし、ルシンダをこれ以上はぐらかすことはできない。あの夜、コナーがどうしてもレイチェルとふたりきりで話したがった理由を、今日こそは知りたがるはずだ。

ルシンダはすぐに切りだした。「昨日、お邪魔したかったんだけれど、ちょっと息切れがして。きっと、赤ちゃんが居心地のいい場所を探しているんだと思うわ」片手でおなかをさすりながら、安楽椅子に背中を預け、まつげの下から何かたくらんでいるようなまなざしを投げる。「今日は、あなたが昔みたいに好きなだけ噂《うわさ》話をする気分だといいけれど。ねえ、知りたくてたまらないの――」

「お茶を持ってきてくれる、ノリーン？」レイチェルは急いで友人の言葉をさえぎった。小間使いがドアのそばにまだ残っていて、小さなアランがおもちゃをテーブルに並べるのを手伝っていたのだ。

「すぐにお持ちします、お嬢さま」ノリーンが即座に答えた。

小間使いの背後でドアが閉まるか閉まらないうちに、ルシンダが先を続けた。「コナーがあなたを書斎に連れていったとき、最初はプロポーズするのかと思ったの。ポールは、それはどうだろうと言ったわ。しつこく知りたがるのは品がないってわかっているのよ。でも、わたしたちは親友でしょう。彼に結婚を申し込まれたの？　あなた、また断ったの？だから、あなたたちは、あんなに……その……」

「とげとげしかった？」レイチェルは唇をゆがめて、友人の言葉を引き継いだ。コナーから受けたぞっとするほど冷たい仕打ちを、打ち明けるべきだろうか？　打ち明けて、何か問題があるだろうか？　かつて、コナーがレイチェルからぞっとするほど冷たい仕打ちを受けたことは、どこの誰もが知っている。だからコナーが求めたのは、公平な取り引きにすぎない。彼はウィンドラッシュの権利書を目の前にちらつかせて、レイチェルをなぶりものにしたのだ。それなら、こちらも同じことをすればいい……自分がされたようにコナーの残酷さを世間に暴いてやろう……。

「コナーはわたしに提案をしたのよ、ルシンダ。プロポーズではなくね。今はもう、囲われ者になるのがいいだとか楽しいだとか少しも思えないとだけ言っておくわ。あのときは冗談にしてもフィリップ・モンキュアのことをひどく言ってしまった。あの人は充分に立派な紳士なのに。でも、ばかなことを言ったりしたりするのが、わたしの性分らしいわね」

ルシンダがぽかんと開けた口をようやく閉じ、それから尋ねた。「ディヴェイン卿はあなたを愛人にして、囲っておきたいと申し出たの？」

「正確には〝囲っておきたい〟ではないわね」レイチェルは顔をしかめて訂正した。「すぐにアイルランドへ帰ると、はっきり言っていたから。いつまでも関係を長引かせたくはなさそうよ。実際、一夜かぎりの関係みたい」自然に涙がこみ上げて、喉が詰まり、声が出なくなった。あわてて前に身を乗りだして、足のまわりに兵隊を並べていたアランに潤んだ目で微笑《ほほえ》みかけた。そして彼のつやつやした柔らかな髪を撫《な》でてから身を起こした。そこで深く息をつくと、レイチェルはかすれた声で続けた。「ウィンドラッシュの権利書が、わたしに見えるようにしまってあったわ。机の引き出しに入れてあったの。ちょっと手を伸ばせば届くところに。権利書を取って逃げられるかどうか、試してみることはできたでしょうね。コナーもそれを望んでいたに違いないもの。そうすれば、わたしが逃げるのを阻止できるから。コナーにはウィンドラッシュを自分のものにしておこうという気持ちはないの。わたしが彼の要求をのめば、海を渡る前に権利書を返してくれるんですって。さもなければ、売り払うそうよ。どちらにするか、選ぶのはわたし。ご親切なことよね。そう思わない？」

ルシンダが手で口を押さえて、目を皿のように丸くした。彼女はその表情を急にやわらげて、なだめる調子で言った。「あなたをからかうつもりで言っただけよ。ふざけているんだわ」

「いいえ、違う。わたしに罰を与えるつもりなのよ。ウィンドラッシュが人手に渡ると考えただけで、わたしには耐えられないと承知のうえでね。おかしいけれど、それでもコナーが屋敷を所有しているうちは、望みがなくなったわけではないと思えるの。わたしに振られたことが、あれほどこたえていたとは知らなかったわ。もちろん、思いやりがなかったのはわかっていたけれど……」絶望的な笑い声がもれた。「ただ、どれほど傷ついたかは知らなかった。本当に傷ついていたのね。義理の弟のジェイソンが、わたしを憎むのも無理はないわ。あの人のお母さまが、とても丁重に接してくださったことのほうが驚きよ。息子がどんなに落ち込んでいたか、ご存じのはずなのに」軽率にしゃべりすぎてしまったことに気づいて、レイチェルは静かな声でルシンダに頼んだ。「当分、このことは誰にも言わないでほしいの。ジューンが結婚して、ディヴェイン卿がアイルランドへ行ったら、必要ならポールに話していいわ」

「きかなければよかった」ルシンダが嘆いた。「しつこく詮索しなければよかった」急に顔を輝かせて、そっと言う。「ポールに尋ねられたら、ちょっと嘘《うそ》をつくわ」嘘をついても良心は痛まないらしく、彼女はうれしそうに先を続けた。「これで、あなたがコナーの顔を叩《たた》いたわけがわかったわ。結婚の申し込みを断ったくらいで、そんなことをするとは思えなかったの。だって、コナーはとても品のいい紳士に見えたし、とても……」

「礼儀正しい？」レイチェルは皮肉っぽくあとを継いだ。

「それで、どうするの？」

「もちろん、要求をのむわ」

ルシンダがあんぐりと口を開けて、椅子の背にばたんと倒れかかった。「要求をのむですって？」

家名を汚すのではないかという不安に胸は切り裂かれたが、その痛みもすぐに消えた。メレディス家の娘としての憤りが先に立ち、自分の決断に対するわずらわしい罪悪感はすっかり押し流されていた。

「ウィンドラッシュは売らせないわ。侮辱されただけなら、妥当なこととしてあきらめられたかもしれないけれど……。ジューンとウィリアムはあそこで式を挙げられるんですものね。それについては、署名をして封印した使用許可証をもらったの」レイチェルは気を静めるためにひと息ついた。「結婚式が終わってウィンドラッシュが売られたら、両親とシルヴィーといっしょに、このビューリー・ガーデンズでずっと暮らしてもよかったの」居心地のいい応接間を見まわす。午後のそよ風に吹かれて、カーテンが揺れていた。「もちろん、ジューンはリッチモンドにあるウィリアムのお屋敷に移るでしょうし……」そのあとは途切れた。

おせっかいを焼いた父が哀れに思えた。父は娘にばかにされる危険を冒し、男どうしの道義心を信じた。しかし、その相手は、父の信頼を裏切ることなどなんとも思わなかったのだ。ふくれ上がる怒りに、彼女は食いしばった歯のあいだから声を絞りだした。「あの横柄な人でなしは、ずうずうしくもこう言ったのよ。父はわざとウィンドラッシュが自分の手に渡るようにした、と。そうすれば、わたしを彼の前に差しだせると思ったからだそうよ。わたしたちの婚約を復活させたいと願う父の計画の裏をかくつもりだとも言っていたわ。幸せな結末はあり得ないと、あの自分勝手な悪魔は断言したの。まるで、わたしがいまいましい男との結婚を、幸せな結末だと思っているみたいに。ひどすぎるわよ。父のことまで軽蔑して。父はまだあの男のことが好きなのよ。陰で嘲笑《あざわら》われているとは思いもしないで……ああ、いったい、ノリーンとお茶はどこへ行ってしまったのかしら？」レイチェルは涙をこらえて、勢いよく立ちあがった。

ドアを開けると、廊下を遠ざかっていくノリーンがちらりと見えた。その姿は糊のきいた白い木綿の上っ張りの衣《きぬ》ずれの音とともに階下の調理場へ続くくぐり戸のなかへ消えた。レイチェルは眉をひそめて、ため息をついた。頼んだお茶をいれもしないで、どんな用事をしていたのだろう？　今は、飲み物と気をまぎらわすものが、ほしくてたまらなかった。

ノリーンは暖炉の火の上に渡した棚に、重いやかんをがしゃんと置いた。テーブルから一度も目を上げずに、カップと皿、銀のスプーン、砂糖とクリームの壺《つぼ》を、手際よく取りそろえる。口もとをすぼめて震えを抑え、せわしなく目をしばたたいて涙を払った。これは悲しみのせいではない。神の怒りのせいだ。自分にそう言い聞かせるうちに、目の奥が耐えられないほど熱くうずいて、あわてて袖でまぶたをぬぐった。

サム・スミスは白っぽく輝くまで磨いたフォークを下に置いた。べつの一本を取り上げ、顔の前で裏返したり、また表にしたりしながら、銀器越しに監督官のようすをうかがう。ノリーンがこちらの視線に気づいていたとしても、そういうそぶりは見られなかった。彼女は盆にのせたカップと受け皿をぼんやりと並べ直しながら、やかんをにらみつけている。お湯はとっくに沸いているので、すぐにお茶をいれて、持っていけるはずだった。

「ヴェラとバーナードは、ヴェラの姉さんのとこに出かけたよ。そうとう具合が悪いらしいな。でも、夕食の支度をする時間までには戻るってさ。あんたがいないあいだに、応接間と居間の掃除が終わったから、今度は二階をやるように、アニーには言っておいた……」

ノリーンは黙ってうなずいた。苦悩と絶望のなかでは、ほんのわずかしか意味はつかめなかった。

「何が、りりしい王子さまだい！」小声で悪態をつく。怒りが胸のうちでふつふつとたぎっていた。あの男が問題の元凶だ。悪魔の化身だ。そんなことを知ってしまったのも盗み聞きをした報いだった。

湯気を立てているやかんをぐいとつかみ、ぎこちない手つきで傾ける。熱湯がはねかかった拍子に、小さな悲鳴がもれた。

サムが腰掛けから立ち上がって、近づいてきた。

「どうした？　見せてみなよ」

ノリーンはひりひりする手をそっと握るサムの手

を振りほどいた。「かまわないどくれ。もっとひどい火傷《やけど》だってしょっちゅうなんだから」

　サムはもう一度ノリーンの手をつかみ、顔に向かって飛んできたもう片方の手を巧みによけた。せわしなくまばたきするノリーンの目をのぞき込み、引き結んだ震える唇を見つめる。仕事のせいで荒れて、すでに赤くなった親指には新しい腫《は》れはほとんど見えなかった。「本当だな、そんなにひどくない。どっちにしろ、筋金入りのベテラン家政婦が泣くほどじゃない。何かやらかして、お嬢さまに叱《しか》られたのかい？」

　ノリーンは涙でぼやけはじめた目でサムをにらみつけた。「いいや。でも、あんたはそのうち叱られるよ。そんな考えは引っ込めて、その手も引っ込めないとね」

　サムはノリーンの手を放し、テーブルに戻って、腰掛けに座った。スプーンを取ると、力をこめてゆっくりと磨く。「なんだって、そんなにつんけんしてるんだ、ノリーン・ショーネシー？　男にでも振られたか？」

　サムをまじまじと見つめるうちに、ノリーンは笑いの発作に襲われた。赤毛の頭をのけぞらせて、また目をぬぐう。「お偉い男に傷つけられると、女は人生を狂わせるんだよ。あたしは男なんかまっぴらだね。子どもの同情も、まっぴらごめんだ」

「子どもの同情なんかじゃない」サムは静かに言い返した。鈍く光るスプーン越しに、ノリーンを観察する。敵意のある赤い目でにらまれても、サムは視線はそらさなかった。

「なら、ハートフォードシャーであんたの帰りを待ってる恋人はいないんだ。ウィンドラッシュってのは、メレディス家のお屋敷なんだろ？」

「〝お屋敷だった〟んだ……」でも、まだ失われたわけではない。ノリーンはそう自分に言い聞かせて、ひとりうなずいた。サムにじっと見られていたので、彼女はあわてて付け足した。「あそこにはあたしの妹がいるんだ。あの子はただの家族以上の存在さ」きっぱりとした態度で言う。

「名前は？」

「メアリー」そう答えてから、ノリーンは小声でいらだたしげに悪態をついた。

「その子のことで悩んでるのか？」

「なんでそんなことをきくんだい？」

「べつに。おれも妹のことでは、たっぷり悩まされてるから」

「あんたの妹がうちのと同じだなんて思ってるなら、おあいにくさま。あたしの妹は殿方相手の商売なんかしてないよ」

「おれの妹だってしてない」サムが冷たい口調で言った。

「あたしをばかだと思ってるらしいね」ノリーンは嘲笑った。「きれいな若い妹が猛烈に働いてるのに、お払い箱にされるかい？　あの救いようのない悪党は、あんたたちを放《ほう》りだして、お嬢さまに押しつけたんだよ。アニーのすばらしい体の線が崩れて、あの子のおなかをふくらませたのが自分だってことが、お仲間たちにばれないうちにね」

「誤解だ。妹は身ごもってなんかいない。それに、ディヴェイン卿は救いようのない悪党なんかじゃない。いい人だ」

「へえ。それが本当かどうか、今にわかるよ」ノリーンは顔をそむけると、お茶の支度を続けながら言った。「あの子が商売女じゃないなんて、よく言えたもんだよ。恥ずかしい」

「アニーが商売女だったら、そりゃ兄として恥ずかしいさ」サムがぶっきらぼうに言い返した。「妹はいい子だ。おれがいるかぎり、あいつにはまともなものを食わせて、まともな服を着せてやる」

ノリーンは目を上げて、サムを見つめた。「両親はどうしたんだい？」

「死んだ」

「うちも」

「そうだと思った。じゃあ、メアリーとふたりきりなのか？　ほかに親戚《しんせき》は？」

「うちの系図を作るつもりかい？」ノリーンは皮肉をこめて言った。

「いいや。それにあんたのスカートをめくるつもりもないよ。もし、そういうことを考えてるならね」

ノリーンは持ち上げた盆をテーブルにがちゃんと戻した。顔を真っ赤にして、口を開ける。しかし衝撃で頭がぼうっとして、きつく叱りつける言葉は出てこなかった。

「あんたが考えてることはわかるよ。おれがあんたを押し倒すつもりじゃないかと考えてんだろ、ノリーン・ショーネシー？　おれはちょっとぶしつけなとこがあるし、しゃべり方もちょっと下品かもしれないけど、女がほしけりゃ、すぐホワイトチャペルへ行くよ。そうして、おれに見られるたびに、追いつめられた猫みたいに毛を逆立てない娘を買うよ」

ノリーンは動揺しながらも、なんとかカップと受け皿を並べ直し、盆にこぼれたミルクを拭《ふ》き取った。

「それなら、行って、遊んでくれる娘っこを探すといいさ。本物の女にふさわしい男になれるほど、あんたは大人じゃないからね。まだほんの小僧じゃないか」

サムが口もとをゆるめ、声をあげて笑った。「娘っこはごめんだ。娘っこが好きな男には反吐《へど》が出る。あんたより年上の女にするよ。だけど、一週間前にあんたを見てから、なぜかわからないけど、あんたがほしいんだ。おれはあんたにふさわしい男だよ、ノリーン・ショーネシー。あんただって、それはわかってるだろ……」

13

このたびの喜ばしい儀式を執り行うに当たり、適当な候補地についてお心づもりがおありかと思います。日時と場所をお知らせください。事を急《せ》いて、はしたないと思われるでしょうが、お互いの帰郷を早めるためにも、近日中にお決めいただければ幸いです。

コナーは女らしい字できちんと書かれた、皮肉たっぷりの文章をもう一度読んだ。レイチェルは彼を憎んでいて、それを知らしめたいのだ。品よく連ねられた言葉の端々に、彼女の敵意が感じられる。レイチェルは最初にコナーに儀礼的な呼びかけをすることも、最後に頭文字をひとつだけ署名することも拒んでいた。しかし、軽蔑《けいべつ》にも値しない男の要求に、おとなしく従うつもりなのだ。

コナーは先刻ジョーゼフ・ウォルシュが銀の盆にのせて仰々しく運んできた手紙を折りたたんだ。レイチェルが貞操を奪われることを承諾した手紙だ。ばかばかしさに、コナーの喉からかすれた笑い声がもれた。椅子にどさりと背中を預け、疲れた目を閉じる。

「何がおかしいんだい?」

「いや、なんでもないよ」

室内をうろうろと歩きまわっていたジェイソン・ダヴェンポートは、どっしりした暖炉のそばで立ち止まり、頭上にかかったアイリッシュ・ウルフハウンドの絵をにらみつけた。華麗に巻いたクラヴァットのなかに指を二本ねじ込み、汗ばんだ首から荒々しく引きはがす。目を向けた窓の外には、いつまでも熱気のよどむ五月のたそがれが広がっていた。ジェイソンはいらいらしながら、ウィスキーをグラスに注《つ》いだ。「たったの五百ポンドでいいんだ。来月、手当が入ったら返すよ」

「だめだ」

「けちだな。ゆうべ〈ホワイト〉で千五百ポンド稼いだっていうじゃないか。ハーリーがわざわざ教えてくれたよ。メレディスの屋敷を義兄《にい》さんに取られて、やつはまだかっかしてるんだ。知ってるだろう？」

「ああ、知っているよ」コナーはそっけなく答えて、浅黒い両手の指先を合わせてこしらえた三角形の上から義弟を見つめた。

「ハーリーが噂《うわさ》の張本人なのかい？ 義兄さんが使用人の娘と、この屋敷でベッドをともにしていたっていう」ジェイソンがさりげなく尋ねた。

「いや。だが、噂が流れだすと、あの男は嬉々《きき》としてそれをあおっていたね」

「最近、かわいいアニーも、あの子の兄も見かけないけど、ふたりをどこに隠したんだ？」ジェイソンが眉をひそめて、あきれ果てた顔を向ける。「まさかね！ 本当じゃないんだろう、コナー？ あの娘をチープサイドあたりに囲ったんじゃあるまい？まだ、ほんの子どもだぞ。まあ、数年たっても、相変わらず別嬪《べっぴん》なら、ぼくが引き受けてやってもいいかな……」下品に声を落として、片目をつぶる。

コナーは机の端に拳《こぶし》をついて、ゆっくりと立ち上がった。「ジェイソン、頼む。しばらく、わたしの前から消えてくれないか？」

「三百ポンドならどうだい？」ジェイソンが急いで話題を変えた。即座に追い払おうとする義兄の脅しには、耳を貸さないつもりらしい。「一ペニーも持たずに、〈パームハウス〉にどの面さげて行けると思う？ 最初の勝負から借用書を書いていたら、ばかにされる」

コナーは肩をすくめ、顔をそむけて、庭を見つめた。「わたしがおまえの信用を気にかける人間だと、誤解しているようだな」冷たく青い視線が義弟を刺し貫いた。

ジェイソンがウィスキーで喉を湿した。「実は……みごとな銀製のアイスペールが手に入ったんだ。ブリッジで勝って、フランク・コーンウォリスからせしめたんだよ。すばらしい品でね。こういう屋敷には、まさにぴったり合う。二百五十ポンドでどうかな？　お得な買い物だと思うよ」

コナーは義弟に微笑《ほほえ》みかけた。長く黒いまつげで西日をさえぎって考える。なんとしてもジェイソンを追いだすか、それとも、いっしょに出かけて、それぞれに女を見つけ、朝まで飲みあかすか。

彼は椅子にどさりと腰を落とし、ゆっくりと手紙を広げた。読むのは三度目だったが、相変わらず愛想のない文章だった。机の引き出しをぐいと開け、レイチェルの手紙を放《ほう》り込む。引き出しを閉めようとしたとき、日差しを受けて宝石がきらめいた。羊皮紙のあいだに埋もれたサファイアの表面を、コナーは浅黒い親指で撫《な》でた。安全のために宝石屋に預けておいた指輪を、なぜ持ってこさせて確かめる必要があったのか、今ではその理由をまったく思いだせない。ふと見ると、ウィンドラッシュの権利書を束ねた赤いリボンがゆるんでいる。垂れたリボンの端を、慎重に金の輪の部分に通して結び直すと、コナーはにやりとした。しかし、すぐに悪態をついて、引き出しをばたんと閉めた。

両手で頭を支え、つやのある漆黒の髪に指を突っ込んで頭皮を揉《も》んだ。こんなことを始めるとは、今までずっと正気をなくしていたに違いない。ばかだと思われずに、威厳をもって事を終わらせる方法など、まったく思いつかなかった。しかし、そんなことを気にする必要があるだろうか？　レイチェルには、とっくに愚か者と思われている。

もしかしたら、彼女にきいてみるべきなのかもしれない。どうすれば、再会したことも、意味もなく傷つけ合ったことも忘れて、互いの人生を歩みつづけていけるか、と。それにしても皮肉だった。道路で馬車が立ち往生しなければ、レイチェルと会うこともなかったかもしれない。レイチェルがどんなに負けん気で情熱的な女性になったかも知らずに、幸せにアイルランドへ帰っていたかもしれない。いや、そんな言い訳で、自分はだませなかった。逃げ帰る前にふたりが一度は顔を合わせるように、レイチェルの父親が仕組んでいただろう。エドガーは抜け目がなく、娘のこともよく知っている。彼はコナー自身のこともなんでもお見通しだった……気が休まらないほどに。

以前、レイチェルは社交界の華だった。今、その洗練された上品な美しさには、傷つきやすさを隠すためのかたくなで不屈の意志が感じられる。イザベルのことを憂えているのは、レイチェルを愛している人たちの目には明らかだろう。かつてレイチェルをたいせつに思っていた男の心も、昔と同じように揺さぶられそうになった。

レイチェルはもはや人気者ではなかった。挙式の直前になって心変わりをし、コナーを捨てたことで、社交界の怒りを買ったのだ。それなのに、謙虚になることも許しを請うこともできないので、腹を立てた人々にますます冷たくあしらわれる。平然とした顔で世の中に立ち向かっていても、嫌われれば傷つくし……苦悩も深まるだろう。

十九歳のときのレイチェルは、友人たちに囲まれ、招待状をどっさりもらっていた。今は、家族ぐるみの付き合いに甘んじ、レイチェル個人を歓迎してくれるのはソーンダーズ夫妻だけだ。群集のなかで、その姿はひときわ孤立して見えた。ペンバートン家の階段で、悲しみを押し隠したレイチェルを見たときのことを思うと、コナーは今でも胸が引き裂かれそうだった。

レイチェルは誇りが高すぎて、過去の冷たい仕打ちを忘れたふりをすることができないのだ。チェンバレンの叔母がうわべだけの歓待を見せたとき、レイチェルは嫌悪をあらわにした。それは、コナーにも大きな原因があった。彼がレイチェルに付き添っていなければ、レイチェルは叔母に無視されたままだったかもしれないのだから。ひょっとすると、レイチェルが気に入らないのは、この自分の権力や影響力、それに知名度なのかもしれない。コナーにとっては、レイチェルの尊敬を得るのに、どれも不利にはならないものだったのだが……。

しかし、尊敬の代わりに得たのは、ベッドに連れ込んで、一夜かぎりの愛を交わしていいという許しだった。

「義兄さんがむっつりふさいでるのは、あの金髪女と関係があるんだろう？ メレディス家の娘の？」

ジェイソンの声がコナーの物思いに滑り込んできた。絶え間なく飲みつづけた酒で大胆になると同時に、借金の交渉を冷たくあしらわれたことに腹を立てているに違いない。

コナーは椅子から立って、片手で義弟の喉を力いっぱい絞め上げた。

「口のきき方に気をつけろ、ジェイソン。いいか、よく聞け。わたしはな、おまえにも、おまえの放蕩《ほうとう》癖にもうんざりなんだよ。父上の体調がすぐれないのも、おまえが心配をかけるせいだろう。母上もご亭主の健康を気づかって、かわいそうな人だ」ジェイソンの顔色が赤黒くなっているのに気づいて、義弟の首をぱっと離す。「口のきき方に気をつけろよ、ジェイソン。それだけだ」

ジェイソンは喉もとをさすって、神経質な笑い声をもらした。「お、落ち着けよ、コナー。義兄さんは破棄された結婚の約束を、もとどおりにしたいんだろう？　あの女も、あの年で伯爵を袖《そで》にするほどのばかじゃないさ」

空になったデカンターが火のない暖炉の床に砕け散り、この問題について義兄が違った見方をしていることをジェイソンに知らせた。

「二度と婚約はしない」コナーが残忍な笑みを閃《ひらめ》かせて言った。

すぐ目の前で激怒する男から遠ざかろうと、ジェイソンはそろそろとあとずさりをした。コナーの白いリネンのシャツは袖がまくり上げられて、たくましい日に焼けた腕があらわになっている。漆黒の長い髪は乱れたままで、凶暴な浅黒い顔を縁取っている。コナーは血に飢えた海賊に負けないほど、危険な人物に見えた。

ジェイソンはさりげなく肩をすくめた。片手でクラヴァットを探ると、ほどけた端が手に触れた。

「悪いことをしたな」コナーが慰めの言葉を述べた。

「あれだけ芸術的な結び方をするには、かなり時間がかかったろうに」

ジェイソンはゆっくりとクラヴァットをほどいた。

「どっちにしろ、暑くてたまらなかったんだ」にやりとして、最高級の装飾品をポケットに突っ込む。

「これで休戦かい？」

コナーは眉をひそめて、しぶしぶ同意した。

「なら、クローフォード夫人のところで夜を明かすってのはどうだい？　もう少し金が入るまで、〈パームハウス〉へ行くのは控えるよ」

「そして、手当が入ったら、まるまるすってしまうんだろう」コナーはそっけなく言って、大きな開き窓のほうを向いた。こわばった長い指を窓に押し当てて、目には見えない庭に視線を据える。

「説教はやめてくれよ、コナー。義兄さんにそんなことが言えるかい？　十八のころの話を聞いて驚いたよ。まったく、正真正銘の悪《わる》だったんだな」ジェイソンは畏怖《いふ》と賞賛をこめて言った。

「ああ、確かに。だが、おまえは十八じゃない。二十六だろう」

「今からコーンウォリスに会いに行くよ」ジェイソンは事実を指摘されて、あわてて言った。「明日の二時に、エプソムであいつの愛馬が走ることになっているんでね」そして書斎の戸口をすり抜けてから、首を振って、整った顔をうんざりしたようにしかめた。まったく、愛だって！　愛に命を賭《か》けるぐらいなら、賭《かけ》に命をかけたほうがましだ。少なくとも、そのほうが勝機がある。

ジェイソンは大理石張りの廊下を進んだ。足音が不気味にこだました。コーンウォリスに銀製のアイスペールを返して、引き換えに金をもらおう。二百ポンドなら確実に手に入る……。

「ビューリー・ガーデンズの住み心地はどう、サム？」

「とてもいいです、お嬢さま。ありがとうございます」

レイチェルは窓のそばの小さな書き物机に向かって座ったまま、居間へ呼んだ少年を見つめた。少年は礼儀正しく机の前に立っていた。「仕事場の雰囲気はどう？　働きやすい？」

「はい、お嬢さま。ノリーン……いや、ミス・ショーネシーがとても公平に仕事を割り振ってくれます」

少年の頬が赤らむのを、レイチェルは興味深く眺めた。「アニーも不満はないのかしら？」

「妹もすごくここを気に入ってます。ノリーン……いや、ミス・ショーネシーともうまくやってます」

「ノリーンが言っていたわ。アニーはとてもまじめに働いてくれるって。それに、お裁縫の才能があるみたいね。ノリーンの妹のメアリーも、針仕事の名人なのよ」

「ノリーンはメアリーのレース編みをすごく自慢してます。どう見ても、どこかのフランス人よりうまいって」サムはにっこりしながら力説したが、女主人が驚きつつもおもしろがっているのに気づいて黙り込んだ。

「ノリーンがメアリーのことを自慢するのには、それなりの理由があるのよ。そういう意見を言うのも、もっともだと思うわ」レイチェルは言った。うぬぼれたマダム・ブーイヨンの作品が、小間使いの厳しい批判の目にさらされたのは明らかだった。

もちろん、どちらかと言えば冷淡な小間使いが、新しい仕事仲間に家族の話をするほど打ちとけているとわかって心強かった。レイチェルは鋭い視線をサムに据えた。少年の顔は少々あどけないが、体つきはたくましく魅力的だ。もしかしたら、ノリーンもそう思ったのかもしれない。レイチェルは暴走する考えを急いで押しとどめた。「それでは、バークレー・スクエアでの仕事が恋しくはないのね?」

「思ってたほどじゃありません」

「わたしの記憶に間違いがなければ、最初に会ったとき、あなた、荷馬車を運転していなかったかしら? チャリングクロスの近くで、あなたの馬車が貸し馬車と車輪を引っかけてしまったのよね?」

「貸し馬車のほうが、叔父貴の荷馬車にぶつかってきたんです」サムがぶっきらぼうに訂正した。「自分の順番が来ないうちに、先に進もうとして。お嬢さまがあの男にそう言ってくれたんですよね。あんなふうに堂々とものを言うなんて、本当に勇気のある人だと思いました。あの卑劣な男……アーサー・グッドウィン判事に」

判事のことに触れたときの少年の口調には、反感とあざけりが感じられた。レイチェルはかすかに笑みを浮かべた。「それなら、次の質問には、もう答えてもらったのと同じね。事故のことを覚えているかどうか、きこうと思っていたのよ」

「もちろん、覚えてます」サムは大きくうなずいて言った。「忘れるもんですか」

「そんなにしっかり覚えているのは、あそこでディヴェイン卿《きょう》と会ったからかしら? あのあと、伯爵さまを捜しだして、アニーといっしょに雇ってもらったんでしょう?」

「そうです」サムは得意満面に相づちを打った。「あの方にまた会えたらいいなあと思ってたのは認めます。あの日助けてもらって、あの方は紳士のなかの紳士だと思いました。だから、立派なお屋敷から出てきたあの方を見つけたとき……」あの夜、伯爵の首にしがみついていた女のことを思いだして言いよどみ、咳《せき》払いをして先を続ける。「それで、あの方が見えたんで、お仕えできたら名誉でうれしいことだって言ったんです。あんなご主人さまのところなら、アニーが安全で幸せに暮らせるってわかってました。だけど、おれたちはお払い箱になって……」無意識のうちに失望が顔に出て、眉間《みけん》に皺《しわ》が寄ったが、気を取り直して話しはじめる。「でも、伯爵さまには感謝してます。わざわざ勤め口の世話をしてくれたんだから。それも、お嬢さまみたいにすばらしいご婦人のところで働けるように」

サムのほめ言葉をありがたく受け入れたしるしに、レイチェルはブロンドの頭を下げた。最初はふたりをここに置きたくなかったことを思って、少し自分が恥ずかしくなった。もっとも、〝紳士のなかの紳士〟について心底知りたいことに、どうやって水を向けるかという問題で、頭はいっぱいだったのだが。

「ああいう大きなお屋敷では、きちんと決まった日課に慣れなければいけないでしょう?」

「ええ、そうです」

レイチェルは口もとをほころばせ、頬に垂れかかった金色の巻き毛を指先でもてあそんだ。「あなたの日課は、たぶんディヴェイン卿の日課に合わせていたのよね? ディヴェイン卿は、ふだんお夕食をお屋敷で召し上がるのかしら?」さりげなく尋ねる。

「そうだと思います」

「でも、確かではないのね?」

「ええ、あんまり……」

「それなら、お夕食のあとはどう? ふつうは、しばらくお屋敷にいらっしゃるのかしら?」

「たいていはそうです。だけど、水曜日は違います。水曜日は、義弟《おとうと》のダヴェンポートさんといっしょに、決まってすごく早いうちから、あのぴかぴかの馬車に乗ってお出かけになります」

「水曜日……今日は水曜日ね」レイチェルはぼんやりとつぶやいた。

「そうです、お嬢さま」サムが探るような顔で相づちを打った。その顔がすぐにしかめられる。

少年が憶測をたくましくしつつあるのに気づいて、レイチェルは快活そうに言った。「ここに落ち着いてくれてうれしいわ。でも、ハートフォードシャーでも仕事を続けてもらえるかどうか、はっきりしたことは言えないの。それには父の承諾が必要なのよ。でも、そのときが来たら、うまく話をつけられると思うわ」かすかに口もとをゆるめてうなずいてから、目を伏せる。「ありがとう、サム。仕事に戻っていいわよ」

ドアが閉まる音を聞いて、レイチェルは目をぎゅっとつぶった。今日だ! やるつもりなら、今日やらなければならない。さもなければ、一週間待つか? いや、待てない。ジューンの結婚式が迫っているので、ウィンドラッシュへ帰らなければならないのだ。こんな大事なときに、いったいなぜ家を留守にしているのかと、母はいぶかっているだろう。

一夜をともに過ごすという同意書は受け取ったはずなのに、コナーはいつ、どこへ出向けばいいかという返事をよこさなかった。そういった秘密の情事は、街から離れた場所で行われるのだろう。たぶん、狩猟小屋か、田舎の別荘か宿屋といった場所で。ともに独身の男と女が、どちらか一方の屋敷には泊まることはできない。コナーは夫のある女性と関係していた経験があるのだから、人目に立たない密会場所を決めるのはお手のものだろう。それに、彼女の降伏は本物だと信じているのは間違いなかった。

〝何よりもあの屋敷がほしいんだろう、レイチェル？〟コナーにあざけるように問われて、レイチェルも素直にそれを認めた。コナーは彼女に勝ったと思っている。誰が勝ったかは、ゲームが終わったときにわかるだろう。そしてゲームは今夜終わる。


今では、伯爵家の間取りはわかっていた。どうすれば、廊下から居間や図書室や書斎へたどり着くかも正確にわかっている。どこに権利書がしまわれているかも――机の引き出しのなかだ。鍵《かぎ》は、セーブル焼きの優美なインク壺《つぼ》に隠されている。

伯爵家の執事とも面識がある。ジョーゼフ・ウォルシュは、伯爵がこのわたしに特別な関心を払うのを見ているので、今では主人の親しい知人として、敬意をこめて扱ってくれている。伯爵家のパーティで、ディヴェイン卿がふたたび特別な関心を払ったという事実が、わたしの素性にかなりの信頼を与えたに違いない。

権利書を携えてウィンドラッシュへ戻ったら、別れた婚約者のお別れのプレゼントだと言おう。コナーがわたしに同情して、アイルランドへ発《た》つ前に、この自分が相続するはずだった屋敷を返してくれたのだ、と。誰もでたらめだとは思わないはずだ。両親も含めて、たくさんの人たちが、コナーがわたしを追いまわして、いっしょにいるところを見ている。それに、叔母のフィリスには、すぐにアイルランドへ帰るつもりだと、コナー自身が宣言している。そういう状況なら、帰国前にウィンドラッシュを急いで処分しても、それほど奇異な行動には映らないかもしれない。金持ちのコナーにとって、ウィンドラッシュは無用の長物なのだ。それに、使用人の少年から父親に至るまで、わたしの周囲の人々はみな、いつも熱心に説いているではないか。コナーは立派で寛大な男だと……。「〝みながそう言う〟」いつの間にかレイチェルはうわずった声で民謡の歌詞を繰り返していた。単純な計画かもしれないが、成功を阻むような問題は何も思い浮かばなかった。

「なんだって！　もう一度、お嬢さまが言ったことを正確に話してよ」ノリーンはサムの顔を見上げて言った。彼女はヴェラがパイ生地をこねている粉だらけのテーブルから離れ、調理場の片隅へ少年を引っ張っていく。ヴェラは耳がまったく聞こえないが、この話が盗み聞きされたり、広まったりすることは、絶対に避けなければならなかった。

ソーンダーズ夫人がお茶の時間に訪ねてきた日、廊下に落ちていたおもちゃの兵隊を拾うために、扉のそばでぐずぐずしていたおかげで、こんなに重大なことが明らかになろうとは、ノリーン自身も思っていなかった。最初は、盗み聞きなどしたくなかった。今は、興味を引かれて扉の外にとどまり、最後まで聞き耳を立てていてよかったと思っている。

「じっとしてくれよ」サムはいらいらと足踏みしているノリーンに命じた。たこのできた指先で、ノリーンの腕をなだめるようにさする。「メレディスのお嬢さまは、ディヴェイン卿が出かけそうな時間を知りたがってた。もちろん、はっきりそうとは言わなかったけどね。それよりも、伯爵さまがお屋敷にいるときにつかまえたいんだっていうふりをしようとしてたよ」

「お嬢さまは伯爵さまに外出していてほしいんだよ」

〝権利書を取って逃げられるかどうか、試してみることはできたでしょうね。コナーもそれを望んでいたに違いないもの。そうすれば、わたしが逃げるのを阻止できるから〟お嬢さまの言葉が、疑念に満ちたノリーンの頭のなかで鳴り響いた。レイチェルお嬢さまは伯爵さまにどこかへ行っていてほしいのだ。そうすれば、伯爵さまはお嬢さまが逃げるのを阻止できない。「あたしの言うことを信じるかい？」不安をたたえた目で、サムの顔を眺めまわす。二十五年の人生のなかで、この自分に対して、サムほどの欲望と敬意を示した男はいなかった。サムといると、ガラスのようにもろくなった気がすると同時に、雄牛のように強くなった気がした。

「おれにきくってことは、あんたにも信じられないってことだろ？」

「あんたの知らないことがあるんだよ。お嬢さまとあの腹黒い悪魔のあいだに」

「伯爵さまのことを、そんなふうに言うなよ。あの人は立派な……」

「あんたの知らないことがあるんだってば！　この耳で聞いたんだから。レイチェルお嬢さまがご自分の口で、あいつのことをしゃべってるのを。その話が嘘《うそ》だってのかい？」ノリーンは声を荒らげてしまってから、用心深くヴェラのようすをうかがった。老婦人は相変わらずパイ生地をこねていた。「洗いざらい話す前に、あんたに確かめたいことがある。あんたはあたしにふさわしい男なんだよね、サム・スミス？　これからする話は誓って嘘じゃない。それを聞いたら、あんた、あたしのことを信じる？

あたしがあんたにやってもらいたいと思ってることをやってくれる？　もしお嬢さまが、あたしが考えてるとおりのことをするつもりで、それが失敗したら……ああ、マリアさま。何もかもめちゃくちゃになって、もうもとに戻らない。お嬢さまにしても、妹さんたちにしても。ジューンさまはもうすぐ花嫁になるってのに！」

沈黙が流れた。沈黙はあまりに長すぎるように感じられた。ノリーンは嘆願をこめた目を、サムの考えあぐねている目からそらした。彼女は震える手でお仕着せのスカートをたくし上げ、堂々とサムの前を通り過ぎようとした。

そのとき、たった一言の答えが返ってきた。「いいよ」

「これは、メレディスさま！」

華麗に装った金髪のご婦人に笑顔でうなずかれて、ジョーゼフ・ウォルシュはすぐさま客人を玄関ホールに通した。前回は、このご婦人のもてなし方が不充分だったといって、ご主人さまからお叱《しか》りを受けたので、今回は戸口でこれ以上待たせて、同じ過ちを繰り返すつもりはなかった。

このご婦人がだらしのない格好をして、喧嘩腰《けんか》で現れるという奇妙な出来事があったあと、ジョーゼフは自分で少しばかりミス・メレディスについて調べてみた。今は、このご婦人とご主人さまが、かつて婚約していたことも知っている。このご婦人がそばにいるときのご主人さまのようすから、ふたりがまたすぐに恋人どうしになっても、少しも驚かないだろう。そこで彼は、このご婦人が、彼女を慕う男性の屋敷へまたもやひとりでふいにやってきて、ご自分の評判を試練にさらすのが賢いことだと考えているのかどうかで頭を悩ませるのはやめにした。

「ディヴェイン卿にお招きを受けましたの」ミス・

メレディスに涼しい顔で明るく説明されて、執事の困惑しきった表情がもとどおりになった。「友人のソーンダーズ夫妻はまだ見えていません？」そう尋ねられて、ジョーゼフはますます驚いた。

彼は咳払いをして、必死の努力で落ち着きを取り戻した。「い、いいえ。メレディスさま。わたくしが承知しておりますかぎり、お見えになる予定はございませんが……」思いきって言う。「ディヴェイン卿もお留守ですし……」人差し指を唇に押し当て、眉をひそめる。ご主人さまの指示を取り違えたか、忘れたかしたに違いない。ふと、ある考えが浮かんで、白いものの交じった両眉をぐいっと吊《つ》り上げた。もしかしたら、落度はディヴェイン卿にあるのだろうか。先約があったことを、失念したのかもしれない。それともジェイソンさまにせがまれて、いやとは言えず、いつもの水曜日と同じく、浮かれ騒ぎに出かけてしまったのかもしれない。そう考えると、事実にも符号する。今日はいつもと違い、ジェイソンさまだけでなく、ご兄弟ともども六時には酔っ払って、競走用の馬車を飛ばして屋敷を出ていかれたのだ。

そうなると、このやさしい目をした美しいご婦人に、なんと言えばいいのかよくわからなかった。ディヴェイン卿は飲みすぎて、ミス・メレディスを招待したことも、ご友人を招待したことも忘れてしまったので、長くお待ちいただくことになりそうだと？　しかし、こういう急場を乗りきるのが、有能な執事たる者のたいせつな務めだ。そう気づいて、ジョーゼフは自信に満ちた態度で請け合った。「ご主人さまはすぐにお帰りになるかと存じます」心のなかで彼はすでに打つべき手を考えていた。従僕のひとりに、ご主人さまがいそうな場所を回らせて、あの見間違えようがないほど立派な馬車が、縁石に止められていないかどうか調べさせよう。

「待たせていただいてよろしい？」レイチェルは玄関ホールに置かれた椅子を指さした。この前、ここへ来たときに座った椅子だ。あれからあまりに多くのことが起こりすぎて、あの夜が遠い昔のように感じられた。

「もちろんでございます。薔薇《ばら》の間へご案内しますので、そこでゆっくりおくつろぎください」ジョーゼフが熱心に勧めた。「レディ・ダヴェンポートのお気に入りの、美しいお部屋でございます」説明しながら、丁重にレイチェルを戸口へ導き、足音がこだまする廊下へ入る。「ソーンダーズご夫妻がお見えになりましたら、薔薇の間へお連れしましょう。すぐに、お茶をお持ち――」

「いえ、いらないわ！」レイチェルはあわてて大きな声をあげた。「どうぞおかまいなく、ジョーゼフ。食事をすませたばかりなの」にべもなく飲み物を断ってしまった埋め合わせに、愛想よく付け加えた。この計画を成功させるには、ひとりになる必要がある。ジョーゼフにふいに戻ってこられてはならない。

ある扉の前で、ジョーゼフが丁寧にお辞儀をした。その姿が、閉まる扉の向こう側に消えると、レイチェルは金箔《きんぱく》を張った骨組みに薄紅色のクッションのついた椅子を引いて、体をこわばらせて腰を下ろした。しばらくは、気が遠くなるような安堵《あんど》しか感じられなかった。あんなすぐばれるような嘘で、本当になかへ通してもらえたのだ。うまくいった！

「わたしを屋敷に入れたことで、ジョーゼフに迷惑がかかりませんように」震える唇から祈りのような言葉がもれた。

レイチェルは金色の椅子の肘掛けを汗ばんだ手でしっかり握りしめた。自分がどんなに動揺しているかが、ぼんやりと理解できた。執事に気づかれて、怪しまれなかったのが不思議なくらい心臓が早鐘を打っている。柔らかな絹に包まれた豊かな胸の下に片手を当てて、指に伝わる振動を力ずくで止めるように強く押さえた。それから深く息を吸って、気持ちを落ち着かせる。

レイチェルは勇気を奮い起こすために、自分に言い聞かせた。事実をすべて明らかにしたわけではないが、実際には、屋敷に入れてもらうために、わたしはジョーゼフにひとつも嘘はついていない。この家の主《あるじ》――あの好色な獣《けだもの》には、本当に一夜かぎりの招きを受けたのだし、ソーンダーズ夫妻が来ているかどうか尋ねただけで、ふたりが来る予定だとは言っていない。

ありがたいことに、哀れなジョーゼフは何も疑わずにここに通してくれた。ディヴェイン卿がわたしに関心を持って、ひいきにしていることは周知の事実なのだ。

ふいに物思いから覚めて、レイチェルは正方形の部屋をぐるりと見まわした。実にこぎれいで、女らしい部屋だ。くすんだ薄紅色のカーテン。ふかふかしたクリーム色の絨毯《じゆうたん》。その周囲にのぞく磨き込まれた木の床。深紅のマホガニーで作られた脚の長い華奢《きやしや》な家具が、優雅な部屋をさらに完璧《かんぺき》なものにしている。レイチェルは贅《ぜい》を凝らした室内のようすを、心ゆくまでうっとりと眺めた。

それから、あらんかぎりの知恵を絞って、すでに取りかかってしまった大仕事の手順を検討した。あと数分して、ジョーゼフが執事の務めにつくのを待ってから、思いきって廊下に出てみよう。これからやろうとしていることを成し遂げるチャンスは一度しかない。だから、完璧な時を選んで出撃しなければならない。

服装は慎重に選んで決めてあった。濃紺の絹のドレスに、黒いレースのストール。早く日が暮れてくれればいいのだが。もっと暗くなれば、廊下を急いでいるところを見つかる危険が少なくなる。かと言って、あまりに暗くなりすぎて、蝋燭《ろうそく》の明かりをつける使用人たちにうろつかれるのも都合が悪かった。彼女が屋敷のなかを歩きまわっているところを見つかったら、無謀な賭は失敗に終わり、ありったけの言い訳を探しださなくてはならなくなる。

そんな取り越し苦労は無駄なので、レイチェルは前向きで楽天的な考えを貫くことにした。壁の時計に目をやると、八時二十分だった。日は落ちたものの、外はまだ充分に明るく、美しい初夏の夕暮れが広がっている。開いた明かり取りの窓を通して、薄《うす》闇《やみ》のなかでさえずる黒歌鳥の合唱が聞こえ、快い外気がそっと肌を撫でた。レイチェルは風をはらんで揺れ動く薄紅色のカーテンに、いつの間にかうっとりと目を奪われていた。

しばらくして意志の力を奮い起こし、すばやく椅子から立って、静かに戸口へ近づいた。扉にたどり着いて耳を近づけたが、物音は何もしなかった。どくどくと脈打って流れる血の音だけが、耳を聾《ろう》するほど大きく響く。レイチェルは冷たく湿った手で大きな真鍮《しんちゅう》のドアノブをまわし、そっと扉を開けた。一インチ……もう一インチ……もう一インチ……。やっと、玄関ホールまでがはっきりと見渡せた。間違いなく、誰もいない。

廊下に滑りでたとき、ふいに複数の男の声と足音が聞こえた。レイチェルはあわてて部屋に引っ込み、一インチほどの隙間《すきま》を残して、ドアを閉めた。

まるでどこからか降ってわいたように、ジョーゼフ・ウォルシュとお仕着せ姿の従僕がひとり、玄関に向かって歩いていった。従僕はウォルシュの指示に耳を傾けているらしい。彼は最後に一度うなずいて外に出ていった。そのとたん、レイチェルにも意味がのみ込めた。客が来たというのに、奇妙にも伯爵が留守にしていたので、執事は当惑したに違いない。主人を捜しだして、思い違いがあったことをご注進し、屋敷へ連れ戻そうというのだ。

　レイチェルは懸念といらだちで美しい顔をしかめた。ドアをきちんと閉め、そこに背中を預けて、頭を働かせる。きちんと考えなければ……。

　ディヴェイン卿の居場所を突きとめるまでには、もうしばらくかかるはずだ。時間はまだある。ぐずぐずせずに、実行に移さなければならない。

　数分間、心臓の高鳴りを感じながら、レイチェルは待った。ジョーゼフが厨房《ちゅうぼう》へ消えたころを見計らって、ふたたびドアを開けた。

　読みは違っていた。ジョーゼフは消えてなどいなかった。目に飛びこんできた光景に、レイチェルの顔から血の気が引いた。鋭く息をのんだ拍子に、レイチェルの喉がひゅうっと鳴った。レイチェルは呆《ぼう》然《ぜん》として、ドアのわずかな隙間から玄関ホールを見つめた。ジョーゼフが新来の客を招き入れて、扉を閉めているところだった。もちろんジョーゼフは客の身元を知っているはずだ。少し前まで、いっしょに働いていたのだから……。

　サム・スミスがジョーゼフ・ウォルシュとともに、薔薇の間のほうへ近づいてきた。しかし、ふたりは歩きながらなごやかに話していたので、かちりと音をたててドアが閉まったことには気づかなかった。

　レイチェルは体をこわばらせて金箔を張った椅子に浅く腰かけ、足音が止まって、ドアが開くのを待った。大理石の床を踏むこつこつという響きが、だんだんと近づいてくる。だんだんと……。そして、部屋の前を通り過ぎ、遠のいていった。レイチェルは椅子に座ったまま、両手を握りしめていた。しばらくは、息をすることも考えることもほとんどできなかった。ふたりが引き返してくる足音が、また聞こえそうな気がした。

　静寂のなかで数分が過ぎたあと、麻痺《まひ》した頭に、最初に不安が忍び込んできた。自分が留守にしているあいだに、ビューリー・ガーデンズで何か不慮の事故が起こったのだろうか？　それをサム・スミスが知らせに来たのかもしれない。でも、それでは筋が通らない。問題があったのなら、ふたりは部屋へ入ってきただろう。それにレイチェルがここにいるのを、彼女の使用人たちは誰も知らない。今夜、ディヴェイン卿の屋敷を訪ねることは、慎重に自分の胸だけにしまっておいた。この大仕事にかかわる者は少ないほうがいい。来るときは貸し馬車を使い、戦利品を持って帰るときもそうするつもりでいた。

しかし、サム・スミスが以前の職場を訪ねていけない理由はない。サムがこの屋敷で楽しく働いていたのは知っている。ジョーゼフとはおしゃべりを楽しんでいるようで、とても打ちとけて見えた。今はビューリー・ガーデンズの使用人だが、一日の仕事が終われば、残った時間をどこで誰と過ごそうとサムの勝手だ。よりによって今夜、サムの新しい雇い主が盗みを働こうとしている夜に、当の屋敷を訪問することにしたのは、奇妙な偶然なのだろう。

レイチェルは部屋の隅にあるマホガニーの時計に視線を投げた。もうすぐ八時四十五分になろうとしている。行動を起こさなければならない――もう一度勇気を出して、目的を達成するか、尻尾《しっぽ》を巻いて、屋敷へ逃げ帰るか。

レイチェルは意を決して戸口へ歩み寄り、ほんの少しドアを開けた。廊下へ足を踏みだしたとたん、どこか屋敷の奥で、男たちが叫ぶ声がかすかに聞こえた。レイチェルはすぐに足を引っ込めた。このいまいましい部屋を抜けだすこともできないのだろうか？　彼女は絶望で顔をしかめ、ドアの細い隙間から廊下の先に目を凝らした。人影は見えなかったが、騒ぎはだんだんと大きくなった。口々にまくしたてる声に、べつの男の声や女の声が加わり、やがて、屋敷中が騒音に包まれた。

レイチェルはその場に石のように立ち尽くした。少しすると、使用人たちがあちこちから廊下に集まってきた。それを見て、異常な興奮と好奇心に襲われる。わずかに開けたドアの前を、小間使いがふたり、ささやきながら駆け抜け、巻き起こった風がレイチェルのほてった肌を冷やした。さまざまな声が響くなかで、ひときわ大きな声の主がわかった。かすかにアイルランド訛《なまり》が交じるのはジョーゼフ・ウォルシュで、耳障りなロンドン訛はサム・スミスの声だ。

そのとたん、たくさんの声を圧して、なぜ自分の使用人の抗議が聞こえたのか、そのわけが理解できた。今、目の前にはっきり姿を現したサムは、ふたりの屈強な使用人につかまえられていた。ジョーゼフはサムを叱りつけているらしく、両手を振りまわしている。そのうちの片方がふいに拳を作り、あわやサムの顔を直撃するところまで迫った。

レイチェルはドアを大きく開いて、足を踏みだした。それから急いで外へ滑りでて、扉を静かに閉めて退路を断った。

いったいなぜ、みんなしてサムを攻撃しているのだろう？　最初にその疑問が、ぼうっとした頭に浮かんだ。第二の疑問は、なぜ何ひとつ簡単に理解できることがないのだろうというものだった。第三の疑問が浮かんだとき、レイチェルは慎重にあたりを見まわした。サムが何をしたにしろ、そのせいで彼ひとりに注目が集まっている。それだけは有利に活用できそうだ。

レイチェルは深く息をついて気持ちを奮いたたせると、廊下を動きまわる黒いお仕着せの集団に最後にもう一度目をやり、屋敷の奥に向かって走った。

14

「メレディスさま！　お捜ししました！」

レイチェルは開いた引き出しから急いで離れ、それをばたんと閉めてしまいたい衝動をかろうじて抑えた。反射的に、両手で拳銃《けんじゅう》をつかんで背後に隠す。そして、骨がなくなってしまったように感じられる脚を動かして、巨大なマホガニーの机から離れ、落ち着き払った態度で、ジョーゼフ・ウォルシュと目を合わせた。

ジョーゼフが嘆かわしげに首を振った。「先ほどのひどい騒ぎを聞きつけて、調べに見えたのですね。騒ぎが起こった場所で、あなたさまを見つけるとは、じつに奇妙な偶然でございます」

「確かに、騒ぎは聞きました。あれは、この部屋で起きたの？」レイチェルはさりげなさを取り繕って言ったが、鼓動に負けないくらいの速さで、思考が空回りしていた。

ジョーゼフがつかつかと近づいてきて、渋い表情をやわらげた。「お気持ちはわかります。恐ろしくなって、確かめにいらしたのでしょう？　あの悪党のせいで、大混乱でしたからな。あいつは逃げようとしたのですよ。しかし、ウィークスとクルーという、とびきり力のある従僕にとらえさせました。この屋敷内にまだ犯罪者がいるからといって、ご心配には及びません」突然、彼はひどくうろたえた顔になった。「おお、そうだ！　サム・スミスと妹がここを出ていったあと、ご親切にもふたりを雇ってくださったのは、メレディスさまでございましたな？　このわたくしが、あんな立派な推薦状を書いて持たせてしまったのです。ご友人に紹介したのが極悪人だったと知られれば、ディヴェイン卿《きょう》は激怒なさるでしょう。まだ妹の人格までけなすことはできませんがね。あの子は正直者かもしれませんし……」

「極悪人って、どういう意味かしら？」ぞっとするような答えをうすうす感じ取ってはいたが、レイチェルは小声で尋ねた。捜しても何もなかった引き出しに、自然に視線が飛ぶ。この部屋にこっそり忍び込んだとき、何かがおかしいとすぐに気づいた。引き出しは少し開き、鍵穴《かぎあな》には鍵が差し込まれたままだった。なかには、凝った飾りの拳銃が一挺《ちょう》だけ残されていた。愚かにも、引き出しの裏側を手で探りやすくするために、レイチェルはそれを取りだしてしまったのだ。その武器は背中にまわした手でまだしっかりと握りしめている。ジョーゼフの疑いを掻《か》きたてずにもとに戻すのは不可能だった。

「サム・スミスは伯爵さまのご恩をあだで返したのですよ。ご主人さまはおやさしくも寛大に、あの兄妹《きょうだい》にまともな仕事をお与えになったというのに。スミスはなんと盗みを働いたのです！　妹が置き忘れた服を取りに来たなどとうまいことを言って、屋敷に入り込みましてね。おかしいとは思ったのです。今まで、アニーの忘れ物が、靴下一足見つかったためしはございませんでしたから。そこで、スミスにひとりで目当てのものを取りに行かせて、そのあいだ、注意深く見張っていました。そして、伯爵さまの所持品を隠し持って、やつが犯行現場から抜けだしてきたところをつかまえたのです」

見るからにミス・メレディスがひるみ、顔が真っ青になった。執事は思いやりをこめて言った。「お気の毒に。さぞかし衝撃を受けられたことでしょう。それはご心配でございますよ。こうして話をしているあいだにも、メレディスさまがたいせつにしていらっしゃるものを、やつの妹がくすねているかもしれないのですからな」

「サムは何を盗《と》ったの？」

横柄とも言えるほど鋭い口調だったが、それと同時にご婦人の喉もとからもれたむせび泣くような声が、ジョーゼフの同情を誘った。ミス・メレディスは明らかに動揺している。自分の屋敷に邪悪な子どもの片われがいるのだ。泥棒一家がどんな貴重品に興味を持つのか、彼女には知る権利はあるだろう。

「スミスのポケットに入っていたのは、証文と宝石でした。あのみごとな指輪を、そこから盗ったのです」人差し指を突きだして空の引き出しを示し、芝居がかった態度で、視線も同じ場所に向ける。その隙《すき》に、レイチェルは引きつって痛む手から拳銃を離し、急いで手提げ袋に滑り込ませた。

「指輪ですって？」無事に隠し終えてから、かすれた声で尋ねる。

「サファイアのまわりにダイヤモンドをちりばめたものです。非常にすばらしい品で……」執事は畏敬《いけい》の念に打たれているらしく、途中で言葉を切った。

「それで今はどこにあるの？　盗まれたものは？」

あまりにぶしつけな質問だった。しかし、そんな自分をどうすることもできなかった。頭のてっぺんから爪先までぶるぶる震え、鋭い問いが飛びだしたときも、氷のように冷たい唇がわななないているのがわかる。頭のなかでは、わけのわからない疑問がいくつも渦巻いていた。サムはなぜここに来たのだろう？　わたしが行動を起こせないでいるうちに、なぜ権利書を盗んだのだろう？　権利書のほかに盗ったという指輪は、執事の説明を聞いたかぎりでは、六年前、コナーがわたしに贈った婚約指輪にとてもよく似ている。そんなことがあり得るだろうか？　サムは泥棒だったのだろうか？　目当ての品は宝石で、単に近くにあったという理由で、権利書も盗ったのだろうか？　でも、わたしに正義漢ぶった顔ができるだろうか？　普通の盗みではないにしろ、ほしいものを手に入れなければという強い思いに深くとらわれていたのだ。サムが権利書を盗らずにいたら、自分が書斎から持ちだしていた。それなのに滑稽《こっけい》にも、どういうわけか伯爵の拳銃をくすねる羽目になったのだ。

疑問の嵐《あらし》のなかから、答えは簡単に出た。サムは泥棒ではない。守護天使だ。突然、確信と言ってもいい考えが閃《ひらめ》いた。サムはわたしのために、わたしを守るために盗みを働いたのだ。どこからか今夜の計画を知り、勇敢にも、わたしが悪事に手を染めなくてもいいようにしてくれたのだ。

そのとき、ひとりの小間使いが興奮したようすで書斎に飛び込んできて、室内にいたふたりの注意を引いた。娘は皿のように丸くした目を執事に向けて言った。「失礼します、ウォルシュさん。でも、警察の方が見えたのでお知らせするようにとウィークスさんが。それから、判事も間もなくいらっしゃるそうです」

ジョーゼフがうなずくと、小間使いはぴょこんと頭を下げ、足早に立ち去った。

ジョーゼフが励ますようにレイチェルに手を差し伸べた。「やれやれ。これでもう、その筋の者たちにまかせられます。さぞかしお気を揉《も》まれたでしょうね、メレディスさま。しかし、すべてきれいに片づきますよ。ディヴェイン卿もすぐにお戻りになって、事件の処理に当たられるでしょう。スミスは現行犯でつかまえられたので、罰を受けるに違いありません。先ほどお尋ねになったものは無事でした。証拠品として、しっかりしまってあります」彼は思いやりの浮かぶ顔を向けた。「一刻も早くお帰りなって、アニー・スミスとお屋敷のなかの品を、お調べになりたいでしょうな。そう言ってくだされば、急いで使用人に馬車を呼んでこさせます」

レイチェルはこわばった口もとをほころばせよう

としたが、そのとたん、絶望の涙が目に染みた。すべてを賭《か》けたのに、意地の悪い運命の女神は何も与えてくれなかった。お粗末な計略の結末として、この手に返されたものは、鞭《むち》打たれた犬のように逃げ帰るチャンスだけだ。途方に暮れたサムにひとりで取り調べを受けさせて、ここを去ることもできる。ただちにそうすれば、嘘《うそ》をついたことは見破られずにすむかもしれない。しかし、計略まで隠し通すのは無理だろう。

コナーはじきに帰宅するはずだ。今夜わたしがここに来たと知れば、予期せぬ訪問の最中に、ウィンドラッシュの権利書が盗まれそうになった理由に気づくだろう。わたしが臆病《おくびょう》風を吹かせて、あわてて帰った理由も察するはずだ。犯行に加担したと考えて、追っ手を差し向けるだろうか？　明日、サムといっしょにわたしを裁判所に立たせるだろうか？　それとも決定的な証拠がないので訴えるのはやめて、見下げはてた詐欺師だと蔑《さげす》むだけだろうか？

レイチェルはせわしなくまばたきをして、うっすらとにじんだ涙を払った。彼女のことをほとんど知らない少年が、この自分のために危険に身を投じたのだ。あの子の重荷を軽くしてやる努力すらしなければ、この先、心安らかに生きていけないだろう。どうすれば目的を達成できるかは見当もつかなかったが、せめてサムの縄をほどいてやって、話をしなければならないのはわかった。「うちの使用人に会わせてください。サム・スミスに。お願いです」よしなさいというようなジョーゼフの表情を無視して、レイチェルは頭をぐいともたげて、書斎のドアへ向かって歩きだした。

「ふたりきりにしてもらおう」

警官は抗議したそうな顔をしたが、太い指で横柄に突きのけられた。「行け。被疑者に内密に訊問《じんもん》しなければならない。きみの助けが必要なときは呼ぶよ」

警官は振り返って、最後に一瞥《いちべつ》をくれると、まだ仕事に戻らずに廊下にたむろしている使用人たちと時間をつぶそうと、足を引きずるようにして出ていった。

サム・スミスは不敵にも頭を高く上げた。それからうつむいてロープで縛られた両手と両足を見つめ、無理やり座らされた固い木の椅子の上で体を動かした。ここは、薔薇《ばら》の間の向かいにある部屋だった。先ほど灯《とも》された明かりが、半ば開いたドアの向こうまで、ほんのりと赤く染めていた。「あんたがじきじきにやってきて、牢《ろう》まで付き添ってくれるとはね。光栄に思わなけりゃいけないのかな？」空元気を出して、憎まれ口を叩《たた》く。

「いけないだろうね、坊や」アーサー・グッドウィン判事が答えた。その声は身にまとった法服に負けないほどなめらかに響いた。裁判用のかつらをつけていない頭は、周辺部が鼠《ねずみ》色のくしゃくしゃした髪で覆われるだけで、壁の燭台《しょくだい》で揺らめく蝋燭《ろうそく》の炎の下で、つるつるした丸屋根のように見えた。「きみのおかげで、夕食をとることも、愛《いと》しい妻といっしょにやすむこともできずにいるのだからな。だが、怒ってはいないよ。いや、白状すると、こんなすてきな状況できみに会えて、非常に喜んでいるくらいだ。今夜はすばらしい運に恵まれた」満足げにそう言って、窮地にはまった餌食《えじき》を楽しそうに見つめる。

その後アーサーはひとり考えにふけった。この小僧に、どんな責苦を負わせてやるのがいちばんいいだろう。あの天使のような顔をした娘を追いかけたときは、こいつにさんざん邪魔をされた。このわたしを愚弄《ぐろう》し、嘲笑《あざわら》ったのだ。判事のひとりであり、富と地位を持つ人間が、みすぼらしいくずどもに目をかけてやったのに、世話をしようという申し出をこいつはずうずうしくもはねつけた。兄妹の魂胆はわかっていた。娘の値を吊《つ》り上げようとしたのだ。今度は、この小僧にその代価を払ってもらわなければならない。そして雌鹿《めじか》のような目をした魔性の生娘にも、払ってもらうものがある。あの娘をつかまえて、この体を重ねたときには……。太い指でぽってりとした唇の上に浮かんだ汗の滴をぬぐいながら、思春期の娘たちを陵辱するという、いちばんお気に入りの趣味に思いをめぐらした。

「思いがけず、審理が長引いてね。おかげで、ウィークスが通報してきたとき、たまたま裁判所に居合わせたのだよ。聞けば、サム・スミスという男がディヴェイン卿の私物を盗んで、現行犯でとらえられたというではないか。お偉い伯爵さまのお住まいに足を踏み入れたとき、わたしが最初に何を考えたかわかるかね？　一カ月、夕食と夫婦の契りを控えても、盗人《ぬすっと》という烙印《らくいん》を押されて縛られているきみを見たいと思ったのさ。きみはきっと、温情をかけてくれと言って、それはそれは熱心に、わたしを抱き込もうとするだろうね」

サム・スミスは憎しみのこもった目を上げて、眼前に突きだされた青白い顔をにらんだ。「地獄へ落ちろ、この人でなし。おまえになんか何も頼まない」

アーサー・グッドウィンが歯をむきだしてにやりと笑った。「いいや、頼むさ。きみが真っ逆さまに地獄に落ちるかどうかは、わたしにかかっているのだからね。自分がどんな泥沼にはまり込んでしまったかわからないほど、きみは子どもでもばかでもないだろう。だが、万一ばかだといけないから、今夜、審理を終えたばかりの事件について、詳しく説明してやろう」

サムは振り返って、廊下に集まった使用人たちの一団を軽蔑《けいべつ》をこめてにらみつけた。使用人たちはまじまじとこちらを見返してから、一瞬だけ目をそらすと、互いにうなずき合い、ささやきを交わした。サムはつかまってしまった自分に、猛烈に腹が立った。つかまったあとのことまでしっかり考えていなかった自分に、猛烈に腹が立った。母親が死んでから初めて、アニーよりもほかの女のことを優先させた自分が恥ずかしかった。この一件にみずから身を投じたときは、ノリーンのことしか考えていなかったのだ。今も、いつの間にか、ノリーンのことを考えていた。自分はノリーンにふさわしい男ではなかったのだ。ノリーンの期待にそえなかった。そして、アニーまで裏切ってしまった。自分がどんなにひどく妹を裏切ったかを、この下劣なでか鼻野郎はこれから勝ち誇って説き聞かせようとしている。

「今夜、ほんの一時間前に、わたしは少年――おそらく、きみと同じ年ごろの少年をひとり、流刑地送りにしたのだよ。今ごろ、牢のなかでパンと水の食事を楽しんでいるだろうが、明日は監獄船に向けて出発する。きみはああした船で受ける待遇を聞いたことがあるかね？　喜んで教えてさしあげよう。いちばんましな船でも、どんなことが待ち受けているかをね。だが、まずは、その子が犯した罪について話してあげるかね」アーサー・グッドウィンは、椅子の上でもぞもぞと体を動かすサムに近づき、周囲をまわりはじめた。そして人差し指と親指でサムの耳をつまんで、手荒くねじり上げると、そこに醜い唇を寄せた。「その前に、知りたいことがある。あのかわいい妹はどうしている？」耳をつかむ指に力がこもる。「さあ、すてきなアニーがどうしているか教えるんだ。どうした？　聞こえないぞ……」

サムの引き結んだ唇から、ぶつぶつと哀れっぽい声がもれると同時に、拷問者の爪が彼の肌を引き裂いた。

「あの少年は生き地獄に耐えていくのだよ。本当の地獄に送られるまでな。店の主人の金を千ポンド使い込んだために」アーサー・グッドウィンがテーブルに視線を投げた。その上にはサムの犯した罪の証拠となる品が置かれていた。「おそらく、サファイアだけでも二千ポンド以上はするだろう。さらに、貴重な書類を盗んだ罪を加えなければならない。きみ、船酔いはしないか？　なんなら、ニューゲートの監獄で吊るし首にしてやってもいいぞ。きみを絞首刑から救うために、やさしいアニーは何をしてくれるかね？」

サム・スミスは判事の指を振りほどいて、よろめきながら立ち上がった。そのはずみで、判事が何歩かあとずさりをした。椅子ががたんと後ろへ倒れたが、サムも続いて後ろに倒れた。両足が縛られていたのを忘れ、バランスを崩したのだ。サムは倒れたまま、堕落した判事に向かって言葉を浴びせた。

「妹がいるのは、おまえの汚い手が届かない場所だよ」

「サム？　怪我《けが》をしたの？」

サム・スミスとアーサー・グッドウィン判事は、切迫した低い声が聞こえたほうへ、びっくりした顔をぱっと向けた。

サムは片肘をついて、ふらつきながらも立ち上がろうとした。「だいじょうぶです、お嬢さま」つっけんどんに答える。レイチェルお嬢さまとは目を合わせられなかった。それに、そのあとから廊下を駆けてくるジョーゼフ・ウォルシュとも。

「うちの使用人とふたりきりで話したいのですが」レイチェルは息を切らしながら、アーサー・グッドウィンに詰め寄った。そして背後ではあはあ言っているジョーゼフを振り返る。「サムの足のロープをほどいてあげて、ジョーゼフ。そうすれば、薔薇の間へ移動しやすくなるでしょう」

「賢いお考えとは思えませんね、メレディスさま」駄々をこねる子どもに言い聞かせるように、ジョーゼフが大胆に意見を述べた。「さあ、従僕に馬車をつかまえてこさせましょう。もう安心してお屋敷へお帰りなれます。この悪党には、判事さまがたっぷりとお仕置きをしてくださいますでしょう。ですから、スミスがなんのおとがめもなしに放免されるのではないかと、お気を揉まれる必要はありません」

アーサー・グッドウィンは法服で覆われた胸を張って、とらわれた罪人にみずからの権威を見せつけた。「まさに、こちらの言うとおり。そろそろこのならず者を、きちんとした牢に移さなければいけませんな。ワトソン！」大声で警官を呼びながら、彼はレイチェルをじろじろと見て品定めをした。しかし、アニー・スミスほどには興味を引かれなかった。すこぶる美人だが、とうが立っているうえに、あまりに我が強すぎて、彼の心のなかに棲《す》む好色な暴君がおじけづいてしまう。それでも、目を離さずにいるのは、前に会ったことを思いだしたからだった。あの日も、この女はでしゃばった真似《まね》をした。

あの日の午後、アーサーが雇った貸し馬車と、スミスが運転する荷馬車の車輪が引っかかったとき、この女はずうずうしくもよけいな口出しをした。あのときは、この女を黙らせる男が必要だと思った。今も、まったく同じだ。もしかしたら、ディヴェインはその役に志願するつもりかもしれない。そう考えて、彼は胸のうちでほくそえんだ。思えば、あのアイルランド人はこの女に心を奪われたようすだった。あの事故が起こるまでは、互いのことをよく知らなかったとしても、今は明らかに懇意にしているらしい。女はかなり気安い態度で、この家の使用人に命令していた。

しかし、主《あるじ》が留守だというのに、伯爵の屋敷でいったい何をしていたのだろう？　それに、見たところ、付き添いもいない。それに、この小僧は〝うちの使用人〟だと言っていたではないか。では、スミス兄妹は伯爵のもとを離れて……。

あれこれと推理をめぐらせるうちに、ありそうもない結論がぱっと浮かんだ。ありそうもないが、非常に好ましい結論だった。使用人がこの屋敷で盗みを働いているあいだ、この女がジョーゼフ・ウォルシュの注意をそらしていたのだろうか？　アーサー・グッドウィンは口をすぼめて考え込みながら、テーブルにつかつかと歩み寄り、その上に置かれた盗品を調べた。「ウィンドラッシュという屋敷のことはご存じですかな、ミス・メレディス？」

「ええ」レイチェルはそっけなく答えてから、ジョーゼフに目を戻した。「サムの足を自由にしてちょうだい。やってくれないのなら、わたしがやるわ」

ジョーゼフがため息をついて身をかがめ、ロープをほどいた。

「そんなことは、法に違反しますぞ！　お待ちなさい、ミス・メレディス！」判事の抗議が聞こえたときには、レイチェルは美しい薄紅色の部屋のなかへサムを導いていた。

そして戸口で振り返り、すらりとした体で肥満体の判事の行く手をふさぐ。「五分間、うちの使用人とふたりきりにさせてもらいます」そう言って、汗をかいた醜い顔の前でドアを閉めた。

部屋に入ると、レイチェルはサムを感情のこもった目で見つめた。サムが視線をそらしたので、絶望に駆られて頭をのけぞらせ、天井に向かってひりひりする目をしばたたく。「あの権利書を盗むつもりだったの、サム？」

「そうです」

「サファイアの指輪も？」

「違います！」

サムがレイチェルをまっすぐに見据えた。「ぜんぜん気がつかなかったんです。書類に巻いたリボンに、指輪が結んであったなんて。本当に本当です。おれはただ、巻物をつかんで、逃げただけ――」

「なぜ?」

「できるだけ早くあそこから出たくて」

涙が出ているのに、レイチェルの口から笑い声がもれた。「そうじゃないの。なぜ書類を盗んだの? あなたには価値のないものでしょう? わたしのためにやったの?」

「違います、お嬢さま」サムは低い声で言った。そして、ばか正直に答えた。「ノリーンのためです」

「ウィンドラッシュの権利書を、ノリーンのために盗んだの?」

しばらく黙って、心の葛藤《かっとう》をやり過ごしたあと、サムはすべてをぶちまけた。「お嬢さまがお友だちに話してるのを、ノリーンが偶然聞いちまったんです。ディヴェイン卿がお嬢さまに、卑劣な復讐《ふくしゅう》をしたがってるって。そのときの話から、お嬢さまはウィンドラッシュの権利書を取り戻すつもりじゃないかって、ノリーンは考えました。今朝、お嬢さまと話したとき、伯爵さまが出かけそうな時間をすごく知りたがってらしたでしょう。それで、お嬢さまがこっそりここへ来ようとするかもしれないと、おれたちは考えたんです。ノリーンは、お嬢さまより先に、おれが権利書を手に入れなくちゃいけないって言いました。お嬢さまの家の人たちがあおりを食うのを、ものすごく心配してたんです。おれはお嬢さまのあとをつけて、道ばたに隠れました。そのうち、下男とジョーゼフが出てきて、玄関先で話を始めたんで、さりげなく石段を駆けのぼったんです。たまたま通りかかって、アニーの服を取りにちょっと寄っていこうと思いついたっていうふうに。おれがそう言ったら、ジョーゼフ・ウォルシュが、伯爵さまはお留守だって教えてくれました。だから、お嬢さまが苦心してここに入り込んだ理由は、たったひとつしかないってわかったんです」サムは言葉を切って、眉間《みけん》をさすった。「お嬢さまに先回りされないうちに、おれはできるだけ急いで書斎へ行きました。権利書がしまってある場所は、ノリーンが教えてくれました。お嬢さまがお友だちに話してるのを聞いたんです」サムは顔を赤くして、足をもぞもぞ動かした。「ノリーンは盗み聞きしたんじゃありません。廊下に落ちてたおもちゃを拾おうとして、立ち止まっただけなんです。そしたら、ディヴェイン卿についての話が聞こえてきたそうです。とても信じられない話が……」当惑して首を振る。「伯爵さまは、おれとアニーにはいつも親切にしてくれました。あそこにいる判事は、アニーの純潔を奪おうとしてるんです。やつはアニーを好きなようにするために、おれを追い払いたがってました。それで、グッドウィンに追いつめられて行き場のないことを、ディヴェイン卿に話したら、雇ってくれたんです。だから、妹が目当てでおれたちを雇ったなんていう意地の悪い噂《うわさ》は、ぜんぜん本当じゃありません。伯爵さまはアニーに指一本触れてません」ため息をつく。「ノリーンから、イザベルさんの話も聞きました。ノリーンは何もかも話してくれたんです」

「何もかも……？」レイチェルはおうむ返しに尋ねた。

「ええ、そうです。だからこそ、盗んだんです。いやだって答えを受け入れようとしない金持ち男が起こす悲劇を、おれはどんなやつよりよく知ってます。グッドウィンはおれを吊るし首にしたら、アニーの腹をふくれさせるつもりです。あの子はまだ十五にもなってないのに……。お願いがあります、お嬢さま。この先、おれの身に何かあったら、ノリーンはアニーの面倒を見てくれると言いました。あのふたりをずっとお屋敷に置いてもらえますか？」

レイチェルの喉に熱い塊が詰まって、サムの不安をやわらげてやることができなくなった。そのとき、ドアが急に開いて、サムはびくりとして息をのんだ。法服をはためかせて、グッドウィンのでっぷりした体が現れた。すぐ後ろに、ジョーゼフが続く。これで終わりだ。サムははっきりと悟った。牢へ連れていかれて、これっきり、アニーにもノリーンにも会えないかもしれない。絞首刑か流刑にされる危険が高いのはわかっていた。数日後には死んでいるかもしれない。判事が説明していた生き地獄より、絞首刑のほうがまだましだった。海に浮かぶ牢の話は聞いたことがあるので、グッドウィンは監獄船でのぞっとするような生活を、おおげさに言ったわけではない。突然、まだ自分がひどく若い気がした。できれば、十七年以上生きてみたかった。

「五分たちましたぞ、ミス・メレディス。犯人を連行する時間です」

レイチェルは顎を上げて、きっぱりと言った。

「でも、サムもわたしも、まだ出かける準備ができていません」

その言葉の意味が完全に理解されたとたん、ジョーゼフの口があんぐりと開いた。倒れるのではないかと思えるほど、みるみるうちに彼の体がしぼんでいった。

アーサー・グッドウィンはにやりとしただけだった。「そこまで正直でなくてもよろしいのですがな。罰を逃れることもできたでしょうに。しかし、実を言えば、怪しんではおりました。本当におかしな偶然ですからな。あなたがここへいらしている最中に、おたくの使用人が妙なものを盗むとは。こそ泥は指輪をくすねるかもしれませんが、あれほど足がつきやすい品はなかなか質入れできないということくらい、どこのばかでも知っています。土地の権利書はやつにはなんの役にも立たない。そこで、考えましてね。この悪党は指輪がついていることに気づかずに、ただ巻物をつかんで逃げだしたのではあるまいかと。さんざん頭を絞ったあげく、最近、ディヴェイン伯爵がポーカーに勝って、ハートフォードシャーにある屋敷を手に入れたという噂を思いだしたのです。たしか、屋敷の名前はウィンドラッシュと言って、あなたはそこにお住まいなのではありませんかな？　それに、お友だちのソーンダーズ夫妻はどこに行かれたのでしょうな？　ご夫妻はすぐに来られると、あなたはミスター・ウォルシュに言われましたね。まだお着きにならないとおっしゃるつもりですか？」あざけりながら、流し目をくれる。「あなたがたのような輩《やから》に面倒をかけられて、ディヴェイン卿が喜ばれるとは思えませんのでね。あのご立派な紳士がお戻りになる前に、出かけ――」

「もう戻っているよ、グッドウィン……」戸口からゆっくりと話す声がした。

その衝撃で薔薇の間に広がった沈黙は、いつまでも続くかに思えた。コナーは両脚を開き、片手をズボンのポケットに突っ込んださりげない姿勢で、広い戸口にたたずんでいた。どこかでクラヴァットをはずしたらしく、シャツの襟もとを大きくはだけ、優美なチャコールグレーの燕尾《えんび》服を人差し指一本で無造作に肩にかけている。長時間遊びほうけたせいで顔はやつれて青白く、まぶたは閉じてしまいそうに見えた。

コナーは後ろを振り返って廊下に目をやり、ポケットから出した手で、ドア枠をしっかりとつかんだ。そのあとに言った言葉は、コナーが酔っ払っていることを示していた。「ジョーゼフ、わたしは嫌われ者か？」

ジョーゼフ・ウォルシュは目を丸くして主人を見つめ、口をぱくぱくと動かした。だが、声は出てこなかった。

伯爵の黒っぽい眉が物問いたげに吊り上がる。

「嫌われ者か?」

「そんなことはございません、ご主人さま」ジョーゼフがやっと声を絞りだした。

「それなら教えてくれないか? ここに来るまでに、少なくとも七人は使用人と出くわしたが、どうして誰もわたしと目を合わせようとしなかった? 第一、みんな寝ていなければならない時間だろう?」

ジョーゼフはぼそぼそとつぶやいた。「あ、ああ……それでは、見てまいります」

「そうしてくれ」コナーが口もとを少しほころばせて促した。「おまえも、もうやすみなさい」

ジョーゼフは戸口へ急ぎ、居心地のいい部屋のなかで凍りついたように動かない人々に、最後にもう一度、好奇に満ちた視線を据えた。コナーはたくましい肩をひねって戸口を開け、ジョーゼフを廊下へ通すと、疲れきったようすでドア枠から手を離して室内に入った。垂れたまぶたの下の目は、アーサー・グッドウィンに向けられていた。

レイチェルは胸のなかで祈った。わたしを見て。お願い、わたしを見て。コナーが無言の呼びかけに応《こた》えた。火打ち石のように冷たい視線が、レイチェルの全身を走った。ああ、どうしよう! だめだわ! 彼はひどく酔っ払っているうえに、猛烈に怒っている。

アーサー・グッドウィンが前へ進み出て、丁重に頭を下げた。「今夜、お留守のあいだに、不祥事が起こりまして……。しかし、盗まれた品は取り戻しましたし、犯人の処分はいたします」

「もちろん、処分はしなければな。それはわたしがやろう」

「窃盗罪の場合、処分はしかるべき筋によってなされなければならないのです、伯爵さま」アーサー・グッドウィンが機嫌を取るように猫撫《な》で声で言った。

「盗まれたものはなんだ?」

アーサー・グッドウィンは勢いよくドアから出ていき、すぐに権利書とまだ書類についたままの指輪を持って戻ってきた。深々と頭を下げてからコナーに渡す。「あの悪党の所持品のなかから見つかりました。あやつはこれを持って、逃走しようとしたのです。執事が一部始終を目撃しております」

「わたしのせいです。サムはわたしのためにここへ来ただけなんです」レイチェルの声は震えていた。それでも、彼女は昂然《こうぜん》と顔を上げて、じっとそそがれるコナーの視線をひるまずに受けとめた。一瞬、コナーは背を向けて去っていってしまうのではないかと思った。結局わたしも太った判事に引き渡されることになるのだ。そのとき、コナーの義弟のジェイソンがぶらぶらと部屋に入ってきて、無造作に壁に寄りかかるのがレイチェルの視界の隅に映った。

しかし、レイチェルの誇りと恐怖をたたえた目は、いまだにコナーに吸い寄せられていた。

巻物の端をてのひらにゆっくりと打ちつけながら、コナーが大股で歩いてきた。レイチェルはこれ以上、彼と目を合わせていることができなかった。ふたりの距離が狭まるにつれて、力が抜けていくように感じられる。強さを保つために必要だった傲慢《ごうまん》さも消え、あふれでた恥じらいだけが、脅威となって彼女に襲いかかった。わたしは卑怯《ひきょう》で臆病だった。コナーとの約束を守っていれば、権利書は返してもらえただろう。それなのに二兎《にと》を追ったのだ――賞品と勝利を。互いを傷つけ合うゲームで、コナーを負かしたかったのだ。嘘でもいいから、勝ちたかったのだ。なぜなら、本当にほしかったものを……コナーをすでに失っていたのだから。

もはや家族の名誉も、間近に迫ったジューンの結婚式も、何もかもめちゃくちゃだった。事の重大さは、麻痺《まひ》した頭でも理解できた。けれども、巨大な恐怖を身に染みて感じるのは、明日になってからだろう。まずは、敗北の屈辱に立ち向かわなければならない。喉に詰まった熱い塊をのみ込むたびに、レイチェルのほっそりした白い喉もとがびくびく動いた。まぶたをしっかり閉じても、涙がにじみ、まつげにたまった。レイチェルはすばやく顔をそむけて、涙をぬぐった。

手を下へ下ろそうとしたとき、コナーがレイチェルの指を押さえて、権利書に巻きつけた。そして、あたかも敬意を表するような仕草で、冷たい頬に軽くキスをした。

「犯罪など何も起こっていないよ。時間を無駄にさせたようだな、グッドウィン」

あたたかく酒くさい息が、レイチェルの耳もとの髪を揺らした。暗い目を上げて、まつげ越しにコナーの目を見つめたが、すぐにそらした。冷たく笑っている瞳に、復讐は果たすという決意が読み取れた。

わたしはコナーの心に棲む虎《とら》を、目覚めさせてしまったのだろうか？　わたしはそれを求めていたのではなかったの？　わたしの挑発に……情熱で応えてくれる男性を。

「信じがたいですな」アーサー・グッドウィンは逆上して抗議しながら、取り逃がしてなるものかという視線をサム・スミスに据えた。だが、すでに、この少年と妹を支配し、痛めつける力が弱まるのを感じていた。少年がうれしそうににやっとするのを見て、彼は腹立ちまぎれに口を滑らせた。「この……女狐《めぎつね》は犯罪にかかわったことを認めたのですぞ」

「女狐？　わたしの未来の妻のことを言っているのか？」コナーが鋼のような視線を判事に向けた。「それに、何が信じがたい？　わたしの言葉がか？　わたしを嘘つき呼ばわりするつもりか？　いいか、一度だけ説明してやろう。わたしは花嫁になる女性に、結婚祝いを進呈しただけだ。この女性は待ちきれなくなって、自分で取りに来たに違いない。彼女がおとなしくしていないことくらい予測しておくべきだったよ」

サムは満面の笑みを浮かべた。最後には、げらげら笑いださないよう、縛られた両手を口に押し当てなければならないほどだった。コナーに脅すような視線を投げられて、サムはあわてて床を見つめた。

「無駄足を踏ませてすまなかったな、グッドウィン。もう家に帰りたまえ」こう命じられても、判事が顔を赤黒く染めるだけで、すぐに返事をしなかったので、コナーは冷たくにらみつけた。「未来の妻とふたりきりにしてもらいたいのだがね。使用人たちはやすんでいるから、判事のお見送りはおまえがやってくれないか、ジェイソン？」

ジェイソン・ダヴェンポートがふらつきながらも、アーサー・グッドウィンのほうへ足を一歩踏みだした。それで充分だった。判事は両手を固く握りしめ、足音も荒く戸口まで行き、そこで立ち止まって、敵意に満ちた視線をサム・スミスに浴びせた。サムはそれに応えて、判事に向かって祈るように両手を組み合わせてみせた。そのとたん、命の恩人から警告のまなざしが放たれた。

「おまえの処分はまたにしよう、サム。家に帰れ」コナーが命じると、にやにやしていた少年は、すぐさま飛びはねるようにドアを目指した。

レイチェルもそのあとに続こうとした。謝らなければならないことも、許しを請わなければならないことも、感謝を伝えなければならないこともよくわかっていた。しかし、できなかった。コナーがこんなに不機嫌でいるうちはだめだ。それに、こんなに酔っ払っているうちは。

レイチェルがこっそり足を踏みだそうとしたとき、コナーの手が伸びてきて、乱暴に顔をぎゅっと押さえた。「きみはここにいるんだ。今から、きみの処分をする」顎から手がぱっと離れたかと思うと、コナーは驚くほどしっかりとした足取りで、またたく間に戸口にたどり着いた。そして、閉めた扉に寄りかかり、にこりともせずにレイチェルを観察した。

「サムを叱《しか》らないで。あの子はわたしのためにやったの……それとノリーンという小間使いのために……」なんの反応もないので、レイチェルは次に頭に浮かんだことをうっかり口にした。「手紙を送ったのに、返事をくれなかったのね」なんて考えが足りないの？　自分を厳しく非難する。コナーがこんな状態のときに持ちだすには、あまりに考えの足りない話題だった。

父は酔っ払うと、笑い上戸になったり、泣き上戸になったりした。酒に酔っているときの父には、どうやって接すればいいのか、いつもよくわからなかった。むっつりと黙り込むこともあれば、どなりつけることもある。ばかげた賭《かけ》をして、家族を困らせることもある。だから、レイチェルは母の忠告を素直に受け入れた。〝いつものお父さまに戻るまで、近づかないでいなさい〟母は聡明《そうめい》な女性だ。「お話は明日にしてくださらない？　お願い」

丁重な願いは、とげのある冷たい笑みひとつで片づけられた。

「手紙の返事をもらいたかったのか？」コナーが尋ねた。その口調はますます不明瞭《ふめいりょう》になっていた。

「ええ……いいえ……」

「どっちなんだ？　〝ええ〟か〝いいえ〟か？」

「ここはすてきなお部屋ね。でも、色合いやデザインが、あまりに女らしいかしら。だからこそ、お母さまは気に入っていらっしゃるんでしょうね。ここはお母さまのいちばんお好きな部屋だと、ジョーゼフが言っていたわ」レイチェルは近づいてくるコナーから離れて、半月形をした華奢《きゃしゃ》な造りのテーブルをしげしげと眺めた。その上に権利書を置き、指先でなめらかな表面を撫でる。

コナーはべつのテーブルまで行って、そこにあったデカンターの蓋《ふた》をはずした。

「何をしているの？」レイチェルは恐怖で息をのんだ。

「酒を注《つ》いでいるんだ」

「だめよ。もう充分飲んだでしょう」

コナーが笑い声をあげた。耳ざわりな、しわがれた声だった。彼はゆっくりとレイチェルを振り返り、手にしたグラスとデカンターを差しだした。「不公平だな、レイチェル。ぼくには何もさせないつもりか？　サムを叱ってはいけない。父上から正々堂々と勝ち取ったものを持っていてはいけない。きみと初夜をともにしてはいけない。そのうえ今度は、酒を飲んでもいけないと言うのか？」

レイチェルは唇を湿らせて、必死で祈った。いつものコナーに戻るまで、彼を遠ざけておけますように。かつてレイチェルが袖《そで》にした、上品で立派な紳士に戻るまで。それなのに、奇妙にもコナーに近づきたくもあった。そばへ行って、その体に両手をまわし、抱きしめて慰めてあげたかった。意地の悪いいやみの奥にはコナーの悲しみが感じられた。六年前、自分が与えた悲しみが、いまだにコナーの心をむしばみ、苦しめているのだ。

「ひとつ選べ」脅すような低い口調に、レイチェルの同情は掻き消えた。「してもいいことをひとつ選んでくれ。きみが選ばないなら、わたしが選ぶ。さあ、わたしに何をさせてくれる？」

「酔っ払っているあなたと、話はしません」レイチェルは震える声で言った。

コナーが満足そうに邪悪な笑みを浮かべた。「わたしの選択も同じだ。話をしなくても、できることをしよう」デカンターとグラスがテーブルに戻され、まだ肩にかかっていた上着が、突然、椅子の上に落ちる。コナーはレイチェルのほうを向くと、落ち着いた足取りでゆっくりと近づいてきた。

レイチェルはあとずさりをした。その拍子に、半月形のテーブルにぶつかり、手提げ袋にしまったまま忘れていた拳銃が脚に当たった。レイチェルはすぐに拳銃が取りだせるように手提げ袋を引き寄せた。「あなたはばかよ、コナー」高圧的に非難しようとしたが、歯ががちがち鳴った。レイチェルは何時間か前に座っていた華奢な椅子の後ろに、慎重にまわり込んだ。「そこから動かないで。さもないと、叫ぶわよ。叫んだら、ジョーゼフ・ウォルシュがやってきて、わたしを助けてくれるわ。また騒ぎを起こすのは、あなただっていやでしょう」気難しい子どもを相手にするように、わかりやすく説き聞かせる。

「それなら叫ぶがいいさ。今夜の大騒動のあとでは、ジョーゼフもほかの者たちも気にしないよ。きみが罰を受けて当然だということはみんな知っている」

レイチェルはピンク色とクリーム色の縞《しま》模様のソファを盾にして、横へ移動した。怒りが不安を圧倒していた。「あなたの品格と教養はどこへ行ったの？」昂然と顎を上げ、冷たく言い放つ。「あなた、前に言ったわよね？　女を壁や椅子に押しつけてものにするのには飽きがきているって」この言葉で、コナーの足が止まった。漆黒の頭がのけぞり、白い歯がのぞいて、柔らかな笑い声がもれる。真っ青な目が、黒っぽいまつげの奥から彼女を見つめていた。

「それなら、テーブルを使おう。わたしに不服はないよ。それに見てのとおり、わたしは酔っ払っている。品格と教養など、とっくになくしているさ。今さら、何を気にする？」

レイチェルはコナーにくるりと背を向けると、美しい顔を紅潮させてゆっくりと振り返った。両手でしっかりと握った拳銃の先は、コナーの頭に向けられていた。

15

「撃つつもりかい、レイチェル？」

レイチェルにそんな勇気があったことを見直しているような、のんびりとした口調だった。

レイチェルは舌の先で唇を湿らせて、震える手で銀製の銃把をさらにきつく握った。「撃たせるつもり？　分別を働かせて、わたしをすぐに帰らせてちょうだい。明日、あなたが正気に戻ってから、会いましょう。はっきりさせなければならないとても重要なことや、あなたに言わなければならないことが、たくさんあるのはわかっているわ。明日になったら謝ります。誓って本当よ」

「わたしには、今はっきりさせなければならない、とても重要なことがある。きいてもいいかな？」

ふざけた口真似《まね》を無視して、レイチェルは大きくうなずいた。

「弾は入っているのか？」コナーが黒い頭を振って拳銃《けんじゅう》を示す。

レイチェルははっとして、手にした銃を見つめた。

「知らないわ」ばか正直に認める。「あなたのですもの。机の引き出しで見つけたのよ。あなたこそ知らないの？」

「入れておくべきだったよ。だが、入っていないと思う。きみに撃たれたら、わたしの責任だ」コナーが低い声で説明しながら近づいてきた。

レイチェルは両手で構えた拳銃を、脅すように突きだした。壁際まであとずさりして、両手の人差し指を交差させて、引き金にかけるところでためらう。

「人格だけでなく、わたしの記憶まで疑うのか、レイチェル？　それなら、引き金を引けよ。確かめる方法はそれしかないぞ」華奢《きやしや》な猫脚のソファが、コナーのブーツに蹴《け》られて横に滑った。自分の身を守ってくれるものが、細長い銃身の拳銃だけになって、レイチェルの頬を涙がゆっくりと伝い落ちた。

コナーが浅黒い手を持ち上げて、ぶるぶる震えている銃口をつかんだ。もうレイチェルの力では動かせなかった。

レイチェルは武器から手を離して、涙で濡《ぬ》れた顔を覆った。「弾は入っていないのよね？」

「確かめてみよう」

耳をつんざくような銃声が、レイチェルの悲鳴を掻《か》き消した。顔を覆っていた指で、わんわんと鳴っている耳をふさぐ。火薬の匂《にお》いが鼻をついた。レイチェルが呆然《ぼうぜん》と見開いた目で、コナーの批判的なまなざしを追うと、みごとなシャンデリアに立てられた蝋燭《ろうそく》が一本、燃えさしに変わって煙を上げ、七色の光が振り子のように揺れていた。そのとき、突然、凝った飾りをほどこした天井の漆喰《しつくい》がはがれて絨《じゆう》毯《たん》の上に白い粉を舞い上げてどすんと落ちた。

レイチェルはぴくりともしなかった。「あの一本を狙《ねら》ったの？」ほとんどふだんと変わらない口調で尋ねたが、声がかすれて小さくなっていた。

「いいや。狙ったのは炎だけだ」

レイチェルはコナーを見つめた。コナーが見つめ返した。そしてレイチェルに向かって微笑《ほほえ》んだ。本当に、微笑んだのだ。彼は縞《しま》模様のソファの上に、拳銃をぽんと投げ捨てた。「酒を飲んでいなければ、炎に命中させたよ」いたずらっぽく自慢する。浅黒い手がレイチェルの顎を包み、冷たい頬へと滑って、これ以上はないほどのやさしさで涙をぬぐい取った。

そのとき、ドアが開いた。ジョーゼフが丸くした目をきょろきょろさせて、戸口のそばで入るのをためらっている。コナーはレイチェルから離れ、驚いている執事に向かって、尋ねるように両眉を吊《つ》り上げた。

「失礼いたします、ご主人さま。何かが爆発する音が聞こえましたもので。まるで銃声のような……」

「ああ、そのとおりだ。ミス・メレディスが薔薇《ばら》の間はあまりに女らしいとおっしゃってね。男らしさを少々加えることにしたんだ。ああ、玄関に馬車をまわしてくれないか」コナーは唐突に付け加えると、椅子から上着を取り上げ、平然とした態度で袖《そで》に腕を通した。

ジョーゼフはしばらく唖然《あぜん》とした顔をしていたが、はっと我に返って、主人の命令に従うために足早に去っていった。

コナーは誰もいなくなった戸口を見つめてから、レイチェルを横目でうかがった。「きみを怖がらせたのなら、謝るよ。そんなつもりはなかったんだ。いや、嘘《うそ》だな。初めは、確かに怖がらせるつもりだった」ひそやかに皮肉な笑みを浮かべる。「だが、安心していい。今はもう、ふだんのわたしと変わらないだろう?」彼は言葉を切ると、被害の度合いを調べるように天井を見上げた。

「少しは酔いがさめたみたいね」レイチェルは思いきって言った。

「教練の賜物《たまもの》だよ。自分に向けられた武器を見て、銃声を聞くと、兵士は体が動きだすんだ」

コナーは続きを話そうとして口を閉じた。そして指でこわばった眉間《みけん》を揉《も》み、静かに言った。「さあ、家まで送ろう」


ビューリー・ガーデンズへ帰る道すがら、レイチェルは話のきっかけを作ろうと、何度かコナーのほうを見た。けれども、コナーはわざと視線をそらしているように思えた。向かいの席の端にゆったりと腰かけ、無表情な顔で薄闇《うすやみ》に目を凝らしている。もうすぐ真夜中だろうか。通りはいつになく静かに思えた。叫んでいる夜回りも、馬車に走り寄って、小銭をねだる浮浪者もいない。車輪をがたがた鳴らして、浮かれ騒ぐ客を家へと運ぶ馬車も、ほとんど通りかからなかった。

レイチェルは視界をさえぎっているかたわらの窓を覆う革の垂れ幕を少しめくり、見慣れた景色を眺めた。あと一、二分で屋敷に着いたら、コナーは馬車を止めて、わたしを降ろすだろう。そのあとは、もう二度と彼に会うことはないのだ。

レイチェルがコナーに明日会おうと言ったのは本気だった。そうすれば、謝罪と感謝の言葉をきちんと伝えられる。けれども、コナーがレイチェルにそんなことをさせないのはわかっていた。

馬車が速度を落とした。目的地に着いたことに今気づいたように、コナーがはっと身を起こした。

レイチェルは膝の上で両手を組んで、薄暗がりのなかに浮かぶ彼の美しい横顔を見つめた。「明日、うかがっていいかしら？」答えはすでにわかっていたが、あえて尋ねた。

「いや」

レイチェルはうなずいて唇を噛《か》んだ。そして、はなはだはしたない提案なのはわかっていたが、かすれた声できいた。「寄っていらっしゃらない？」

「いや」

喉に詰まった塊をのみ込むと、レイチェルは目をしばたたいて、膝の上でぎこちなく握った手を見つめた。「それなら、ここでちょっとお時間をください。あなたに言わなければならないことを、今、言わせて。お願い」

コナーがようやくこちらを向いた。レイチェルはその目に表れたものを見たくてたまらなかったが、顔は陰になっていた。

「何を言いたいんだ、レイチェル？　きみがすまないと思っていることも、恥ずかしいと思っていることも、ありがたいと思っていることも知っているよ」コナーは前かがみになって、膝に両肘をつき、指を広げて漆黒の髪を掻き上げた。「きみの良心が休まるなら言うが、わたしだって同じだ。昔、自分の過去を隠そうとしたことを、すまないと思っている。きみを脅してベッドに連れ込もうとしたことを、恥ずかしいと思っている。お互いにとって、取り返しのつかない真似《まね》をしでかさないうちに、銃を向けて正気に戻してくれたことをありがたいと思っている。家へお帰り。明日、ウィンドラッシュへ帰るんだ。ご両親のもとへ……」

「ウィンドラッシュはあなたのものよ」

「きみにあげた。判事たちの前で権利書を渡した。わたしには必要ない」

「受け取れないわ」レイチェルはぐっと涙をこらえた。「権利書は、あなたの家のテーブルに置いてきたわ」反論されないうちに姿を消そうと、ドアの取っ手を手探りした。

「牢《ろう》に入れられる危険を覚悟してまで、ウィンドラッシュがほしかったんだろう？　それをなぜ急にあきらめる？　イザベルと息子さんのことは、どうするんだ？」

レイチェルはくるりと振り返り、驚いて目から涙をぬぐった。「今、なんて？　なんて言ったの？」

「聞いたとおりのことだよ、レイチェル。イザベルと息子さんの隠れ家にするために、ウィンドラッシュがほしかったんだろう？」

レイチェルは恐怖で鼓動が遅くなった気がした。それでも正直に答えた。「ええ。ジューンと、そして、いつかシルヴィーが結婚して、世間のしきたりに従う必要がなくなったら……そして、両親が手の届かないところへ行ってしまって、わたしひとりになったら、イザベルと……そして甥《おい》を、屋敷に引き取れるといいと思ったの。実現できないことかもしれないけれど、それでも、ときどき夢見るわ……」

しばらく続いた沈黙のあとで、低い声で付け加える。

「伯母のフローレンスは体調がすぐれないの。今では、すっかり年を取って、目もほとんど見えないわ。でも、イザベルがヨークで頼れるのは、伯母しかいない。妹は二十四歳で、世捨て人のような生活をしているわ。それなのに、けっして愚痴をこぼさない」悲しくなって、金色の頭をうなだれる。「誰があなたに話したの？　父？」

「いいや。今日、ウィリアム・ペンバートンが訪ねてきた。ハートフォードシャーの妹さんのところから、戻ったばかりだと言っていた。わたしに知らせなければならないと思ったそうだ」

レイチェルは膝の上の手に触れそうなほど、頭を深く垂れた。「ジューンがウィリアムに話したのね？　話してはいけなかったのに……今はまだ」

「話してはいけなかった？　あのふたりはもうすぐ夫婦になるんだぞ。それでも、話してはいけなかったと言うのか？　嘘や偽りで、ウィリアムとの生活にひびが入る危険があってもか？　わたしはそれできみとの関係をだめにした」

レイチェルはぐっと頭を上げた。涙でかすんだ目に、コナーの顔がぼんやりと見えた。「これはわたしたちの問題よ。家族だけの。それに、嘘はついていないわ。イザベルがいなくなった理由を、世間の人たちに勝手に推測させたけれど……。罪があるとしたら、そうして出た結論を訂正しなかったこと。それだけよ」

「わたしも、自分の過去は家族の胸だけにしまっておくべきだと考えていた。人妻に横恋慕して、かなり年輩の夫に決闘を申し込んだことは、秘密にしておくべきだとね。きみはわたしのどこかに、邪悪な匂いを嗅《か》ぎ取ったんだろう？　わたしを捨てて正解だったよ。それに、きみに予測できるはずもない。

妹さんがヨークで男に乱暴されるなんて」
「妹は自分から望んだことだと言っているわ。無理やり犯されたのだったら、両親はまだ恥を忍ぶこともできたのかもしれない」レイチェルは絶望に駆られて首を振った。「でも、実際は、世間の人たちといっしょになって、妹は死んだと思い込むほうが楽だったんでしょうね。あのとき、ヨークでは本当に猩紅熱《しょうこう》が流行《はや》ったのよ。わたしたちはふたりともかからずにすんだけれど、家族にうつす危険がなくなるまで、しばらく向こうにとどまることにしたの。旅をしてもだいじょうぶだと思えたころには、イザベルは妊娠に気づいていた。でも、あんなにいつも仲のよかったわたしにさえ、そのことを打ち明けようとしなかった。わたしといっしょにハートフォードシャーに戻ってこなかったので、妹は病気で倒れたのだと思われたわ。何カ月たっても、相変わらずあの子の姿は見えなくて、やがて写真が片づけられた。イザベルの話が出るたびに、世間の人たちの前で、わたしたちは涙に暮れて……」声が震えた。レイチェルは黙り込んで、握りしめた両手を見つめた。

もう馬車から降りて、家に入らなければならないのはわかっていた。しゃべりすぎている。でも、それで何が暴かれたというのだろう？　コナーは秘密の主要な部分をすでに知っている。惨事を起こすきっかけとなった男性に、すべてを話してはいけない理由があるだろうか？　この六年、屈辱に耐えて孤立した生活を送るイザベルに、レイチェルは負い目を感じて生きてきた。その歳月を彼と分かち合いたいという誘惑には勝てなかった。

「シルヴィーは、イザベルは死んだと思っているわ。あのころ、あの子はまだ六歳で、事情を理解するには幼すぎた。今は十二だけれど、母はそれでも話そうとしないわ。子どもっぽくてあけすけな性格だから、誰かにしゃべってしまうのではないかと心配なのね。将来の幸せや安全を、不注意な言葉で危うくしかねないと。ソーンダーズ夫妻はどちらも知らないわ。イザベルのことを話題にするのは、ジューンもわたしも両親から禁じられていたの。親しい友人にさえね。今では修復できないほど、過去が嘘で塗り固められてしまって、両親は苦境に立たされているわ。ふたりともイザベルを愛してはいるけれど、ほかに嫁にやらなければならない娘が三人もいては、こっそり財政的な援助をする以外には何もできない。不名誉な事件が世間に知れ渡れば、両親は一度も結婚式を挙げられずに、売れ残った娘四人の世話で息つく暇もなくなる。イザベルはそういうことをすべて理解して、悪い噂《うわさ》で家族みんなが傷つくのを恐れて、ハートフォードシャーの近くへ引っ越してこようともしなかった。わたしのせいなのに。身勝手で愚かな十九の娘のせいで、おおぜいの人たちが口では言えないほどの被害を受けたのよ」

レイチェルは窓のほうを向いて、せわしなくまばたきをした。革の垂れ幕の端をめくって、潤んだ目で屋敷を見据えた。

「なぜ、ウィリアムがあなたに話したのかわからないわね。これ以上、誰にも話さないでいてくれることを願うわ。もし、ペンバートン夫人が小耳にはさんだりしたら……」そのあとで引き起こされる大混乱を想像して、声がかすれた。「信じていいのね？あなたの……あなたの……」

「良識を？　判断を？」

暗い車内で、一瞬、コナーのきらめく白い歯が見えた。辛辣《しんらつ》な口調からして、嘲笑《ちょうしょう》を浮かべたのだろう。「何も言わないでいてくださるように、お願いするわ」レイチェルは威厳をもって、静かな声で告げた。

「わたしのことを悪党だと思っているのは知っているよ。だが、ウィリアムのことは気に入っているんだろう？　わたしが他言すると思っていたら、あんなまっすぐな気性の男が、わたしに話すかな？」

「だから、なぜあなたに話したのか、見当もつかないのよ」

「それなら、なぜか教えてあげよう。ウィリアムはわたしに警告したんだよ。ウィンドラッシュをめぐる取り引きの結果、イザベルを苦しめたのと同じ悲劇がきみに降りかかったら、ただではすまさないとね」レイチェルがはっと息をのむのを聞いて、コナーが笑った。「初夜に赤ん坊ができないともかぎらないだろう？」

「もちろん、危険は承知していたわ。でも、ウィリアムがそんなふうに思っていたなんて……わたしがそんなことをすると……」

「彼が心配したのは、きみのではなく、わたしの道徳心だよ。それに、男としての魅力だそうだ。そう言われたら、喜ばないといけないのかもしれないな」コナーは皮肉っぽく言った。「それから、ペンバートン夫人が息子から何か聞きだすのではないかと恐れる必要はない。ウィリアムの意志は堅固だからね。なんとしてもジューンと結婚して、義姉《あね》になるきみを守るつもりだ」

「ウィリアムは立派な人よ。あんな息子を手に入れることができて、父は感謝しなければいけないわ」

「感謝しているに違いないよ」

「そうね」意味深長な間を置いてから、レイチェルは言った。「あなたも面倒な立場に追い込まれたわね」

「そうかい？」

「判事たちの前で、わたしと婚約しているみたいに言ったでしょう」

「二度と婚約はしないとも言った」

「わたしはあなたの花嫁になる女だから、結婚祝いを進呈すると言ったのよ。判事も、サムも、執事も聞いていたわ」

コナーが座席の背もたれにばたりと寄りかかった。

「今週末にきみと結婚するという通知を新聞に出して、そのあとで公表するよ。きみを捨てたとね。きみは同情をたっぷり浴びて、わたしは軽蔑《けいべつ》される。それでおあいこだ。すべて丸くおさまる。きみはウインドラッシュの権利書を家へ持って帰れる」

「ありがとう。きっと、すべて丸くおさまるわ」暗がりのなかで、コナーとふたりで長くいすぎたことに気づいて、レイチェルはあわててドアの取っ手を探った。だが、そのとたん、胸にたまっていたものが爆発した。「あなたの本性に気づいて、そのせいでわたしがあなたを捨てたと考えているようだけれど、それは誤解よ。あなたに奔放なところがあるなんて、ぜんぜん知らなかった。あなたは正直で、まじめで、退屈な人だと思い込んでいた。あなたはあなたの役をみごとに演じきったのよ。わたしが逃げたのは、なぜかというと……」

「なぜかというと?」コナーが先を促した。

「あなたに追いかけてほしかったからよ」レイチェルはつぶやいた。喉から泣き笑いがもれた。「本当に愛しているなら、わたしをつかまえてくれると思ったからよ」それだけ言って、馬車から降り、家へ向かって走った。

胸が張り裂けるほどの悲しみで震えながら、レイチェルは玄関のノッカーを叩《たた》いた。すぐに扉が少し開き、サム・スミスがヴェストのボタンをとめながら、隙間《すきま》から顔をのぞかせた。レイチェルを認めると、彼はドアを大きく開いて、気づかわしげになかへ通した。サムが扉を閉めようとしたとき、手とブーツを履いた足がドアの隙間に差し込まれた。強い力で押し戻されて、サムが後ろへ何歩かよろめいた。「部屋へ下がれ、ぐずぐずするな!」コナーの命令に、少年はすぐさま従った。こくりとうなずいて、使用人部屋へ向かう。そこには、ノリーンのあたたかな腕が待っていた。

「誰の使用人だと思っているの？」レイチェルは全身を震わせ、両手で腕をこすってあたためながら問いただした。「あなたの？　わたしの？」

「我々のだ」コナーが答えて、大股で近づいてきた。

あとずさりするうちに、レイチェルの背中が壁にぶつかった。鋭く光る彼の目を避けて、レイチェルは顔をそむけた。「帰って、コナー。疲れているの。明日にはウィンドラッシュに帰ります。これっきり、あなたとはお会いしません」

「もう一度言ってくれないか？」

「明日にはウィンドラッシュへ帰ります」レイチェルがそう答えて歩きだそうとしたとき、コナーが彼女の頭の両側から壁に手をついた。

「そうじゃない！　きみが逃げた理由だ。もう一度教えてくれ」

レイチェルは顔をそむけて、苦悩の表情を隠した。

「いやよ」

「教えてくれ」甘い声が迫る。

「あなたに……あなたに、追いかけてほしかったの。本気で愛してほしかった……」

「本気で愛してほしかっただと？」怒りでかすれた声に、レイチェルは身を縮めた。「わたしは本気だったさ、レイチェル。確かに、きみを愛していた」

コナーの頭が下りてきて、彼の唇からもれる熱い吐息が、レイチェルの首筋に当たった。「自分を抑えて、きみに落ち着いた丁重な態度で接するのが、どんなにたいへんだったかわかるか？　本当は、きみがほしくて……」コナーが突然目を閉じて、唇を引き結ぶ。「きみがほしくて、頭がおかしくなりそうだった。それでも、愛人は作らなかった。そんな気になれなくてね。ほしいのはきみだけだった。四カ月間、禁欲を守ったよ。おあずけを食らいながら、きみのからかいにも悪ふざけにも挑発にも耐えた」

ふいにコナーの片手が伸びてきて、そむけていたレイチェルの顔を上に向けた。「それなのに、わたしが本気で愛していなかったと言うのか？　今まで生きてきて、きみほど本気で愛した女性はいなかったというのに」

「あなたが愛していたのは、あの人でしょう？」

「誰だ？　マリア・ラヴィオラか？」信じられないといった口調に、少しおもしろがるような響きがあった。

「いいえ……」レイチェルがそう言うと、コナーの顔にわけがわからないというような表情が浮かんだ。誰のことを言っているのか、見当もつかないらしい。

「お祖父《じい》さまのお友だちの奥さまよ。その人を愛していたんでしょう？」

「初めは、確かに愛していたかもしれない。あのころのわたしに、そういう感情が持てたとしての話だがね。だが、とても本気とは言えなかった。貴族と結婚したバーナデットは、たまたま出会ったわたしの甘言に乗って関係を持つまでは、そんな立場に満足していたんだ。いろいろな点で、わたしは傲慢《ごうまん》で独りよがりで強欲だった。最初は、色よい返事をもらえなくてね。口説き落とさなければならなかったのが、かえって刺激になったのだろう。だが、恥ずかしいことに、半年後に、祖父の手で彼女との関係を断たれたときは、非常にほっとしたよ。そのときには、わたしを独占しようとしてつきまとう彼女に、かなり辟易《へきえき》していたのでね。彼女のご亭主は帰ってきた妻を迎え入れた。だが、夫婦の生活は、醜聞や疑惑で修復できないほど損なわれていた。わたしが引き起こした醜聞や疑惑でだ。そういうことをすべて知りながらも、当時のわたしはそれほど思い悩まなかった。一カ月もしないうちに、べつの愛人を作って、バーナデットからの手紙は封も開けずに返送するようになった」

コナーの唇が自己嫌悪でゆがめられ、暗い目が壁に向けられた。彼が良心の呵責《かしやく》をやわらげようとしているのが、レイチェルにもわかった。勇敢な騎兵隊の少佐であり、伯爵の身分と富を授けられ、尊敬すべき立派な紳士として名高いコナー・フリントが、若いころに犯した愚行に苦しめられているのだ。彼はレイチェルに負けない、軽率で身勝手なふるまいをした。レイチェルは白い手をおずおずと伸ばして、コナーの打ち沈んだ顔を撫《な》でた。あたたかくざらざらした肌のすばらしい感触が、彼女を大胆にした。手を滑らせて、慰めるように頬を包むと、コナーが顔を横に向けた拍子に唇がてのひらをかすめた。

「十八のときのわたしは、人にたてついて、決闘を申し込むことを生きがいにしていた。荒くれ者の父に甘やかされたせいで、どうしようもない子どもになっていたんだ。父は三十六歳にして、四十までは持たない命だと知っていてね。わたしが十三のときには、もう手遅れなほど肺炎が悪化していると医師に告げられた。わたしが十六になろうというときに亡くなるまでの三年のあいだ、父は一生分の愛情と思いやりを、わたしにそそごうとしたんだ。金を湯水のように与えて、行きすぎた行為にも目をつぶり、ときにはそれをほめることさえあった。処世術や悪い遊びも教えてくれたよ。そのおかげで、今しか機会はないと思って必ず機会をものにすれば、人生で手に入らないものは何もないと信じるようになった。それに、わたしは父親似だといつも言われていた。そう言われれば、そうかもしれない。父は自分のものにしたかった女をさらい、わたしはきみを無理やりベッドに引きずりこもうとした……」彼は皮肉っぽくつぶやいた。「血筋のせいだな……。欠点はあったが、父はカリスマ性のある人だった。わたしは父を愛していたよ。母も同じだ。放埓《ほうらつ》な暮らしぶりを知りつつ、母は父を崇拝していた。父も母に心酔していて、父の人生のなかで、たいせつな女性は母ひとりだったんだ。母は思いどおりに父を操ることのできる、ただひとりの女性でもあった」

コナーはレイチェルを盗み見た。目を丸くして聞き入っている彼女のようすに励まされて、若いころの打ち明け話を続けた。

「バーナデットとの関係が終わってから一年あまり、わたしはますます遊びほうけた。放蕩癖《ほうとう》がおさまったのは、軍隊での教練と祖父の説教のおかげだ。奔放な若造に、祖父は辛抱強く分別を説いてくれた。無視しようとしても、そういう立派な教えは心にしっかり染みついて、年を取るにつれて、その真価がわかるようになった。青二才のころは、禁欲だの義務だのうるさいことを言う、信心家ぶったけちなじいさんだと思ったよ。それでも、祖父のことは愛していた。祖父が父と同じくらい大きな影響を与えてくれたことを、今ではありがたく思う。祖父は殺してやると言って、何度も父を脅してね。母の取りなしがあったからこそ、ふたりは互いの首を絞めずにすんだんだ。わたしだって、きみの父上に首を絞められていたかもしれない。わたしがきみに一夜かぎりの相手をさせようとしたことを、父上が突きとめていたらね」

「それはわたしが阻止したわ。父をあなたに近づかせないつもりだったもの」レイチェルはささやいた。「でも今はもう、わかったから……」

「何がわかったんだ、レイチェル？　わたしはかわいそうな男だということがかい？」

「あなたがわたしを愛していることがよ。まだ、わたしを愛しているんでしょう？」

まるでレイチェルの手で火傷《やけど》をしたように、コナーが身を引いて、両腕を脇《わき》に垂らした。「どうしてわかった？」彼は何歩か後ろに下がりながら、かすれた声で尋ねた。

「どうしてって、突然わかったの」レイチェルは低い声で言った。「あなたはちょっとしたことで、ごく自然に愛情を示してくれたわ。わたしがひとりで落ち込んでいたときに、ずっとそばにいてくれたりしたわ。わたしが動揺してお茶をこぼしたときには、濡れた手を拭《ふ》いてくれた。イザベルのことで泣いていたわたしを慰めてもくれた。意地悪をしようとするペンバートン夫人と叔母のフィリスとのあいだに割って入ってくれたりもしたわね。それに大事なところで、わたしを守ってもくれた。馬車が立ち往生したとき、目の前で始まった喧嘩《けんか》を止めてくれたでしょう。あのいやらしいアーサー・グッドウィンに、牢に入れられそうになったときもそうよ。わたしたちの関係を偽ってまでも、助けてくれた。わたしとは二度と婚約しないと言いながら、本当はその逆だと態度が物語っていたのよ。あなたのまなざしにも声にも、心づかいが表れていた。あなたがわたしを愛しているのはわかっている。コナー、もう逃げられないわよ」コナーが出口を探すようにくるりと背を向けたのを見て、レイチェルは低い声で笑った。「わたしは本気で言ったんだ。二度と婚約するつもりはない」その口調は態度と同じく、ひどくうろたえていた。

レイチェルは婉然《えんぜん》と微笑んだ。勝利の喜びと心の安らぎに満ちた笑みだった。「わたしもそんなつもりはないわ。でも、だからといって、あなたがわたしを愛しているという事実は変わらない。あなたが父からウィンドラッシュを奪ったのは、ずる賢いハーリー卿《きょう》に渡さないためだったのね。あの晩、彼が賭《かけ》に勝っていたら、ウィンドラッシュを失ったわたしたちの悲しみなど、かまいもしなかったでしょう。でも、あなたはすぐに屋敷の使用許可証を出してくれたから、ジューンの結婚式が父のばかげた計画に巻き込まれずにすんだわ。あなたは何も奪わずに、ウィンドラッシュを返してくれた……わたしの初夜さえも奪わずにね。そういったことを、あなたはすべてわたしのためにしてくれたのよ。わたしだけのために。わたしを愛しているから」

気持ちが高ぶり、涙で声がかすれた。もうしばらく、コナーに近づいて、愛情をこめてその体を抱きしめたいという欲求を抑えなければならない。あと少し、言わなければならないことがある。

「あなたにほかの婚約者たちをなぜ捨てたのかと尋ねられたけれど、きちんと答えていなかったわね。今までは自分でもわけがわからなくて、答えられなかったの。フィリップ・モンキュアにも、フェザーストーンにも、ほかの誰にも満足できなかったのは、あなたほどすばらしい人がいなかったからよ。わたしはあなたが戻ってくるのを待っていたの。心のなかで、いつかあなたが戻ってきて、わたしをつかまえてくれるとわかっていたわ」コナーは下を向いていたので、その表情は読めなかった。「あなたが独身のままでいたいなら、それでかまわない」レイチェルは自分を見てほしくて、なだめすかすように言った。それからゆっくりとコナーに近づいていき、なめらかな腕を彼の首にまわして、柔らかな丸みを帯びた女の体を、固く引き締まった男の体に大胆に押しつけた。「わたしはここにいるわ、コナー。わたしと結婚する気がなくてもかまわない。あなたにわたしの初夜を返してあげる……何度でも。そして、朝が来ても、わたしはあなたを愛しつづけるわ」

コナーが頭を傾けて、横目でレイチェルを見た。ゆがめた口もとから笑い声がもれる。ふいに、二本の手が伸びてきて、我が物顔にレイチェルの腰に巻きつき、彼女をぎゅっと抱きすくめた。「わたしが申し出を受けたら、どうするつもりだい？」

レイチェルは顔を赤らめて、くすくす笑いながらコナーの肩に頭を預け、やわらかな毛織りの上着に頬をすり寄せた。「毎年、聖ミカエル祭になると、ノリーンを連れて、ヨークにいるイザベルを訪ねるの。会うたびに、イザベルは以前よりも落ち着いて見えるわ。思い出と息子を手にしているからでしょうね。妹は満ち足りていると言っているわ。わたしもあんなふうになりたい。落ち着いて満ち足りた女に。わたしを愛人にするなら、それでもいいわ。ただ、わたしを置いていかないでほしいの。お願いだから、それだけはやめて」

コナーの顔が下りてきて、かすれた声がふたたびレイチェルの耳をくすぐった。「そんな芝居は通用しないと言ったら、どうするつもりだい？」

「あなたはそんなこと言わないわ」

「ずいぶん自信があるんだな、ミス・メレディス」

コナーがゆっくりした口調で言った。「この六年、わたしに結んであった糸は、特別に作らせたものなのか？」コナーの唇がレイチェルの唇にそっと触れた。レイチェルは爪先立ちになって、キスを引き延ばした。からかうようなキスの雨を降らせるうちに、コナーが降伏のうめきをもらした。そしてあたたかな唇を開いて、情熱にあふれたレイチェルの誘惑に従順に応《こた》えた。

レイチェルは息を切らして頭をのけぞらせ、たっぷりしたまつげの下から、コナーを見つめた。もうひとつ、知りたいことがあった。「彼女を愛していた？」

「誰？　バーナデットのことか？」

「違うわ！　イタリア人のソプラノ歌手よ。公衆の面前で脚を見せびらかしたり、色目を使う男たちといちゃついたりする恥知らずな女のことよ」

「ああ、彼女か……」コナーがレイチェルの意地の悪い台詞《せりふ》をおもしろがるように言った。「愛していると言ったら、きみをがっかりさせそうだな」

嫉妬《しっと》に駆られて嫌悪をあらわにしてしまったことに気づいて、レイチェルは顔を赤らめた。

「いいや、愛していなかった」コナーがそう請け合って、薔薇色の頬を撫でた。「それどころか、今はそれほど好きかどうかもわからないくらいだ。どんなに陰険で悪辣なことをするかわかったからね」

レイチェルが眉をひそめると、コナーが説明した。

「パーシー・モンク卿から、わたしが美人の使用人を新しく雇ったと聞かされたマリアは、モンクを焚《た》きつけて、アニー・スミスは妾《めかけ》としてわたしの屋敷に置かれているという噂《うわさ》を流させたんだ。サー・パーシーはおもしろくなかったんだろう。アニーはやつのいやらしい息子に迫られて、わたしのところに逃げ込んだんだからな。あの変態は、金さえ払えば、どんなに不道徳なことをしてもいいと考えているらしくてね。アニーを買い戻したいと持ちかけてきたよ。わたしがどうしてもアニーを手放そうとしないのがわかったとき、おそらく、マリアは十四歳の娘に愛人の座を奪われるのではないかと、気を揉みはじめたんだろうな。ほかにもいろいろあって、わたしたちの関係は終わった。今ごろ、マリアはベンジャミン・ハーリーかサー・パーシーにでも、慰めてもらっているだろう。その相手が誰であろうとかまわない。彼女のことは、もうどうでもいいんだ。本当に、どうでもいい」

うんざりした口調に気づいて、レイチェルはコナーを見上げた。「あのシニョーラのほうが、わたしよりずっと狡猾《こうかつ》よね。そうじゃない?」

コナーが喉の奥でくっくっと笑って身をかがめ、やさしいキスでレイチェルの懸念をぬぐい去った。

「きみは狡猾ではないよ。なかなかの策士というだけだ」

16

「パパ、ロンドンからおみやげを持ってきたわ」

エドガー・メレディスはテーブルに置かれた羊皮紙を見つめた。彼は調べていた帳簿を閉じ、ウィンドラッシュの権利書にまだ巻きついているほっそりした白い指に、染みのある手をかぶせた。

「きっと持ってきてくれると思っていたよ、レイチェル」エドガーは静かに言って、書類に目を据えた。「おまえが取り戻してくれるのはわかっていた。わたしがわざと手放したことが、おまえにはわかっていたようにね。わたしたちはたくらむこともやることも、あまりによく似ている。危険な賭《かけ》だったが、おまえならもとどおりに事をおさめてくれると信じていた。おまえはいい子だ、レイチェル。幸せになる資格がある。本当に満ち足りたおまえが見たかったんだ」ため息をついて、優美な手を静脈の浮きでた両手で包み、愛情をこめて口づけをする。「おかえり。会いたかったよ」エドガーは笑って首を振ってから先を続けた。「つまらない喧嘩《けんか》をして腹を立てれば、互いに離れていたくなるものだ。だが、おまえがここにいないと、とても寂しい」

「わたしも寂しかったわ、パパ。パパやママやジューンやシルヴィーに会いたかった」レイチェルは片手で父のかさかさした頬を撫《な》で、身をかがめてそっとキスをした。

エドガーは目を上げて、娘の美しい顔に真実の答えが表れていないか探りながら尋ねた。「わたしの言うことを信じる気になったかい？　コナー・フリントはいい男だと？」

「ええ、パパ」

「仲直りしたのか？」

「ええ、パパ」

「そう言ってもらえると、おまえがうまくやれるかどうか心配で、胸を痛めたことも報われたというものだ。あれほど優秀な男はめったにいない。あんなすばらしい友人を、軽々しく捨ててはいけないんだ」エドガーはひとりでうなずいた。父がもっと突っ込んだ質問をする勇気を掻《か》き集めているのが、レイチェルにはわかった。「彼と……その……また婚約したのか？」わざと平板な口調で尋ねる。

「いいえ、パパ。コナーは二度と婚約する気はないの。その点に関しては、頑として譲らないわ」

「そうか、まあ、無理もないだろう。あんなすばらしい男が、これからもひとりで人生に立ち向かっていくかと思うと、たいへん残念だが。しかし、そうは言っても……」エドガーががっかりしたようすで、深い吐息をついた。革張りの書き物机から権利書を取り上げ、てのひらにはさんでぼんやりと転がしはじめる。「おまえたちが仲直りしてくれたのだから、それでよしとしなければな。ともかくも、おまえがコナーを憎んだり、卑劣で身勝手な男だと思ったりするのだけはやめてほしかったんだ。ふたりきりで、互いのことをじっくり話し合う機会を持てればいいと思った。おまえたちのあいだには、まだ未解決の問題があったからな。そういう中途半端な状態にきちんとけりをつけておかないと、いつかおまえたちのうちのどちらかが、それで足をすくわれる」

レイチェルは父親の頭のてっぺんに向かって微笑《ほほえ》んだ。口を開きかけたとき、父がまじめな調子で付け加えた。

「おまえが受け継ぐこの屋敷を、ディヴェイン卿《きよう》は返してくれた。そんな寛大な処置は必要なかったのに。いくら立派な紳士といえども、なんの見返りもなしに、これほど大きな資産を放棄するとなれば、ずいぶんと頭を悩ませただろう。彼には本当に感謝しなければならない」

「コナーのほうこそ、パパに感謝しているわ。見返りに望んだものがあったんですもの。あなたの娘がね。この権利書は、妻である伯爵夫人への結婚祝いだったのよ」羊皮紙を握りしめた父親の手に、レイチェルは左手を重ねた。金の指輪に鎮座したみごとなサファイアが、きらきら青い輝きを放った。

「もうひとつおみやげを持ってきたのよ。パパがずっと、何よりもほしがっていたもの。初めての息子を」

エドガーは椅子に座ったまま、くるりと後ろを向いた。唖然《あぜん》として口もきけずに、堂々とした長身の男を見つめた。彼は遠慮して、感動的な場面を遠くから眺めていたらしい。エドガーは驚きと喜びの入りまじった声をなんとか絞りだした。「おまえたち、結婚したのか?」

「昨日、セントトマス教会で。サム・スミスという少年とノリーン・ショーネシーのふたりに立ち会ってもらったの。とてもすばらしかったわ」レイチェルはかすれた声で言って、ハンサムな夫に愛情のこもったまなざしを投げた。「本当に、とてもすばらしい一日だったわ。昼も……そして、夜も」

頬を流れ落ちる涙をぬぐいもせずに、エドガーはコナーに近づいていき、ごく自然に抱擁を交わした。それから体を離し、力強い握手をする。彼は誇らしげに頭を高く上げ、戸口まで行って扉を開けた。

「急いでおまえの母親を捜してこなければいかん」もごもごと言って、部屋を出かかったところで、エドガーはくるりときびすを返した。彼は娘に歩み寄り、目を閉じて二度と離さないというように抱きしめた。

エドガーの震える細い肩越しに、ふたりの視線が絡み合った。やがてメレディス氏の背後で静かにドアが閉まったとき、アイルランド訛《なまり》のある低い声がつぶやいた。「喜んでくれたみたいだ」

「そうみたいね」忠実な妻は相づちを打った。

「ハネムーンに行かなければな、レイチェル。長いハネムーンがいい。きみの行きたいところへ連れていってあげるよ」その言葉に花嫁が頬を染めたのを見て、コナーが笑いをもらした。

「ジューンの結婚式がすんだら、アイルランドを見てみたいわ。ウォーターフォードにある、あなたのお屋敷も。もしかしたら、妹のひとりがそこを気に入るかもしれないと思って……気に入ってくれるといいんだけれど……」

コナーがちらりと視線を向けたので、レイチェルはかすれた声で説明した。「ウォルヴァートンの領主屋敷なら、ロンドンからも口さがない人たちからも、遠く離れているでしょう。ヨークからも遠く離れているし……あそこでなら、新しい生活を始められるかもしれない」

「ウィンドラッシュをイザベル親子の隠れ家にするつもりじゃなかったのかい？」

レイチェルは夫のそばまで歩いていって、たっぷりしたまつげの下から、訴えるようなまなざしを投げかけた。両手が彼の広い肩にまわって、うなじや漆黒の髪を撫でる。「イザベルとまたいっしょに暮らす日まで、そんなに長く待てないわ。何度も訪ねると怪しまれるのではないかと思って、ヨークには年に一度しか行けないの。もう、そんなのはいやよ。シルヴィーが結婚して、イザベルがここに越してこられるまでには、あと十年もかかるかもしれない。わたしは今、幸せよ。とっても幸せ。その幸せを、あの子に少し分けてあげたいの。いいでしょう？イザベルにはたくさん借りがあるから」

コナーが聡明《そうめい》な頭のなかで、引っ越しに伴う実際的な問題を慎重に検討しているのがレイチェルにもわかった。考え事から気をそらせるために、レイチェルはささやいた。

「ねえ、わたしの行きたいところへ連れていってくれるんでしょう?」

ざらついた顔がなめらかな頬に近づき、あたたかな唇が柔らかな唇の端に迫った。「言ってごらん。どこがいい?」

レイチェルはコナーに全身を押しつけた。ゆうべ、バークレー・スクエアの固いベッドの上で、コナーが味わわせてくれた今までで最高の歓《よろこ》びを思いだして、体と心が熱く燃えた。つい昨夜のことなのに、あれから耐えられないほど長い時間が過ぎたような気がする。

「スターントン村の〈キングズ・アームズ〉」レイチェルはこぢんまりとして静かな宿屋の名前を挙げた。「今からでも行けるわ」息づかいが浅くなった。夫のおもしろがるようなまなざしにさらされ、目を伏せて薔薇《ばら》色の頬を彼の肩に寄せる。「あそこならお食事もできるし……予告なしにやってきたわたしたちに何を食べさせるかで、ママを悩ませなくてすむわ」

「もちろん、あそこでなら夜までずっとごちそうを食べつづけられる。なんでも注文してくれ。お望みのままに」からかうように言ってから、コナーはふいにレイチェルの手を取って、ドアへ急いだ。それから差し迫った表情で口もとをほころばせたレイチェルに向かって命じた。「さあ、早く行こう!」

作者の横顔

メアリー・ブレンダン　生まれも育ちもスコットランドだが、成人してからはイングランド及び海外に暮らすことが多い。システムアナリスト、会計係、公務員などの職業を経験、慈善事業にも携わっていた。ごく小さなころから物語を書いてきたが、歴史小説を手がけたのはロンドンで働いているとき、通勤時間中だったという。現在はハンプシャー州に夫と二人の子供とともに住む。

六年目の復讐
2003年4月5日発行

著　者　メアリー・ブレンダン
訳　者　木内重子(きうち　しげこ)

発行人　浅井伸宏
発行所　株式会社ハーレクイン
東京都千代田区内神田1-14-6
電話 03-3292-8091(営業)
03-3292-8457(読者サービス係)

印刷・製本　凸版印刷株式会社
東京都板橋区志村1-11-1

ISBN4-596-32157-4 C0297